迦陵談詞

葉嘉瑩

三民書局

國家圖書館出版品預行編目資料

迦陵談詞 / 葉嘉瑩著.——三版一刷.——臺北市: 三民, 2019

面; 公分.——(葉嘉瑩作品)

ISBN 978-957-14-6496-1 (平裝)

1. 詞論

823.886 107018148

© 迦陵談詞

著作人 葉嘉瑩
發行人 劉振強
著作財產權人 三民書局股份有限公司
發行所 三民書局股份有限公司
地址 臺北市復興北路386號
電話 (02)25006600
郵撥帳號 0009998-5
門市部 (復北店) 臺北市復興北路386號
(重南店) 臺北市重慶南路一段61號

出版日期 初版一刷 1997年2月
三版一刷 2019年1月
編號 S 820820
行政院新聞局登記證局版臺業字第〇二〇〇號

ISBN 978-957-14-6496-1 (平裝)

http://www.sanmin.com.tw 三民網路書店

緣 起

葉嘉瑩教授專長於中國古典詩詞，從事教學、研究多年，成果斐然，蜚聲海內外。

本局出版葉嘉瑩教授的五本詩詞論著作品：《迦陵談詩》、《迦陵談詩二集》將感性之評賞與知性之理論相結合，引領讀者細品詩歌的精神和生命；《清詞選講》看十位清代詞人如何在國破家亡的巨大黑暗中，創作出瑰麗耀眼的詞作；《迦陵談詞》品賞晚唐到兩宋等詞家的風格特色，提出迥異於舊說的新見解；《好詩共欣賞》評賞陶淵明、杜甫與李商隱三位風格各異的詩人作品，以傳統詩論與西方理論細細品味詩中趣味。這五本著作賞詩品詞無不深入淺出，不僅引領讀者涵泳於詩詞作品中，更能覓得與己心同感之抒懷。

本局秉持好書共讀、經典不輟的理念，重新設計版式、封面，期為古典帶來新意。誠摯邀請讀者，品賞古典詩詞的動人韻致，憶起曾觸動心弦的詩詞美句。

三民書局編輯部　謹識

新版序

《迦陵談詞》初版於一九七〇年，是我在臺灣所出版的第四本書，但卻是談詞的第一本書。這冊書中一共收錄有六篇文稿，如果依寫作時代之先後排列，第一篇應是一九五七年在臺灣《教育與文化》刊物中所發表的〈說靜安詞浣溪沙一首〉，那是因為在五七年暑期，臺灣的教育部曾經舉辦了一個文藝講座，我曾應邀去擔任了幾次詞的講課，其後教育部向授課人索稿，我遂應邀寫了這篇文稿，這是我所寫的談詞的文稿中，主觀色彩最濃的一篇文稿。第二篇是一九五八年在《淡江學報》第一期中所發表的〈溫庭筠詞概說〉，那是我應淡江大學中文系主任許世瑛教授之邀而撰寫的一篇文稿，因為是為《學報》而寫的，所以寫得較為嚴肅客觀，性質與第一篇頗有不同，不過這兩篇文稿卻同樣都是用淺近的文言文寫作的。第三篇是一九六〇年發表於《文星》刊物的〈大晏詞的欣賞〉，那是我應《文星》編者之邀而寫作的。這是我用白話文所寫的第一篇談詞的文稿。第四篇是六〇年代初期所寫的〈談詩歌的欣賞與人間詞話的三種境界〉一篇文稿，那是因為有幾位在臺大讀書的建國中學的校友，邀我為他們的母校的一份刊物而寫作的，刊物的名稱及發表的確切年代，現在都已不復記憶。第五篇及第六篇是相繼於六八年及六九年發表於《純文學》中的〈拆碎七寶樓臺——談夢窗詞之現代觀〉，及〈從人間詞話看溫韋馮李四家詞的風格〉兩篇長稿。其後於一九七〇年遂由純文學出版社將以上諸文一同結集出版，題名為《迦陵談詞》，而那時我已經離開臺灣到加拿大去教書了。此書在臺灣曾多次再版，但其後因我曾由加拿大回大陸去探親，而那時的臺灣仍未對大陸開放，所以純文學出版社就停止了此書的出版。及至八〇年，上海古籍出版社遂編集我在加拿大所寫的一些論詞的文稿與此書中一些舊稿，合為《迦陵論詞叢稿》一書出版。該書出版後，臺灣曾有多家書商盜版。近年兩岸開放往來後，盜版者既已停止出版，於是我這些早期出版的談詞之文稿，在臺灣遂不復得見。今春一月我應臺灣信誼基金會之邀赴臺講演，適有姚白芳女士為我整理之《清詞選講》一書將交由臺灣三民書局出版，而我最早的一本談詩的書《迦陵談詩》，原來就也是由三民出版的，三民書局的劉振強先生既與我原為舊識，此次相晤，劉先生遂提出了要我將《迦陵談詞》也交其出版的請求。近接編者來函云此書出版在即，要我寫一篇序言，因略述其原委如上。而回首前塵，今日距離我寫此書中第一篇文稿之時，蓋已有將近四十年之久矣。近年來我雖然仍不斷撰寫論詞之文稿，但著眼之重點已逐漸自作品之欣賞，轉向於對理論之探討，且因居住西方日久，不免受有西方文論之影響，行文之風格亦已與四十年前有所不同。今日即使我重新執筆寫作舊題，恐怕也不會再寫出如當年舊稿的這些文字來了。信乎人生一切之隨流年俱逝而不可復返也。不過，無論內容與風格有多少不同，我所寫的都是我自己讀詞時真正的心得和感動。相信今日的讀者也將和四十年前的讀者一樣，將會感受到我文稿中一片真誠的心意，古人云「以文會友」，不其然乎。

一九九六年十二月二十日寫於加拿大之溫哥華

迦陵談詞

目次

談詩歌的欣賞與《人間詞話》的三種境界

只要作品在讀者心中喚起了一種真切而深刻的感受，這就已經賦予這作品以生生不已的生命了，這該也就是一切藝術作品的最大的意義和價值之所在。

多年前偶然有幾位青年同學向我提出過一個問題說：王國維先生在《人間詞話》中曾舉過幾段詞，說那是代表古今成大事業大學問者的三種境界，這三種境界究竟是指怎樣的境界，希望我能為他們簡單解說一下。這篇小文就是對那幾位同學的一個簡單的答覆。

王國維先生在《人間詞話》中，曾說過下面一段話：

古今之成大事業大學問者，必經過三種之境界：「昨夜西風凋碧樹，獨上高樓，望盡天涯路」，此第一境也。「衣帶漸寬終不悔，為伊消得人憔悴」，此第二境也。「眾裡尋他千百度，回頭驀見（按原詞當作驀然回首），那人正（按原詞當作卻）在燈火闌珊處」，此第三境也。

第一種境界所引者為晏殊〈蝶戀花〉之句，第二種境界所引者為柳永〈鳳棲梧〉之句，第三種境界所引者為辛棄疾〈青玉案〉之句❶。若自原詞觀之，則晏殊的「昨夜西風」三句不過寫秋日之悵望；柳永的「衣帶漸寬」二句不過寫別後之相思；辛棄疾的「驀然回首」三句不過寫乍見之驚喜。這些詞句與所謂成大事業大學問者，其相去之遠真如一處北海一處南海，大有風馬牛不相及之勢，而王國維先生竟比並而立說，其牽連綰合之一線只是由於聯想而已。

---

❶ **蝶戀花** 晏殊

檻菊愁煙蘭泣露，羅幕輕寒，燕子雙飛去。明月不諳離恨苦，斜光到曉穿朱戶。
昨夜西風凋碧樹，獨上高樓，望盡天涯路。欲寄彩箋無尺素，山長水闊知何處。

鳳棲梧 柳永

竚倚危樓風細細，望極春愁，黯黯生天際。草色煙光殘照裡，無言誰會凭闌意。
擬把疏狂圖一醉，對酒當歌，強樂還無味。衣帶漸寬終不悔，為伊消得人憔悴。

青玉案 辛棄疾

東風夜放花千樹，更吹落星如雨。寶馬雕車香滿路，鳳簫聲動，玉壺光轉，一夜魚龍舞。
蛾兒雪柳黃金縷，笑語盈盈暗香去。眾裡尋他千百度，驀然回首，那人卻在燈火闌珊處。

「聯想」原為詩歌之創作與欣賞中之一種普遍作用。就創作而言，所謂「比」，所謂「興」，所謂「託喻」，所謂「象徵」，其實無一不是源於聯想，所以螽斯可以喻子孫之盛，關雎可以興淑女之思，美人香草，無一不可用為寄託的象喻，大抵聯想愈豐富的，境界也愈深廣，創作如此，欣賞亦然。而且這種欣賞的聯想更早自孔子便已曾對之大加推許和讚揚了，《論語・學而篇》曾記載著孔子與弟子子貢的一段談話：

子貢曰：「貧而無諂，富而無驕，何如？」子曰：「可也，未若貧而樂，富而好禮者也。」子貢曰：「《詩》云：『如切如磋，如琢如磨』，其斯之謂與？」子曰：「賜也，始可與言詩已矣！告諸往而知來者。」

《論語・八佾篇》又記載著孔子與子夏的一段談話：

子夏問曰：「『巧笑倩兮，美目盼兮，素以為絢兮』，何謂也？」子曰：「繪事後素。」曰：「禮後乎？」子曰：「起予者商也，始可與言詩已矣。」

由以上所引的二段《論語》中的問答看來，一段是子貢由「貧而無諂，富而無驕」，與孔子所說的「貧而樂，富而好禮」的兩種不同的為人的態度境界，而聯想到了《詩經》所歌詠的「如切如磋，如琢如磨」的詩句。另一段則是由子夏所問的「巧笑倩兮，美目盼兮，素以為絢兮」的詩句，而引起了孔子以繪事為譬的回答，又引起子夏「禮後乎」的聯想。他們的種種聯想，都與原詩句沒有必然的關係，而卻都得到了孔子的稱美讚許，由此看來，可見孔子所認為「可與言詩」的人，原來乃都是一些告往知來善得啟發的讀者，換一句話說也就是善於自欣賞中引發聯想的讀者。不過欣賞者之聯想與創作者之聯想又微有不同之處。創作者所致力的乃是如何將自己抽象之感覺、感情、思想，由聯想而化成為具體之意象；欣賞者所致力的乃是如何將作品中所表現的具體的意象，由聯想而化成為自己抽象之感覺、感情，與思想。創作者的聯想我們可以找到兩個簡明的例證，其一是李後主〈清平樂〉詞中的二句「離恨恰如春草，更行更遠還生」；其二是秦少游〈減字木蘭花〉詞中的二句：「欲見迴腸，斷盡薰爐小篆香。」自「離恨」到更行更遠還生的「春草」，自「迴腸」到薰爐斷盡的「篆香」，這當然是聯想。而「離恨」和「迴腸」是抽象的感情，「春草」和「篆香」則是具體的意象，使讀者自此具體之意象中，對抽象之感情、感覺、思想，得到鮮明生動的感受，這是創作者之能事。至於欣賞者的聯想，則我們自《人間詞話》本書中就可以另外也找到兩個例證，其一是評南唐中主〈攤破浣溪沙〉詞的話，王氏云：「『菡萏香消翠葉殘，西風愁起綠波間』，大有眾芳蕪穢美人遲暮之感。」其二是評馮延巳〈鵲踏枝〉詞的話，王氏云：「『終日馳車走，不見所問津』，詩人之憂世也，『百草千花寒食路，香車繫在誰家樹』似之。」自「菡萏香消翠葉殘」到「美人遲暮」；自「百草千花寒食路」到「詩人之憂世」當然也是聯想，而「菡萏香消」和「百草千花」是具體的意象，「美人遲暮」之感和「詩人憂世」之心則是抽象的感情，自作品具體之意象中，感受到抽象的感情、感覺和思想，這是欣賞者之能事。這種由彼此之聯想而在作者與讀者之間構成的相互觸發，形成了一種微妙的感應，而且這種感應既不必完全相同，也不必一成不變，只要作品在讀者心中喚起了一種真切而深刻的感受，這就已經賦予這作品以生生不已的生命了，這該也就是一切藝術作品的最大的意義和價值之所在。當然，我這樣說也並不是以為欣賞單只著重聯想，而便可以將作者之原意完全抹煞而不顧，我只是以為一個欣賞詩歌的人，若除了明白一首詩的辭句所能說明的有限的意義之外，便不能有什麼感受和生發，那麼即使他所了解的絲毫沒有差誤，也不過只是一個刻舟求劍的愚子而已；但反之亦然，若一個欣賞詩歌的人，但憑一己之聯想，便認定作者確有如此之用心，那麼即使他所聯想的十分精微美妙，也不過只是盲人摸象的癡說而已。所以我以為對詩歌之欣賞實在當具備兩方面的條件，其一是要由客觀之理性對作品有所了解，其二是要由主觀之聯想對作品有所感受。《人間詞話》三種境界之說，當然只是王國維氏由一己主觀之聯想所得的感受，但王氏的可貴之處則在他並不將一己之聯想指為作者之用心，就在這一段三種境界之說的後面，王氏就曾自作說明道：「遽以此意解釋諸詞，恐晏歐諸公所不許也。」這種態度就比專以寄託說詞的清代常州諸老明達得多了。而且這種說詞的方法還有一點好處，就是他能以他自己的感受給其他讀者一種觸發，將其他讀者也帶入了一個更深廣的境界，雖然每個人之所得仍不必盡同，但每個人卻都可以各就其不同的感受而加深加廣，這種觸發的提示豈不是極可貴的麼？

現在我且就我個人一己之所得，對這三種境界略加解說：

第一種境界，也就是「昨夜西風凋碧樹，獨上高樓，望盡天涯路」的境界。在臺灣，四季無鮮明之變化，此三句詞所表現之境界頗不易體會得到，而在大陸的北方，每當玉露凋傷金風乍起之時，草木的黃落變衰是一種極其急促而明顯的現象。長林葉落，四野風飄，轉眼間便顯示出天地的高迥。新寒似水，不僅侵入肌骨，更且沁人心脾。偶爾登高望遠，一種蒼茫寥廓之感，會使人覺得爽然若有所失。在人之一生中也會經過這一個類似的階段，這時人們會覺得自己既已無復是春日遲遲時的幼稚和滿懷驚喜；也已無復是夏日炎炎時的緊張和不遑喘息，是黃落的草木驀然顯示了自然的變幻與天地的廣遠，是似水的新寒驀然喚起了人們自我的反省與內心的寂寞。這時，人們會覺得過去所熟悉的、所倚賴的一些事物在逐漸離去，逐漸遠逝。雖然人們對此或許不免有一份悵惘之感，但同時人們卻又會覺得這消逝的一切原來早已經不復能使他們得到滿足了。這種凋落，拓展了他們更廣更遠的視野，使他們擺脫了少年的幼稚的耽溺和蒙蔽。他們開始尋求一些更真實更美善的事物，一種追求尋覓的需要之感自心底油然而生，所以在「昨夜西風凋碧樹」之後，緊接著便是「獨上高樓，望盡天涯路」。「獨」者，可視為寫此境界中之孤獨寂寞之感；「上高樓」者，可視為寫對崇高理想之嚮往；「望盡天涯路」者，則可視為擺脫了一切幼稚的耽溺蒙蔽以後，對更廣遠的境界的追求尋覓和期待。然而四野寥廓，瞻顧蒼茫，所追尋者竟渺不知其在何許，如果有人正在這種茫然無緒的感覺中，那麼他無須困惑，也無須悲哀，因為這正是成大事業大學問者的第一種境界呢。

第二種境界，也就是「衣帶漸寬終不悔，為伊消得人憔悴」的境界。柳永原詞只是寫戀愛中的相思之苦，但這種擇一固執殉身無悔的精神，卻不僅於在戀愛時為然，屈原曾說過「亦余心之所善兮，雖九死其猶未悔」，孟子也曾說過「所愛有甚於生，所惡有甚於死」，這些正是古今仁人志士所共同具有的一種情操。「愛其所愛」的感情是常人都可有的感情，但「擇一固執殉身無悔」的操守卻不是常人都可有的操守。第一難在「擇一」，第二難在「固執」，第三難在「殉身無悔」。〈九歌・少司命〉有句云：「滿堂兮美人，忽獨與余兮目成」，美人雖眾，而情有獨鍾。人們如何自這些學問事業的多歧多彩的途徑中，選擇到自己「所善」「所愛」的理想，這是極重要的一件事。「所善」該是出於理性的明辨，「所愛」則是由於感情的直覺。知其「可善」而不覺其「可愛」，則無固執之感情；覺其「可愛」而不見其「可善」，則無殉身之價值。這種選擇偶有不當，則一切所謂「固執」與「殉身」也者，都將成為虛妄的空談，所以說第一難在擇一；而既經擇定之後，便當「生死以之」，「造次必於是，顛沛必於是」。雖然在此追求之時期中，其成敗得失之結果往往尚在茫不可知之數，然而韓偓有兩句詩說得好：「此生終獨宿，到死誓相尋」，在這遙遠的追求的路途中，那些「見異思遷」的人固然輕浮不足與有言，「知難而退」的人亦復懦弱不足與有為。所以說第二難在固執。然而在學問事業的路途上常是追求的人多而成功的人少，寫詩歌者固不盡能如李杜二詩人之光照古今，學物理者也不盡能如李楊二博士之名揚中外，如果竟然「賫志以歿」，豈不「遺恨終生」？但這並不在志士仁人的顧慮之內，因為他們既已有了「殉身」的熱情，便早抱定「無悔」的決心了。而這種「擇一固執殉身無悔」的情操，便正是成大事業大學問者的第二種境界。在此境界中，雖不免困勉之勞，艱苦之感，但我確信真正經驗到這種境界的人，必能從困勉艱苦中，體會到情願心甘之樂的。柳永此詞前一句之「衣帶漸寬」四字，就正寫出了追尋期待中的艱苦之感，而「終不悔」三字則表現了「殉身無悔」的精神，至於下一句的「為伊」則表現了選擇的正確與不可移易，「消得」者乃是「值得」之意，唯有「擇一」之正確選擇的人，才能領會到縱使到衣帶漸寬斯人憔悴的地步也終於不悔的精神和意義。這種艱苦的固執追尋，豈不是成大事業大學問者的第二種境界？

至於第三種境界，也就是「眾裡尋他千百度，驀然回首，那人正在燈火闌珊處」的境界。如果說第一種境界是寫追求理想時的嚮往的心情，第二種境界是寫追求理想時的艱苦的經歷，那麼第三種境界所寫的則是理想得到實現後的滿足的喜樂。雖然曾國藩有「莫問收穫，但問耕耘」之說，但這只是為在第二種境界中的人說法立論，使之不致因艱苦困難而退縮避餒。但無論如何，「耕耘」都該只是一種手段，「收穫」才是目的，如果我們誇大一點說，我們竟可以說人類生命的價值意義之所在，就在此第三種境界之獲得。只可惜我國詩歌中，描寫這種境界的作品似乎並不多，我想其原因大約有兩點，其一是因為這種境界原不易獲得，因為在此世上能有真正完美之理想的人已經不多，而復能不辭艱苦以求達成的人更少，且一般人所自認為理想而加以追求的，常只是一種淺薄的欲望，而欲望則絕無達成完美境界之可言者也。其二是因為獲得這種境界的人並不寫之於詩歌，因為這種境界原不易於寫，而在此境界中的人亦不暇於寫，佛典有云：「如人飲水，冷暖自知。」冷暖之感既不易於言說，飲水之時亦不暇於告人。但這種境界確該是真實存在而且極可寶愛的，只是想在詩歌中覓得表達這種境界的句子頗為不易罷了。首先我曾想到《詩經．唐風．綢繆》中的「今夕何夕，見此良人」二句，這兩句詩確能予人一種無缺憾的美感，其滿足之意，其欣喜之情，都極真切感人。只是這兩句詩所表現的似只是意外之驚喜，而未能表現出堅苦卓絕以達成願望之精神；其次，我又曾想到一首佛家偈語：「到處尋春不見春，芒鞋踏遍嶺頭雲。歸來笑拈梅花嗅，春在枝頭已十分。」此詩首二句頗能寫出追尋之艱苦與意願之堅定，後二句亦頗能表現出在第三種境界中的完美與欣喜，只是這種完美欣喜充滿了得道之人的「自性圓明，不假外求」的意味，與成大事業大學問之向外追求者似亦頗有不同。在此兩個例證的比較下，我們才可看出王國維先生以「眾裡尋他千百度，驀然回首，那人正在燈火闌珊處」三句，喻為成大事業大學問者的第三種境界的見地之高與取譬之妙。「眾裡尋他千百度」者，緊承第二種境界而言，具見對此理想追尋所經歷的種種艱苦；「驀然回首」者，正寫久經艱苦一旦成功時之驚喜；「那人」雖僅寥寥二字，然而絕不作第二人想，可見理想之不可移易，更使人彌感獲致之可貴；「正在燈火闌珊處」者，「闌珊」乃冷落寂寞之意，一位同學在作文中曾經寫過說：「耶穌在求真理的路上踽踽獨行」，如果確有值得追尋的「那人」，我們知道他必定是在「燈火闌珊」之處的。但願每個追求理想的人，在經過「眾裡尋他千百度」之後，都能夠獲有發現「驀然回首，那人正在燈火闌珊處」之一日。這種境界該是至完整、至美善、至真實的一種境界。

最後，我要說明，我之所說未必與王國維先生原意完全相同，讀此文者之所得，也不必與我完全相同。然而這種差異，實在無關緊要，我們只是由聯想引發聯想，在內心最真切的感受中，覓取和享受彼此間一種相互的觸發而已。

溫庭筠詞概說

蓋溫詞之特色，原在但以名物、色澤、聲音，喚起人純美之美感，殊不必規規以求其文理之通順，意義之明達也。

一、前言

我於早歲讀詞之時，對溫庭筠詞，頗為不喜。暇嘗自思其故，以為蓋有二因：一則當時我方年少，偏重感情，耽愛幻想，故於文藝亦偏愛主觀之作。其於作品之中，表現有對理想追求之熱望與執著，或幻滅之悲哀與嘆息，足以激動人之心懷，使之蕩氣迴腸而不能自已者，則為我所深愛。反之，若其作品但持冷靜之觀照，作客觀之描摹，則雖其作品極為精美，亦為我所不喜。而溫庭筠詞則近於後者，此我所以不喜溫詞之理由一也。再則我性疏略簡易，不喜華麗雕飾之作，故於詩之陶謝二公，則我偏愛陶之自然，於李杜二公，則我偏愛杜之樸拙。詞亦然，以溫韋二家言之，則我寧取韋之清簡勁直，而不喜溫之華美穠麗，以其過於豔，過於膩，似少純真樸質之美，與我之天性頗遠，此我所以不喜溫詞之理由二也。夫溫庭筠詞既為我性之所不喜，有如上述矣，而今竟取而說之者，其故有二端：一為在己之原因。歲月易逝，瞬焉已過三十，韶華既漸入中年，情感亦漸趨淡漠，而近十年中憂患勞苦之生活，更頗有不為外人知，且不足為外人道者。辛稼軒有詞云：「而今識盡愁滋味，欲說還休。」我今頗亦自感過去所耽愛之熱望與執著之既為空幻，而悲哀與嘆息則更為無謂，因之近年來寫作之途徑乃逐漸由創作轉為批評，而欣賞之態度亦逐漸由主觀轉為客觀矣。且也，我之天性中原隱有矛盾之二重性格，一為熱烈任縱之感情，一為冷靜嚴刻之理智。此矛盾之性格，在現實生活中，雖不免多害而少益，然而以文學欣賞言之，則或者尚能無違古聖「好而知其惡，惡而知其美」之遺訓也。而況老大憂患之餘生，主觀之感情已斂，客觀之理智漸明，故我過去於溫詞雖無深愛，而今乃竟取而說之，自知不能有何高見深會，惟冀能為個人欣賞態度轉變之一驗耳。此我所以取溫詞而說之之理由一也。另一則為在人之原因。今年夏，許詩英先生為《淡江學報》向我索稿，且云交卷之期可以遲至寒假之後，私意以為來日方長，頗多餘裕，遂欣然允諾；更因當時方為人寫得〈說靜安詞〉小文一篇，忽動說詞之念，因告許先生云我將取唐五代溫、韋、馮、李四家詞一一說之。端己之清簡勁直，正中之熱烈執著，後主之奔放自然，皆所深愛，至於飛卿詞，則我對之既無深愛，原不敢妄說，惟以飛卿詞既為唐五代一大宗師，列入之似較為完整耳。此意雖定，而今年暑假期中，煩雜之事頗多，遂遲遲未能著筆。而九月中許先生又告我云《淡江學報》近已決定提前於十一月八日校慶時出刊，因之文稿必須於十月中旬交卷。時英專及臺大亦已相繼開學，倉卒間不暇取四家詞一一說之，遂依時代之前後，先說溫庭筠一家，勉為報命，他日有暇，或可更取韋、馮、李三家一併說之，以卒成前願。此我所以取溫詞而說之之理由二也。夫前賢已往，心事幽微，強作解人，已不免於好事之譏，而況以我之個性之疏略，飛卿之詞作之精美，倘非迫於報命之故，則即使個人欣賞態度有如上所云云之轉變，亦何敢便率爾說之也。昔佛家有偈云：「啼得血流無用處，不如緘口度殘春。」今茲之說溫詞，真所謂愚而不智，勞而少功者也。乃竟不得已而說之矣，則所差堪告慰者，惟不敢不以誠實自勉耳。譬若游魚飲水，野人負曝，或者尚不失為個人之一得，至於欲求其有得於作者之用心，有當於讀者之體認，則非所敢致望者也。

又本文原擬但為詞說，其後又增入溫庭筠之生平及其為人，與溫庭筠之詞集二節。前一節之增入，乃為個人解說方便計，蓋因欲辨溫詞之有無寄託，故鈔錄若干史料，以為知人論世之資。後一節之增入，則為初學欲讀溫詞者略作指示而已。至於所謂詞說，則包括三部分：一為論溫庭筠詞之有無寄託，一為溫庭筠詞之特色，一為溫庭筠詞釋例。論溫詞有無寄託一節，雖微嫌枝蔓，然而此問題似亦在不可不辨之列，故略及之；溫詞之特色一節，則但就個人所見飛卿詞之一二特點，稍加說明，至其與世人同者，則略而不述焉；溫詞釋例一節，則取飛卿詞代表作品數首略加解說分析，所著重者但在個人之感受與欣賞，既非同於註釋，亦有異於翻譯也。再者本文乃用淺近之文言寫成，則亦不過但為立說方便而已，文白工拙原非所計。凡此諸點，唯但求盡其在我，固未必皆能有當也。

二、溫庭筠之生平及其為人

溫氏之生平及為人，俱見新舊《唐書》列傳及各家筆記中，今擇要摘錄於後，讀者可自覽而得之，遂不復作冷飯化粥之舉，惟冀知人論世之際，庶幾可以略省讀者翻檢之勞而已。

(一)舊唐書卷一百九十下文苑傳下溫庭筠本傳：

溫庭筠者，太原人，本名岐，字飛卿。大中初應進士，苦心硯席，尤長於詩賦。初至京師，人士翕然推重。然士行塵雜，不修邊幅。能逐絃吹之音，為側豔之詞。公卿家無賴子弟裴誠令狐縞（按當作滈）之徒，相與蒱飲，酣醉終日，由是累年不第。徐商鎮襄陽，往依之，署為巡官。咸通中失意歸江東，路由廣陵，心怨令狐綯在位時不為成名，既至，與新進少年狂遊狹邪，久不刺謁。又乞索於楊子院，醉而犯夜，為虞候所擊，敗面折齒，方還揚州，訴之令狐綯。搜虞候治之，極言庭筠狹邪醜跡，乃兩釋之。自是汙行聞於京師。庭筠自至長安，致書公卿間雪冤。屬徐商知政事，頗為言之。無何，商罷相出鎮。楊收怒之，貶為方城尉。再遷隋縣尉，卒。……庭筠著述頗多，而詩賦韻格清拔，文士稱之。

(二)舊唐書同卷李商隱傳：

李商隱……與太原溫庭筠，南郡段成式齊名。時號三十六。文思清麗，庭筠過之。而俱無特操，恃才詭激，為當塗者所薄。名宦不進，坎壈終身。

(三)新唐書卷九十一溫大雅傳附庭筠傳：

彥博裔孫筠，少敏悟。工為辭章，與李商隱皆有名，號溫李。然薄於行，無檢幅。又多作側辭豔曲。與貴冑裴誠令狐滈等蒱飲狎昵。數舉進士，不中第。思神速，多為人作文。大中末試，有司廉視尤謹。庭筠不樂，上書千餘言，然私占授者已八人，執政鄙其所為，授方山尉。徐商鎮襄陽，署巡官，不得志，去歸江東。令狐綯方鎮淮南，庭筠怨居中時不為助力，過府不肯謁。丐錢楊子院，夜醉，為邏卒擊折其齒。訴於綯，綯為劾吏，吏具道其汙行，綯兩置之。事聞京師，庭筠徧見公卿，言為吏誣染。俄而徐商執政，頗右之，欲白用。會商罷，楊收疾之，遂廢卒。本名岐，字飛卿。

(四)玉泉子（一卷）：

溫庭筠有詞賦盛名，初從鄉里舉，客遊江淮間，楊子留後姚勗厚遺之。庭筠少年，其所得錢帛，多為狎邪所費。勗大怒，笞且逐之。以故庭筠不中第。其姐趙顓之妻也，每以庭筠下第，輒切齒於勗。一日，廳有客，溫氏偶問誰氏，左右以勗對。溫氏遽出廳事，執勗袖大哭。勗殊驚異，且持袖牢固不可脫，不知所為。移時，溫氏方曰：「吾弟年少，宴遊人之常情，奈何笞之？迄今遂無有成，安得不由汝致之。」遂大哭，久之，方得解脫。勗歸憤訝，竟因此得疾而卒。

(五)北夢瑣言卷二：

宣宗時，相國令狐綯……曾以故事訪於溫岐。對以其事出《南華》，且曰：「非僻書也，或冀相公爕理之暇，時宜覽古。」綯益怒之，乃奏岐有才無行，不宜與第。會宣宗私行，為溫岐所忤。乃授方城尉，所以岐詩云：「因知此恨人多積，悔讀《南華》第二篇。」

又北夢瑣言卷四：

溫庭雲，字飛卿。或云作筠字。與李商隱齊名，時號曰溫李。才思豔麗，工於小賦。每入試，押官韻作賦，凡八叉手而八韻成。多為鄰鋪假手，日救數人。而士行有缺，縉紳薄之。李義山謂曰：「近得一聯句云遠比召公三十六年宰輔，未得偶句。」溫曰：「何不云近同郭令二十四考中書。」宣宗嘗賦詩，上句有金步搖，未能對。遣未第進士對之，庭雲乃以玉條脫續之，宣宗賞焉。又藥名有白頭翁，溫以蒼耳子為對。他皆此類也。宣宗愛唱〈菩薩蠻〉詞，令狐相國假其新撰密進之，戒令勿洩，而遽言於人，由是疏之。溫亦有言云：「中書堂內坐將軍。」譏相國無學也。宣皇好微行，遇於逆旅。溫不識龍顏，傲然而詰之曰：「公非司馬長史之流？」帝曰：「非也。」又謂曰：「得非文彥（疑當從《唐才子傳》作參）簿尉之類？」帝曰：「非也。」謫為方城縣尉。其制詞曰：「孔門以德行為先，文章為末，爾既德行無取，文章何以補之？徒負不羈之才，罕有適時之用」云云。竟流落而死也。杜豳公自西川除淮海，溫庭雲詣韋曲杜氏林亭，留詩云：「卓氏爐前金線柳，隋家堤畔錦帆風，貪為兩地行霖雨，不見池蓮照水紅。」豳公聞之，遺絹一千疋。吳興沈徽云：「溫舅曾於江淮為親表檟楚，由是改名焉。」庭雲又每歲舉場多為舉人假手。沈詢侍郎知舉，別施鋪席授庭雲，不與諸公鄰比。翌日簾前謂庭雲曰：「向來策名者，皆是文賦托於學士，某今歲場中並無假託，學士勉旃。」因遣之，由是不得如意也。

㈥南部新書卷庚：

令狐相綯，以姓氏少，族人有投者，不惜其力。由是遠近皆趨之，至有姓胡冒令狐者。進士溫庭筠戲為詞曰：「自從元老登庸後，天下諸胡悉帶令。」

㈦唐才子傳卷八：

庭筠字飛卿，舊名岐，并州人。宰相彥博之孫也。少敏悟天才，能走筆成萬言。善鼓琴吹曲，云：「有弦即彈，有孔即吹，何必爨桐與柯亭也。」側辭豔曲與李商隱齊名，時號溫李。才情綺麗，尤工律賦。每試，押官韻，燭下未嘗起草，但籠袖凭几，每一韻一吟而已。場中曰：「溫八吟。」又謂八叉手成八韻，名「溫八叉」。多為鄰鋪假手。然薄行無檢幅，與貴胄令狐滈等飲博。後嘗夜醉詬狹邪間，為邏卒折齒，訴不得理。舉進士數上又不第。出入令狐相國書館中，待遇甚優。時宣宗喜歌〈菩薩蠻〉，綯假其新撰進之。戒令勿泄，而遽言於人。綯又嘗問玉條脫事，對以出《南華經》，且曰：「非僻書，相公燮理之暇，亦宜覽古。」又有言曰：「中書省內坐將軍」，譏綯無學，由是漸疏之。自傷云：「因知此恨人多積，悔讀《南華》第二篇。」徐商鎮襄陽，辟巡官。不得志，遊江東。大中末，山北沈侍郎主文，特召庭筠試於簾下。恐其潛救。是日不樂，逼暮，請先出，仍獻啟千餘言。詢之，已占授八人矣。執政鄙其為，留長安中待除。宣宗微行，遇於傳舍，庭筠不識，傲然詰之曰：「公非司馬長史之流乎？」又曰：「得非文參簿尉之類？」帝曰：「非也。」後謫方城尉，中書舍人裴坦當制，忸怩含毫久之，詞曰：「孔門以德行居先，文章為末，爾既早隨計吏，宿負雄名，徒誇不羈之才，罕有適時之用。放騷人於湘浦，移賈誼於長沙。尚有前席之期，未爽抽毫之思。」庭筠之官，文士詩人爭賦詩祖餞，惟紀唐夫擅場，曰：「鳳凰詔下雖霑命，鸚鵡才高卻累身。」唐夫舉進士，有詞名。庭筠仕終國子助教。竟流落而死。今有《漢南真稿》十卷，《握蘭集》三卷，《金荃集》十卷，《詩集》五卷，及《學海》三十卷，又《採茶錄》一卷，及著《乾䐑子》一卷，序云：「不爵不觥，非炰非炙，能說諸心，庶乎乾䐑之義。」並傳於世。

（按溫庭筠之作品今但存《詩集》三卷，《別集》一卷，清顧嗣立輯《集外詩》一卷。詞散見《花間》、《尊前》諸集。說詳後。）

自右所摘錄之諸則記載中，溫氏之生平及為人已可概見，他如《全唐詩話》、《唐詩紀事》、《摭言》、《桐薪》諸書中，亦多記有溫庭筠之瑣事軼聞，以事多重複，茲不具錄。又，近人夏瞿禪編有〈溫飛卿繫年〉一卷，考訂頗詳，可供參考之用。

三、溫庭筠之詞集

溫庭筠之作品，據《新唐書・藝文志》著錄云：「溫庭筠《握蘭集》三卷，又《金筌集》❶十卷，《詩集》五卷，《漢南真稾》十卷。」《宋史・藝文志》但著錄云：「《溫庭筠集》七卷。」於詞集並無明白之標者。世多以為〈唐志〉所著錄之《握蘭集》三卷、《金筌集》十卷即是溫氏之詞集。然據《溫飛卿詩集箋注》（中華書局據秀野草堂校刊之《四部備要》本）所附錄之康熙三十六年長洲顧嗣立跋云：「今所見宋刻止《金筌集》

❶《金筌集》俗多作《金荃》，而《唐書・藝文志》及《溫飛卿詩集箋注》顧嗣立跋所云之宋刻本，字皆作筌，似當以「筌」字為正。按筌，取魚竹器，笱屬。《莊子・外物篇》：「筌者所以在魚，得魚而忘筌；言者所以在意，得意而忘言。」金筌者，金製之筌也，與《金奩集》命名之取意，正可以相發明。世或因《握蘭集》之蘭字乃香草名，因以「荃」字為正，「筌」字為誤，恐不可據。惟「筌」字亦可作「荃」，故俗亦有寫作《金荃集》者耳。

七卷，《別集》一卷，《金筌詞》一卷。」是飛卿詞集宋時但有一卷，則世所稱之《握蘭》、《金筌》二集，恐係兼詩文集言之，非專指詞集也。又《彊村叢書》收有《金奩集》一卷，卷首題名溫飛卿庭筠，世亦有誤以此即為《金筌集》者，然據《金奩集》所附鮑以文跋語云：「右《金奩集》一卷，計詞一百四十七闋，明正統辛酉海虞吳訥所編《四朝名賢詞》之一也，編纂各分宮調，此他詞集及詞譜所未有，閒取《全唐詩》校勘（按《全唐詩》曾彙輯唐五代詞附於第三十二卷之末），中雜韋莊四十七首，張泌一首，歐陽炯十六首，溫詞只八十三首，疑是前人彙集四人之作，非飛卿專集也。按飛卿有《握蘭》、《金筌》二集，《金奩》豈即《金筌》之訛耶？元本為梅禹金先生評點，余從錢塘汪氏借鈔得之。」（按鮑氏謂《金奩》非飛卿專集，所言極是，然以《金奩》為《金筌》之訛則非矣。）其後更有朱孝臧氏跋文云：「此鮑淥飲手稿，朱筆別紙附寫本後。按宋吉洲本《歐陽文忠公集》刻成於慶元二年，《近體樂府》校語引《尊前》、《金奩》諸集。陸放翁跋《金奩集》云：『飛卿〈南鄉子〉八闋，語意工妙，殆可追配劉夢得〈竹枝〉，信一時傑作也。淳熙己酉立秋觀於國史院直廬。』此則更在慶元之前。蓋宋人雜取《花間集》中溫韋諸家詞，各分宮調，以供歌唱，其意欲為《尊前》之續。故〈菩薩蠻〉注云『五首已見《尊前集》』。吳伯宛謂《尊前》就詞以注調，《金奩》依調以類詞，義例正相比附也。〈南鄉子〉本歐陽炯作，放翁目為溫詞，可見標題飛卿由來已古。……丙辰三月穀雨日歸安朱孝臧。」據此可知題名溫飛卿之《金奩集》，實非飛卿專集，而為宋人雜取《花間》諸家之作所編之詞集，分宮調編排，取供歌唱者也。宋人不尚考據，故於各家姓名，亦不加訂正。題名溫飛卿，沿誤已久。王國維《唐五代二十一家詞輯》，有《金筌詞》一卷。跋文所云：「錢唐丁氏善本書室藏有一百四十七闋本」者，實即《金奩集》也。《詞學季刊》三卷三期趙尊嶽〈詞籍提要〉云：「丁氏善本書室藏書志《金筌詞》一卷，何夢華藏書，有無名氏跋，即淥飲此稿（按即前所錄《金奩集》後鮑淥飲之跋文）。蓋夢華據此迻錄，而揜其名。又臆改金奩為金筌也。」王國維氏所見者蓋即此本。是王氏所見者原為《金奩》，而《金奩》與《金筌》固較然為二也。王氏雖未詳加辨證，然以其中雜有韋莊張泌歐陽炯諸家之作頗多，故已知其不可據。王氏所輯《金筌詞》一卷，但以《花間集》為本，又從《尊前集》補一闋（按乃〈菩薩蠻〉玉纖彈處真珠落一首），《草堂詩餘》補一闋（按乃〈木蘭花〉家臨長信往來道一首，此詞實亦見詩集，題名〈春曉曲〉），《詩集》補二闋（按乃〈楊柳枝〉一尺深紅蒙麴塵及井底點燈深燭伊二首，詩集中原題作〈新添聲楊柳枝〉）。共七十闋。又林大椿校輯《唐五代詞》（商務版），所收溫庭筠詞七十闋，與王氏輯本全同，今日欲讀溫庭筠詞，求其可信，蓋盡於此矣。

四、論溫庭筠詞之有無寄託

飛卿詞傳世既久，評者極眾，見仁見知，各有不同。然大別之，約可分為二派：一為主張溫詞為有寄託者；一為主張溫詞為無寄託者。茲先將二派之說擇要分別摘錄於後：

(一)主張溫詞為有寄託者，如：

張惠言〈詞選敘〉云：「溫庭筠最高，其言深美閎約。」又評飛卿〈菩薩蠻〉詞云：「此感士不遇也，篇法彷彿〈長門賦〉，而用節節逆敘。」又云：「照花四句，〈離騷〉初服之意。」又云：「青瑣、金堂、故國、吳宮，略露寓意。」又評〈更漏子〉三首云：「此三首亦〈菩薩蠻〉之意。驚塞雁三句，言懽戚不同，興下夢長君不知也。」又云：「蘭露重三句，與塞雁城烏義同。」

陳廷焯《白雨齋詞話》云：「所謂沉鬱者，意在筆先，神餘言外，寫怨夫思婦之懷，寓孽子孤臣之感。凡交情之冷淡，身世之飄零，皆可於一草一木發之。而發之又必若隱若見，欲露不露，反復纏綿，終不許一語道破。匪獨體格之高，亦見性情之厚。飛卿詞如『嬾起畫蛾眉，弄妝梳洗遲』無限傷心溢於言表。又『春夢正關情，鏡中蟬鬢輕』淒涼哀怨，真有欲言難言之苦。又『花落子規啼，綠窗殘夢迷』，又『鸞鏡與花枝，此情誰得知』皆含深意。」又云：「飛卿〈更漏子〉首章云『驚塞雁，起城烏，畫屏金鷓鴣』，此言苦者自苦，樂者自樂；次章云『蘭露重，柳風斜，滿庭堆落花』，此又言盛者自盛，衰者自衰，亦即上章苦樂之意，顛倒言之，純是風人章法，特改換面目，人自不覺耳。」又云：「飛卿〈菩薩蠻〉十四章，全是變化楚騷，古今之極軌也。徒賞其芊麗，誤矣。」

吳梅《詞學通論》云：「唐至溫飛卿，始專力於詞，其詞全祖〈風〉〈騷〉，不僅在瑰麗見長。」又云：「飛卿之詞，極長短錯落之致矣，而出詞都雅，尤有怨悱不亂之遺意。」

㈡主張溫詞為無寄託者，如：

劉熙載《藝概》云：「溫飛卿詞精妙絕人，然類不出乎綺怨。」王國維《人間詞話》云：「張皋文（惠言）謂飛卿之詞『深美閎約』，余謂此四字惟馮正中足以當之。劉融齋（熙載）謂飛卿『精豔絕人』，差近之耳。」又云：「固哉皋文之為詞也，飛卿〈菩薩蠻〉，永叔〈蝶戀花〉，子瞻〈卜算子〉，皆一時興到之作，有何命意？皆被皋文深文羅織。」又云：「『畫屏金鷓鴣』飛卿語也，其詞品似之。」

《栩莊漫記》（按本人未見原書，作者亦不詳為何人，今乃據李冰若氏《花間集評注》轉引）云：「少日誦溫尉詞，愛其麗詞綺思，正如王謝子弟，吐屬風流。嗣見張陳評語，推許過當，直以上接靈均，千古獨絕。殊不謂然也。飛卿為人，具詳舊史，綜觀其詩詞，亦不過一失意文人而已。寧有悲天憫人之懷抱？昔朱子謂《離騷》不都是怨君，嘗嘆為知言。以無行之飛卿，何足以仰企屈子。其詞之豔麗處，正是晚唐詩風，故但覺鏤金錯彩，炫人眼目，而乏深情遠韻。」又云：「張氏《詞選》欲推尊詞體，故奉飛卿為大師，而謂其接跡〈風〉〈騷〉，懸為極軌。以說經家法，深解溫詞。實則論人論世，全不相符。溫詞精麗處自足千古，不賴託庇於〈風〉〈騷〉而始尊……。自張氏書行，論詞者幾視溫詞為屈賦，穿鑿比附如恐不及，是亦不可以已乎。」

既有上述二派之說，是欲讀飛卿詞，則有無寄託之辨，乃成為第一要義。且也，匪獨飛卿詞為然，即在吾人讀古人其他詩作詞作之際，亦莫不時時觸及此一問題。今藉說溫詞之便，姑將此問題試作一簡單之討論。

私意以為詩作詞作之易被人寫成或解成為有寄託之作品，其原因約有二端：一則因詩詞皆為美文，據西洋美學家之說，則美感經驗當為形相之直覺，既自此直覺而得意象，復自此意象而生聯想。故睹天上之流雲，可以意為白衣蒼狗；睹園內之鮮花，亦可以想為君子美人。而此意象及聯意之獲得與產生，則因各人之性格、情趣、修養、經驗之不同而各有差異。同一山也，陶淵明見之，則云「悠然見南山」；李太白見之，則云「相看兩不厭，惟有敬亭山」；辛稼軒見之，則云「我見青山多嫵媚，料青山見我應如是」；姜白石見之，則云「數峰清苦，商略黃昏雨」。夫彼山之為物，固無情感無意識者也。然自有情感有意識之人觀之，則自感覺之觸發，可以得無窮之意象，生無窮之聯想。人之情感與意識既不能盡同，故其所產生之意象與聯想亦復各異，仁者得其仁，智者得其智，深者見其深，淺者見其淺。故在忠貞賢士怨悱君子觀之，則美人、明月、芳草、珍禽，無往而不可以自其窺見我之性情，無往而不可以藉之表達我之懷抱，有諸中而感諸外，既已移情於物，遂乃因物寄情，故詩詞之多託喻之作，實乃純藝術之美文之一極自然之現象也。然此尚不過但就作者一方面言之。若自讀者一方面言之，則作者既可自無情感無意識之實物中，得無窮之意象，生無窮之聯想；則讀者自更可自有情感有意識之作者所表現之意象中，更生無窮之聯想，而得無窮之意象矣。譬若方我讀飛卿詞寶函鈿雀金鸂鶒一首〈菩薩蠻〉時，即曾自其「鸞鏡與花枝，此情誰得知」二句，聯想到王靜安〈虞美人〉詞之「妾身但使分明在，肯把朱顏悔？從今不復夢承恩，且自簪花坐賞鏡中人」數句，復自靜安詞之「妾身但使分明在」一句，聯想到文天祥之〈滿江紅〉詞之「世態便如翻覆雨，妾身原是分明月」二句。夫飛卿之寫「鸞鏡與花枝」二句時，固未嘗有如文信國公之忠貞死義之心也。然而我之聯想則不失為讀者之一得。故自富聯想而有深心之讀者讀之，則自其感覺之所觸發，於詩於詞無往而不可生託喻之意，則自可「抽忠孝於金粉之藪，遇君父於幽怨之天」（張百祺〈詞選序〉）矣。故譚復堂氏乃有「觸類之感，充類以盡，甚且作者之用心未必然，而讀者之用心何必不然」（〈復堂詞錄序〉）之說。此詩作詞作所以易被讀者解釋為有託喻之作之一原因也。

然我國文士之易於將詩作詞作寫成或解成為有寄託之作，則除上述美感之聯想之原因外，更另有一大原因在。蓋以我國自古即將文藝之價值，依附於道德之價值之上，而忽略其純藝術之價值。故孔子論詩即有「誦詩三百，授之以政，不達；使於四方，不能專對，雖多亦奚以為」之言（《論語・子路》第十三）。揚雄更鄙視文藝，以為「雕蟲篆刻，壯夫不為」（《法言・吾子篇》）。迄唐韓愈倡為「文以載道」之說，主張「非三代兩漢之書不敢觀，非聖人之志不敢存」（〈答李翊書〉）。宋程頤亦云「《書》曰『玩物喪志』，為文亦玩物也」（《程子語錄》）。相沿既久，此傳統之觀念，乃深深植根於一般士大夫之頭腦中，以為如但為純文藝之作品，而無絲毫道德上之價值，則微末不足道之小技耳。是以不寫成為有寄託之作，則不足以自尊；不解成為有寄託之作，則不足以尊人。《栩莊漫記》所云：「張氏《詞選》欲推尊詞體，故奉飛卿為大師，而謂其接跡〈風〉〈騷〉，懸為極軌。」誠為有見之言。此我國詩作詞作之易被寫成或解成為有寄託之作之又一因也。

以上但論原因，今請更一試論其結果。就作者言之，自前一原因（即美感之聯想）

所寫成之託喻之作品，莫不為作者性情人格之自然之流露，如山自青，如水自碧，其為佳作自不待言。至若由後一原因（道德之觀念）所寫成之託喻之作品，則可分為二類：一則雖為有心之託喻，然其性情、身世、修養、人格之所涵育，確有所謂悲天憫人感時憂國之心，發為託喻之作，自然誠摯深厚，真切感人。與前一種由美感之聯想所觸發而寫成之託喻之作相較，雖其動念之際有因物觸情與以情託物之不同，然其寫之於作品之中，則皆為情物交感，內外一如，縱有差別，實難軒輊。至於另一種由道德之觀念所寫成之託喻之作，則但為依附道德以求自尊，虛偽造作，全無所謂性情、身世、修養、人格之涵育，則其所作但為欺世盜名之工具而已，其無價值自不待言也。以上但就作者而言，今請更就讀者言之：王國維《人間詞話》評中主詞〈攤破浣溪沙〉一首云：「『菡萏香消翠葉殘，西風愁起綠波間』，大有眾芳蕪穢美人遲暮之感。」此前一種之讀者，由美感之聯想而得意象者也；張惠言《詞選》評飛卿詞〈菩薩蠻〉第一首云：「照花四句，〈離騷〉初服之意。」此後一種之讀者，由道德之觀念欲推尊詞體而故為之說者也。前一種之讀者，但舉個人之一得，而以之觸發他人之聯想，則他人更可自其所觸發之聯想，而得無窮之意象，因之於所讀之作品，能有更豐富更深刻更生動之體認，此大有助於欣賞者也。至於後一種之讀者，則直指作者必有如此之用心，其拘限人之聯想姑置不論，倘其所言，確有歷史上之根據，夷考作者之性情、身世、修養、人格皆能深符而密契，則雖無與於藝術之欣賞，而尚頗有助於內容之了解，則其所言亦大有可取之處；若夫但由於依附道德之一念，而故為之說，考之作者之性情、身世、修養、人格全不見相符之處者，則穿鑿附會之說耳，其無足取，自亦不待言。

辨別作品有無寄託之理既明，今請就飛卿詞而論之，以作者而言，則自飛卿之生平及為人考之，溫氏似但為一潦倒失意、有才無行之文士耳，庸詎有所謂忠愛之思與夫家國之感者乎？故其所作，當亦不過逐絃吹之音所製之側辭豔曲耳。誠以以情物交感之託喻之作品言之，則飛卿無此性情、身世、修養、人格之涵育；以依附道德以求自尊之託喻作品言之，則以飛卿之放誕不檢，不修邊幅，似亦當無取於此也。是以作者言，飛卿詞當無寄託之作也。若以讀者言，則張惠言諸公以溫詞比擬〈風〉〈騷〉之說，原亦不失為讀者之一得，一如我之自飛卿〈菩薩蠻〉詞之「鸞鏡與花枝」，聯想到文文山〈滿江紅〉詞之「妾身原是分明月」也。而張惠言諸公之誤，乃在不承認此想之但為讀者個人之一得，而必欲強指作者必有如何之章法，必有若何之命意，而又全無事實上之依據，是則有大謬不然者矣。故其所說乃不免於《人間詞話》之「深文羅織」之譏，《栩莊漫記》之「穿鑿比附」之誚也。世之讀溫詞者，倘竟能自其詞中得到較深之會意乎，則此自由於讀之者之性情、身世、修養、人格之有較深厚之涵育，有所觸發而然也。倘不能有較深之會意乎，則飛卿詞原無深意，固不必強同於張惠言諸公之說，深文周內而求之也。

五、溫庭筠詞之特色

天下事物之同異，原難作極精確之區分。即以詞而言，就其廣義者言之，則詩與詞與曲，同為廣義之詩歌。然若自其狹義者言之，則詩與詞，詞與曲，其格律意境又正復釐然而有別。且同為詞也，唐五代之詞，又絕不同於兩宋；同為唐五代或兩宋之詞也，而溫韋既不同於馮李，蘇辛亦有異於姜張；且同為一人之詞也，辛棄疾〈祝英臺近〉之「寶釵分」既不同於〈永遇樂〉之「千古江山」，李後主〈虞美人〉之「一江春水」亦大有異於〈菩薩蠻〉之「剗襪香階」。譬如人面，自其同者觀之，則雙眉、兩目、一鼻、一口，古今中外之所同也；然若自其異者觀之，則匪獨人與人殊，即使同為一人，亦且不免於有悲歡之異，動靜之殊，是則雖有攝影傳真之術，尚且不能盡得其神貌，而況欲以筆墨文字，介紹詞人之作風，而分析其同異乎？然而於人面之介紹也，有所謂漫畫速寫之法，但把握其人面部特徵之一二點，或繪其濃眉，或描其闊口，或隆其鼻，或廣其顙，雖不免於誇大失真，掛一漏萬，然而睹此速寫之相者，盡人皆能有所會心，一望而知其為某某人矣。今茲之介紹溫詞，即但取其一二明顯之特徵，略加評述。至其與人同者，則既非筆墨之所能詳，即其個人悲歡動靜之變，亦非文字之所能盡也，自知不免於誇大失真、掛一漏萬之譏，竊自比於漫畫速寫之例而已。

飛卿詞之特色，私意以為蓋有二點：一則飛卿詞多為客觀之作。一切藝術之有主觀客觀之分，其說蓋由來已久，且為中外之所同然。德國哲學家尼采，在其《悲劇的發生》一書中，即曾將藝術分為二種，一為達奧尼斯式（Dionysian）之藝術（按 Dionysus 原為希臘酒神之名，故 Dionysian 亦可譯為酒神的），專在自己感情之活動中領略世界之美，如音樂跳舞，即屬於此一種之藝術；另一則為阿波羅式（Apollonian）之藝術（按 Apollo 原為希臘日神之名，故 Apollonian 亦可譯為日神的），專處旁觀之地位，以冷靜之態度欣賞世界之美，如繪畫、雕刻即屬於此一種之藝術。前者對世界取感情之觀照，俗所謂主觀者也；後者對世界取理智之觀照，俗所謂客觀者也。然而一切立說所用之名詞，常為比較的、相對的，而非絕對的。茲云飛卿詞多為客觀之作，亦不過比較言之耳。蓋如以音樂與繪畫為主觀與客觀二種藝術之代表，則音樂在以狂熱之魅力煽動人之感情；而繪畫則在以精美之技巧引起人之觀賞。前一種藝術予人之感覺，為情緒激動，陶醉哀傷；後一種藝術予人之感覺，為理智澄澈，冷靜安詳。以一般之詩作詞作而論，原多為近於前一種之藝術，而飛卿詞則近於後一種之藝術者也。故在飛卿詞中所表現者，多為冷靜之客觀，精美之技巧，而無熱烈之感情，及明顯之個性。如其詞中之「寶函鈿雀金鸂鶒，沉香閣上吳山碧」，「竹風輕動庭除冷，珠簾月上玲瓏影」，「蕊黃無限當山額，宿妝隱笑紗窗隔」，「繡衫遮笑靨，煙草黏飛蝶」，「翠釵金作股，釵上蝶雙舞」，「蟬鬢美人愁絕」，「淚流玉筯千條」諸句，無論其所寫者為室內之景物，室外之景物，或者為人之動作，人之裝飾，甚至為人之感情，讀之皆但覺如一幅畫圖，極冷靜，極精美，而無絲毫個人主觀之悲喜愛惡流露於其間。古埃及之雕刻，往往將人體予以抽象化，而不表現個性。飛卿詞中所寫之情、景、人物，即近於抽象化，而無明顯之特性及個別之生命者也。王國維《人間詞話》評飛卿詞云：「『畫屏金鷓鴣』飛卿語也，其詞品似之。」鄭因百先生論溫詞，引申王氏之說云：「飛卿詞正像畫屏上的金鷓鴣，精麗華美，具有普天之下的鷓鴣所共有的美麗，而沒有任何一隻鷓鴣所獨有的生命。」所說實極為精到明確。俞平伯《清真詞釋》亦云：「《花間》美人如仕女圖，而《清真詞》中之美人卻彷彿活的。」飛卿詞正可為俞氏所云「仕女圖」之典型代表。夫彼「金鷓鴣」與「仕女圖」之特色，即在能以冷靜之客觀，精美之技巧，將實物作抽象化之描繪，而不表現特性及個別之生命。故其與現實之距離較遠，雖乏生動真切之感，而別饒安恬靜穆之美。譬之希臘女神之雕像，雖不能使人對之生求婚之意念，而可以使人對之作純藝術之觀賞。飛卿詞即大似彼「仕女圖」與「女神雕像」，全以冷靜之客觀，精美之技巧，將一切情、景、人物作抽象化之描述，而不表現特性及個別之生命，故其詞使人讀之，不能有情緒激動陶醉哀傷之感覺，而但為理智澄澈冷靜安詳之觀賞。此正一切客觀藝術之特色，故曰飛卿詞多為客觀之作，此其特色一也。

再則飛卿詞多為純美之作。德國哲學家康德，將「美」分別為「純粹的」(pure beauty)，及「有依賴的」(dependent beauty)二種。所謂純粹的美，但表現於顏色、線形、聲音諸元素之和諧的組合中，而不牽涉任何意義者也，譬之圖畫，有但以顏色、線條及精美之技巧，予人以單純之美感者，如西洋後期印象派畫家之作，及立體派畫家之作，或則利用濃淡之色彩，明暗之陰影，或則利用錯綜之線條，方圓之圖案，而將畫面堆砌成為某一種之形象，使人一望但覺其美，而不必深究其所表現之意義。又如婦女所著用之各色花樣之布料，亦唯但求其美觀，其顏色圖形既不必合於現實，亦不必具有意義，若此之類，皆所謂純美者也。至於所謂有依賴的美，則於形式之外別具意義，譬之圖畫，有以故事或人物為繪畫之題材，用以表現某種意義，以觸動人之情緒，因而生出美感者，如釋教之佛像，耶教之聖像，國畫中之漁樵耕讀圖，皆於形式之外別具意義，此皆所謂有依賴之美者也。飛卿詞所表現之美，於此二者中，則與前一種純美者為近，如其詞中之「鳳凰相對盤金縷，牡丹一夜經微雨」，「翠翹金縷雙鸂鶒，水紋細起春池碧」，「雙鬢隔香紅，玉釵頭上風」諸句，若但以意義求之，則不免竟有晦澀難通之感，故《栩莊漫記》評飛卿詞云：「以一句或二句描寫一簡單之妝飾，而其下突接別意，使詞意不貫，浪費麗字，轉成贅疣，為溫詞之通病。」張惠言諸公則又強作解人，不惜為穿鑿比附之說。若此者，皆不足以知溫詞，蓋溫詞之特色，原在但以名物、色澤、聲音，喚起人純美之美感，殊不必規規以求其文理之通順，意義之明達也。此種近於純美之作品，在我國中晚唐之詩中，亦頗可覓得例證，如李賀〈正月〉詩之「薄薄淡靄弄野姿，寒綠幽風生短絲」，及李商隱〈燕臺〉詩之「風光冉冉東西陌，幾日嬌魂尋不得」諸句，其佳處，皆但可以感覺體味感受，而不必以理智分析解說者也。正如前所述西洋後期印象派及立體派諸畫家之作，但使人對其形象作純美之欣賞，而不必深究其涵義也。若飛卿詞即但以金碧華麗之色澤，抑揚長短之音節，以喚起人之美感，而不必有深意者。此正純美之作品之特色，故曰飛卿詞多為純美之作，此其特色二也。然在純美之欣賞中，以其不受任何意義所拘限，故聯想亦最自由，最豐富（此正為溫詞被人解釋為有寄託之原因）。而其聯想所得之意象，亦復因各人資質修養之不同，而有淺深多寡之異，其所得之意象深而多者，固不必便以其所得者強指為作者之用意，所得之意象淺而寡者，亦不可便以其所不解者即指為作者之病也。故必先認識溫詞之客觀與純美之二大特色，然後可以欣賞溫詞。

六、溫庭筠詞釋例

茲以時間所限，不暇取飛卿詞一一說之，且同為一家之作，多說亦不免繁複。今但取其尤著名者五首（〈菩薩蠻〉三首，〈更漏子〉二首）略作簡釋，聊供初學隅反之一助。至於所標註之次序，則以《花間》為本者也。

㈠菩薩蠻十四首之一

小山重疊金明滅，鬢雲欲度香腮雪。懶起畫蛾眉，弄妝梳洗遲。

照花前後鏡，花面交相映。新貼繡羅襦，雙雙金鷓鴣。

此詞自客觀之觀點讀之，實但寫一女子晨起化妝而已。若張惠言《詞選》所云「此感士不遇也，篇法彷彿〈長門賦〉，而用節節逆敘」，及「照花四句，〈離騷〉初服之意」之說，似不免過於深求，故不願依之立說。又如俞平伯《讀詞偶得》所云：「此篇旨在寫豔，……『雙雙金鷓鴣』乃暗點豔情，……謂與《還魂記・驚夢》折上半有相似之處」之說，則本人讀此詞時，迄未嘗作過如是之想，故亦不敢苟同。今但述本人之一得：首二句寫美人嬌臥未起之狀，「小山」自是牀頭之屏山，然不曰「小屏」而曰「小山」者，「屏」字淺直，「山」字較有藝術之距離，且能喚起人對屏山之高低曲折之想像也。「金明滅」三字寫朝日初升與畫屏之金碧相映生輝。「重疊」二字自是形容曲折之屏山，然「疊」字入聲，與下「滅」字相呼應，復間雜以「山」「重」「金」「明」諸平聲字，其音節促而多變，則山屏之曲折，日光之閃爍，皆可自此一句之音節中體會得到矣。次句「鬢雲」寫亂髮，俞平伯以為「呼起全篇弄妝之文」。「欲度」實乃「欲掩」之意，然「掩」字平板，「度」字生動。「掩」字但作逕直之說明，「度」字則足以喚起人活潑之意象。「香腮雪」三字寫美人面，「香」其氣味也，「雪」其顏色也，「香腮雪」三字連文，與前

「欲度」二字，初讀皆似有不通費解之感，然飛卿詞之妙處，實即在此等處也。後二句「懶起畫蛾眉，弄妝梳洗遲」，私意以為唐杜荀鶴〈春宮怨〉詩之「早被嬋娟誤，欲妝臨鏡慵，承恩不在貌，教妾若為容」四句，大可為此二句之注腳，欲起則懶，弄妝則遲者，正緣此「教妾若為容」之一念耳。美人之嬌慵，美人之自持，可以想見。然而天生麗質，終難自棄，故雖曰「懶」曰「遲」，而畢竟要妝，且復著一「弄」字，千迴百轉，無限要好之心，無限幽微之怨，俱在言外矣。後片「照花前後鏡，花面交相映」二句，則妝成之象矣。猶憶廿餘年前，我方初學試畫長眉，偷照妝鏡之時，常持一小圓鏡，坐對大妝鏡，左右前後，映照顧盼，如二鏡鏡面成斜角，則鏡中可現一環側影，有八九面之多；如二鏡鏡面前後相對，則鏡影中復現鏡影，疊疊重重，恍如無盡。其後偶閱《華嚴經》，見其論法界緣起之說，有云：「猶如眾鏡相照，眾鏡之影，見一鏡中，如是影中復現眾影，一一影中復現眾影，即重重現影，成其無盡復無盡也」，深嘆其設譬之妙。讀者於溫詞此「照花」二句，倘能亦作如是想，則可見其「交相映」三字之妙矣。結二句「新貼繡羅襦，雙雙金鷓鴣」，則自起牀、化妝、照鏡，直寫到穿衣矣。貼，熨貼之也。唐王建有「熨貼朝衣拋戰袍」之句，可以為證。「金鷓鴣」則襦上所繡之圖樣也。襦而為羅，羅而為繡，更加之以熨貼，猶以為未足，復益之曰新貼，一氣四字，但形容此一襦也。然此猶未足以盡其精美，因更足之曰「雙雙金鷓鴣」，「金」是一層形容，「雙雙」是又一層形容，此「繡」之華麗精美，有如是者。劉鐵雲《老殘遊記》寫王小玉說書云：「初看傲來峰削壁千仞，以為上與天通；及至翻到傲來峰頂，纔見扇子崖更在傲來峰上」，竊以為飛卿此二句詞實與之有同妙。而美人要好之深心，不言可知矣。

《栩莊漫記》評此詞云：「雕鏤太過，已開夢窗堆砌晦澀之徑」，又云：「謏之則為盛年獨處，顧影自憐；抑之則侈陳服飾，搔首弄姿」，其所說似不免貶抑太甚，與張惠言以之上比楚騷之說，皆不免過當之失。私意以為飛卿此詞，姑不論其涵義如何，即以其觀察之細微，描寫之精美，層次之分明，鍼鏤之綿密而言，已大有不可及者矣。至於前引杜荀鶴詩之所云云，則不過個人之一想耳，讀者倘亦有此同感，固極佳，不，則亦不必沾滯以求，但視為客觀的描寫美人梳妝之意態可也。

(二) **菩薩蠻**十四首之二

水精簾裡頗黎枕，暖香惹夢鴛鴦錦。江上柳如煙，雁飛殘月天。
藕絲秋色淺，人勝參差剪。雙鬢隔香紅，玉釵頭上風。

此詞全以諸名物之色澤，及音節之優美取勝。首二句寫簾裡之情景。水精，即水晶；頗黎，即玻璃。於簾則曰水晶；於枕則曰玻璃，晶瑩澄澈，一片清明。次句鴛鴦錦，不明言其為衾為褥，而但標舉其質地花紋，以喚起人一種極華麗之意象，而不作切實之說明，此正溫詞純美作風之特色。「惹夢」之「惹」字，與前一首詞「鬢雲欲度」之「度」字同妙。而況「惹夢」者又是「暖香」，則夢境可知。此句纏綿旖旎，無限溫馨，與前一句之「晶瑩澄澈，一片清明」兩兩相對，於矛盾中見調和，相得而益彰。三四兩句「江上柳如煙，雁飛殘月天」，從簾裡轉至簾外，由華麗轉為淒清。前賢多以為此二句乃寫夢境之辭，張惠言《詞選》云：「江上以下略敘夢境。」陳廷焯《白雨齋詞話》云：「江上二句，佳句也。好在全是夢中情況，便覺綿邈無際。若空寫兩句景物，意味便減。」所言誠大有可取，然似亦不必拘執其說。俞平伯《讀詞偶得》即曾云：「簾內之清穠如斯，江上之芊眠如彼，千載以下，無論識與不識，解與不解，都知是好言語矣。」私意以為讀飛卿詞正當作如是觀，蓋飛卿詞之所以為美，關係於色澤聲音者多，而關係於內容涵義者少。即以此詞前半闋而言，其所標舉之諸名物如：「水精簾」，「頗黎枕」，「暖香」，「鴛鴦錦」，「煙柳」，「殘月」，其色澤或為明，或為暗，或為濃，或為淡，皆於矛盾中見諧和，似相反而實相成者也；又如以其聲音分析言之，則一二兩句「枕」「錦」二字上聲寢韻，幽抑曲折，三四兩句忽轉為平聲先韻，輕快清明，皆能極和諧變化之妙。且「先」韻之音色極為優美，如《西廂記》第一折，張生驚豔以後所唱之曲辭：「似神仙歸洞天，空餘下楊柳煙，只聞得鳥雀喧，呀，門掩著梨花深院，粉牆兒高似青天」一段，亦用先韻，雖無甚高深之意義可供讀者之研求，然其音調清新流利，至為美聽。與飛卿詞此二句同為以音色之美感人者。不必深求其意義，而盡人皆知為「好言語」矣。後半闋「藕絲秋色淺，人勝參差剪。雙鬢隔香紅，玉釵頭上風」四句，張惠言以為仍是夢境，云：「人勝參差，玉釵香隔，言夢亦不得到也。」則殊不知其所謂。故《栩莊漫記》即譏之云：「下闋又雕繪滿眼，羌無情趣。即謂夢境有柳煙殘月之中，美人盛服之幻，而四句晦澀已甚，韋相便無此種笨筆也。」此正因張氏過於深求，故反使飛卿蒙晦澀之譏。若依鄙說，但欣賞其色澤音節意象之美，或者尚不無可取也。「藕絲」二句，「絲」、「色」、「淺」、「參」、「差」、「剪」諸字，聲音皆相似，多為齒頭音，讀之恍如見其纖美參差之狀，此但以美感論之。若欲求其涵義，則「藕絲」句狀其衣裳也；「人勝」句狀其裝飾也。私意以為即使「江上」二句是夢境，至下半闋亦必已是夢醒情事，非復在夢中矣。結二句「雙鬢隔香紅，玉釵頭上風」。「香紅」者，花也。而必不明言為花，而曰「香」，其氣味也；曰「紅」，其顏色也。讀者大可自此氣味顏色中，去感受，去想像矣。至於「玉釵頭上風」之「風」字，初讀之，似不免有不通之感，細味之，方覺其妙。蓋必著此一「風」字，然後前所云之「參差」之「人勝」，與夫「雙鬢」之「香紅」，乃增無限裊裊翩翩之感。然又必不明言其裊裊翩翩，而但著一名詞「風」。與「香紅」二字同妙，但以「氣味」「顏色」「名物」喚起人之意象，而不予以說明。若飛卿此詞，大可為純美派之代表作矣。

又俞平伯《讀詞偶得》釋此詞云：「點『人勝』一名，自非泛泛筆，正關合『雁飛殘月天』句，蓋『人歸落雁後，思發在花前』固薛道衡人日詩也。不特有韶華過隙之感，深閨遙怨亦即於藕斷絲連中輕輕逗出。」按「人勝」一詞，據《荊楚歲時記》所載云：「正月七日為人日，剪綵為人，或鏤金箔為人勝，以貼屏風，亦戴之頭鬢。」俞氏蓋自「人勝」聯想到「人日」，復自「人日」聯想到薛道衡之「人日詩」，而此一詩又復恰與「雁飛」句偶然關合，遂乃發為「韶華過隙」「深閨遙怨」之說。其所說實極精微美妙，但恐飛卿為此詞時，或未嘗有此深心曾想到薛道衡之人日詩耳。

(三)菩薩蠻十四首之十二

夜來皓月纔當午，重簾悄悄無人語。深處麝煙長，臥時留薄妝。

當年還自惜，往事那堪憶。花露月明殘，錦衾知曉寒。

此詞前半闋，首三句皆為寫景之辭，惟第四句乃寫人之辭。而此寫人之一句，實乃全詞之關鍵。前半闋三句是此人之所見，後半闋四句是此人之所感。故今欲釋此詞，須先釋此人。飛卿寫此人曰：「臥時留薄妝。」以其是「臥時」，故無復濃妝盛服，但留得淡淡之眉黛，輕輕之口脂，所謂「薄妝」也。然則自此「薄妝」二字觀之，此人必是女性。惟是此句為此女子之自道乎？抑為他人目中之所見乎？自後半闋四句觀之，則此句實當為此女子之自道，然自前半闋三句觀之，則此句又頗似他人目中之所見。此正飛卿多取客觀抒寫之特色也。夫唐五代小詞之多以女子口吻寫閨閣園亭之景，此原為一時風氣，殊無足異。蓋詞在唐五代初起之時，原但供宴舞之用，而歌者大都為女性，為適合歌舞之環境，及歌者之身分，故詞中所寫者多為女性，且常以女子之口吻出之。如歐陽炯〈花間集序〉所云：「遞葉葉之花箋，文抽麗錦；舉纖纖之玉指，拍按香檀。不無清絕之詞，用助嬌嬈之態」者也。溫韋之作品，便正可為此一派之代表。唯是端己詞中，無論其為以男性之口吻寫女性，抑或為以女性之口吻為自道之辭，皆帶有極濃厚之主觀色彩。如其以男性口吻所寫之「一雙愁黛遠山眉，不忍更思惟」，及其以女性口吻所寫之「妾擬將身嫁與，一生休」，莫不懇摯深厚，熱烈真誠。皆以第一身之主觀出之。而飛卿詞則悠閒淡遠，冷靜安詳，即以此詞「臥時留薄妝」一句而言，就全詞而言，此句實當係此女子自道之辭，而飛卿乃竟以極冷靜之第三身之客觀出之。溫韋之異，於此可見，飛卿詞之特色，亦於此可見。前半闋首三句當即係此薄妝臥牀之人所見，首句「夜來皓月纔當午」，是夜來已久，明月漸漸升至中天，為此臥牀之人所見，然後乃悟為時不過纔當午夜耳，只此一「纔」字，夜之漫長可想矣。長夜無聊，偶一環顧四周，則但見重簾悄悄，寂無人語，曲屏深處，尚有餘音，極寫長夜無眠之寂寞也。而此「深處麝煙長」之「長」字實極妙，大可與王摩詰詩「墟里上孤煙」之「上」字，及「大漠孤煙直」之「直」字相比美。私意以為飛卿詞與摩詰詩，雖一濃一淡，一綺豔，一閒逸，然而其為近於繪畫式之客觀藝術之一點則頗為相似，以「上」字，「直」字，「長」字，形容靜定之空氣中之煙氣，皆極繪畫式之客觀藝術之妙。王國維《人間詞話》曾言：「境界有大小，不以是而分優劣。」吾於飛卿詞與摩詰詩之此三句亦云然。後半闋所寫當是此臥牀之人之所感。長夜無眠，萬籟都寂，於是而前塵舊夢，觸緒紛來。因而乃有「當年還自惜，往事那堪憶」之言。「當年還自惜」也，所謂「天生麗質難自棄」也。回憶當年之麗質豈意竟有今朝，故有「往事那堪憶」之悲哀嘆息。昔白居易〈琵琶行〉有句云：「去來江口守空船，繞船月明江水寒，夜深忽夢少年事，夢啼妝淚紅闌干。」所寫之情景與飛卿此詞頗相似，同為睹月明而思往事。所不同者一在房中一在船上耳。然白詩結尾著以「夢啼妝淚紅闌干」一句雖曰明白易曉，而脂粉狼籍了無餘蘊。飛卿則但結之曰「花露月明殘，錦衾知曉寒」，無限哀怨盡在不言中矣。

「花露」二字，王氏本《花間集》作「花落」，毛氏本作「花露」。自文法言之，似以作「花落」較為通曉易明，「花露」則令人有晦澀不通之感。然私意以為此詞寫夜，「月明殘」三字自是破曉前明月將沉光景，此情此景，似與花之落無甚相關，蓋花之落未必定在破曉時也。若云「花露」，則花上露濃，正是後半夜破曉前情事，如此方與「月明殘」三字密合無間。至「花露」二字之鄰於不通，則又飛卿詞但標舉名物以喚起人之意象，而不加以說明之特色也。

㈣更漏子 六首之一

柳絲長，春雨細，花外漏聲迢遞。驚塞雁，起城烏，畫屏金鷓鴣。
香霧薄，透簾幕，惆悵謝家池閣。紅燭背，繡簾垂，夢長君不知。

張惠言《詞選》評此詞云：「此亦〈菩薩蠻〉之意。驚塞雁三句，言懽戚不同，興下夢長君不知也。」陳廷焯《白雨齋詞話》因之立說云：「此言苦者自苦，樂者自樂。」又云：「純是風人章法。」夫塞上之征雁，城上之棲烏，與夫畫屏上之金鷓鴣，其環境地位既迥然大異，則其懽戚苦樂自然不同。張陳二公之說，原不失為一得之言。然若云飛卿此三句詞有若何比興〈風〉〈騷〉之意，則不免過於穿鑿矣。今但以純文藝之觀點解說此詞：起三句音節極佳，以其頗能以聲音表現意象也。首句「柳絲長」，「長」字寬宏而舒緩，正象春夜之靜美。次句「春雨細」，「細」字纖細而幽微，漸有雨絲飄落矣。三句「花外漏聲迢遞」，連用「迢遞」二字，同屬舌頭音，恍若有滴答之雨聲入耳矣。此但就音節言之；若就義理析之，則「柳絲長」是襯，「春雨細」是主，「花外漏聲迢遞」則是主語之引申補述。「漏聲」本意是銅壺滴漏之聲，然若果然為計時之滴漏，則此滴漏何以不在室內而在花外？因知此所謂「漏聲」，非真為「漏聲」，實乃雨滴滴落之聲也。然何以不曰雨聲而曰漏聲？則以在我之感覺中，此雨滴滴落之聲固直與漏聲同也。故逕曰漏聲，此所謂感覺上之真實，非可以理智解釋者也。至於「花外」二字竊亦有說，上句既云「春雨細」，而春日之細雨，則似當無清晰之點滴聲可聞者也，何得以漏聲擬之？惟其如此故云「花外」，「花外」者，細雨飄著於花木之上，積水漸多，然後匯為一滴，再復滴落，則其點滴聲豈不大與漏聲相似？故曰「花外漏聲迢遞」也。讀者屋外倘亦有花木乎？試於細雨之夜一靜聽之，則知我之所說，非故為強解也。或曰細雨之日豈不可乎？曰不可，白日過於嘈雜煩亂，對雨聲無此精微之辨味，白日過於真實明顯，對雨聲無此要眇之想像也。至於下面「驚塞雁，起城烏，畫屏金鷓鴣」三句，則似較前三句為費解。何則？「塞雁」，「城烏」，有生之物也；「金鷓鴣」，無生之物也。今茲飛卿乃連言而並舉之，大不易求其用心。故張陳二公乃以比興釋之，不惜附會以求。而《栩莊漫記》則但憑直感，竟直指為不通云：『「畫屏金鷓鴣」一句強植其間，文理均因而扞格矣。」本人早歲讀飛卿詞時，於此三句頗亦不解，初欲從張陳二公之說，則固亦大可講解一番道理出來，然又病其牽強。欲以不解解之云此但為飛卿詞純美派作風之一特色，原不必深求其用心者也，則又似不免於囫圇吞棗之譏。近年再讀飛卿此詞，忽生一想，頗欲依之立說。然說之之前，則須先講一則故事。《傳燈錄・六祖》章云：「儀鳳元年，屆南海。師寓止法性寺廊廡間。暮夜風颺刹旛，聞二僧對論，一云旛動，一云風動，往復酬答，未曾契理。師曰：『非風旛動，動者自心耳。』」若能了悟此一則小故事，且再反觀此三句飛卿詞。「驚塞雁，起城烏」者，是此詞中之主人公，於春宵細雨夜闌人靜之際，偶爾曾聞得一二聲遙天雁唳，城上烏啼。曰「驚」，曰「起」者，則固未嘗真箇便見其「驚」其「起」也。只是自此雁唳烏啼聲中所生想像之辭，而其所以生此想像者，則係因花外點滴之雨聲，既入乎耳，乃動乎心，此心既已動，遂於雁唳烏啼亦生驚起之想，自是此人之心驚念起，乃有此言也。至若畫屏上之鷓鴣，則固不能鳴叫亦不能驚起者也，然自此心驚念起，面對畫屏，耳聞雁唳烏啼之人觀之，則屏上之鷓鴣亦有驚起鳴叫之感，遂並此驚起之塞雁城烏連言而並舉之矣。昔杜甫〈醉時歌〉有句云：「燈前細雨簷花落」，夫燈在室中，燈前何得有雨？自是面對此燈之人耳聞雨聲，於是室外之細雨，遂因此人心念之一動而來到室內之燈前矣。若此者，皆所謂感覺上之真實，正為詩歌之一大特色，非可以世俗理智之真實解釋者也。若以為此說仍不免牽強，則私意以為此三句詞實但如鄙說乃溫詞純美之特色，原不必深求其用心及文理上之連貫。塞雁之驚，城烏之起，是耳之所聞，畫屏上之金鷓鴣，則目之所見。機緣湊泊，遂爾並現紛呈，直截了當，如是而已。以上釋前半闋竟，今再釋後半闋。後半闋之詞云：「香霧薄，透簾幕，惆悵謝家池閣。紅燭背，繡簾垂，夢長君不知。」此六句可有兩種解釋，第一種解釋將此六句分作兩層說明，後三句「紅燭背，繡簾垂，夢長君不知」寫實境，前三句「香霧薄，透簾幕，惆悵謝家池閣」則寫夢境，合而言之，則一人「背紅燭」，「垂繡簾」而有所「夢」，所夢者何？則夢入「謝家池閣」。而伊人難覓，唯但見「香霧薄」，「透簾幕」，徒只增人「惆悵」耳。此說頗亦有據，蓋唐李德裕有〈悼亡妓謝秋娘〉曲，於是謝娘既成為歌妓之通稱，謝家有時亦被視為妓館之別名矣。古人詩詞寫所歡之女子，即往往以「夢」與「謝家」連言，如張泌〈寄人〉詩：「別夢依依到謝家，小廊迴合曲闌斜。」晏幾道〈鷓鴣天〉詞：「夢魂慣得無拘檢，又踏楊花過謝橋。」似皆可為此一說之證，予早歲讀飛卿此詞時，即因前所舉諸詩詞所引起之一聯想，因而將「香霧薄」三句，全視為夢境。乃近日頗覺似尚可以另有一種解釋，蓋以全詞觀之，其所寫之景物如：「畫屏」，「金鷓鴣」，「紅燭」，「繡簾」，似皆可令人將詞中之主人公想為一女性，且唐五代小詞所寫者原多為女性，且常以女子口吻出之，此在釋前一首〈菩薩蠻〉時，已曾言及。然則此詞中之主人公，當亦大可視為女性矣。既是女性，則前一說夢裡依依到謝家之假想便不成立。

因而有第二種解釋，此一解釋至簡單至淺明，即將此後半闋六句，但視為與前半闋「畫屏金鷓鴣」一句相承之辭，一氣而下，直寫此主人公所居之室內之情景而已。「香霧薄」，「透簾幕」，正即是此畫屏畔之情景也。至於「謝家池閣」，則亦但寫其居室之華美而已，原不必定為妓館之別名也。蓋自晉以來，王謝二家，世稱望族，謝家者，大家也，豪家也。池閣者，泛言其建築也。言「謝家池閣」則其建築之華美可知。然而此華美之居室，自寂寞之人觀之，則徒只增人惆悵而已。且身外之景物愈華美，則心內之惆悵亦愈深，故曰「惆悵謝家池閣」。至此為一小頓挫。惆悵之餘益復無可聊賴，遂爾故背紅燭，低垂繡簾，蓋欲於睡夢中忘此惆悵之苦者也。而睡夢中乃亦不得解脫，故曰「夢長」。著一「長」字，則懷想之悠深，夢境之委曲，可以想見。一結「君不知」三字，怨而不怒，無限低徊。周濟《介存齋論詞雜著》云：「飛卿醞釀最深，故其言不怒不懾。」周氏所謂醞釀者雖未敢必其然，而溫詞寫情之不用直筆，則在其詞作中極多此類例證。如其「鸞鏡與花枝，此情誰得知」，「心事竟誰知，月明花滿枝」諸句皆是也。至於所謂「無限低徊」，「不怒不懾」者則讀者之感耳，飛卿詞原未必有此種感情，而其妙處卻在能喚起人此種感情，讀者且自去體會。

(五)更漏子 六首之六

玉爐香，紅蠟淚，偏照畫堂秋思。眉翠薄，鬢雲殘，夜長衾枕寒。
梧桐樹，三更雨，不道離情正苦。一葉葉，一聲聲，空階滴到明。

此詞一起二句「玉爐香，紅蠟淚」，但以客觀標舉二種極精美之名物，此正仍是飛卿詞特色，今茲不再贅言。至於前三句之章法，則與前一闋「柳絲長，春雨細，花外漏聲迢遞」三句之章法亦復全同。「玉爐香」是襯，「紅蠟淚」是主，「偏照畫堂秋思」則是主語之引申補述。曰「偏照」，而「玉爐香」則固不能照者也，正如「柳絲長」之無與於「漏聲迢遞」，故曰「玉爐香」是襯，能照者自是彼滴淚之紅蠟，而飛卿乃不曰「紅淚蠟」，而曰「紅蠟淚」，夫彼紅蠟之淚亦何嘗能照？而飛卿何以竟云：「紅蠟淚，偏照畫堂秋思」耶？曰「蠟」字不協韻，「淚」字協韻，其故一也，「紅淚蠟」之音節意象不及「紅蠟淚」優美，其故二也。曰然則奈不通何？曰無妨，此在古之作者亦頗有前例，如杜甫〈春望〉詩末二句云：「白頭搔更短，渾欲不勝簪」，夫彼「頭」固不能「搔」而「更短」者也，短者自應是白髮。然而此處須用平聲字，髮字仄聲，於律不合，因乃不曰「白髮」而曰「白頭」。夫以杜老之才思工力，豈不能更易以文法較通順之辭句乎？然而有不必者，蓋詩詞原為美文，其目的原但在喚起人之意象，而非訴諸人之理智者，既已得其音節意象之美矣，則讀者於此音節意象之中，自有極完整之體認，是目的已達，遂更不復斤斤於文法之通順與否矣。飛卿此「紅蠟淚」二句，與杜老「白頭」一句正復相同，此自是大家脫略之處。然若在初學，則既乏鍾字鍊句之工，又無音節意象之美，倘亦有此等句法，便決是不通，斷不可執此二例，以自迴護也。下一句「偏照」之偏字極妙，彼無情之紅蠟，乃因此一字而有情矣。唐張泌詩云：「多情只有春庭月，猶為離人照落花。」亦將無情之物視為有情，其「猶」字與飛卿此詞之「偏」字同妙。惟是張泌點明「多情」，是其將無情之春月視為有情乃是有意為之，飛卿之將無情之紅蠟視為有情則在有意無意之間，故較張氏為含蓄自然。而坊間選本有將「偏照」刊作「偏照」者，則意味大減，點金成鐵矣。下云「畫堂秋思」，「畫堂」亦無情之物，何能有秋思？有秋思者，自是此畫堂中之人也。故「秋思」二字實乃此前半闋之關鍵所在，藉此一轉，乃自無情之物而轉出有情之人矣。因而遂引出後面「眉翠薄」以下一大段話來。眉翠而云薄，鬢雲而曰殘，正是臥時光景，即前所釋一首〈菩薩蠻〉中之「臥時留薄妝」也。後一句「夜長衾枕寒」，「夜長」二字，直與開端「玉爐香，紅蠟淚」二句相呼應。然後乃知玉爐香裊，紅蠟淚垂，正即是此人長夜之所見，則情景之淒寂，秋夜之漫長，從可知矣。「衾枕寒」三字，自有無數秋思在其中，而淡淡出之，哀而不傷。與前一闋「夢長君不知」同妙。至於後半闋，淺明流利，傳誦已久，而評之者之所見則各有不同，茲先將前賢評語摘錄於下：《賭棋山莊詞話》云：「〈更漏子〉梧桐樹數句，語彌淡，情彌苦」，《栩莊漫記》云：「飛卿此詞自是集中之冠，尋常情景，寫來淒婉動人，全由秋思離情為其骨幹，宋人『枕前淚共窗前雨，隔個窗兒滴到明』，本此而轉成淡薄。溫詞如此淒麗有情致不為設色所累者，寥寥可數也。溫韋並稱，賴有此耳。」皆對溫氏此數句備致讚美。然《白雨齋詞話》則云：「飛卿〈更漏子〉三章自是絕唱（按首章指「柳絲長」一闋，次章指「星斗稀」一闋，三章即此闋），而後人獨賞其末章數語。……不知梧桐樹數語，用筆較快，而意味無上二章之圓。……以此章為飛卿之冠，淺視飛卿者也。後人從而和之，何耶？」夫白雨齋陳廷焯氏以比興寄託深解溫詞，固為我所不能強同，然若此評之謂「梧桐樹」數句非飛卿佳處所在，則私心竊與之有同感也。蓋飛卿詞之長處原在以客觀之景物，精美之意象觸發人之情感。即以今茲所釋之〈更漏子〉二首觀之，如「柳絲長」，「春雨細」，「玉爐香」，「紅蠟淚」諸句，多但寓情思於景物之中，而不作逕直之說明。且飛卿即偶偏作情語，亦多含蓄蘊藉，如陳廷焯氏所云：「發之又必若隱若見，欲露不露，反復纏綿終不許一語道破」，如前所舉之「心事竟誰知」，「憶君君不知」，「夢長君不知」，「錦衾知曉寒」，「夜長衾枕寒」諸句莫不如是，此正飛卿善於捨短用長之處。蓋飛卿之為詞，似原不以主觀熱烈真率之抒寫見長，此自其詞作中，不難概見者也。惟是飛卿詞極善以其純美之意象觸發人之想像及感情，故讀者亦頗可自其詞中得較深之會意。至若其直抒懷感之詞，則常不免於言淺而意盡矣。此詞「梧桐樹」數語，實非飛卿詞佳處所在。《栩莊漫記》以為「溫韋並稱，賴有此耳」，則既不足以知飛卿，更不足以知端己者也。夫端己之長處固在「不為設色所累，直抒胸臆」，然端己之感情，實有達而能曲之妙，故其語雖淺直，而其情則沉鬱。即以同為寫雨夜離情之作相較，端己〈應天長〉「綠槐陰裡」一首，結尾之「夜夜綠窗風雨，斷腸君信否」二句，其懇摯深厚真乃直入人心，無可抗拒，且不僅直入人心而已，更且盤旋鬱結久久而不去。以視飛卿此詞之「梧桐樹，三更雨，不道離情正苦。一葉葉，一聲聲，空階滴到明」數句，則此數句不免辭浮於情，有欠沉鬱。《栩莊漫記》云：「宋人『枕前淚共窗前雨，隔個窗兒滴到明』，本此而轉成淡薄。」不知此淡薄實已自飛卿開其端矣。世之以比興寄託深解溫詞者，固不免於牽強附會之失，然而對其淺明之作，如此詞「梧桐樹」數句，即大加稱賞者，竊恐亦非飛卿之知己也。

從《人間詞話》看溫韋馮李四家詞的風格

——兼論晚唐五代時期詞在意境方面的拓展

從《人間詞話》的評語中，我們已可見到王國維先生所重視的，乃是這四家詞之所獨具的各自不同的風格，其次，我以為從這些不同的風格中，我們還更可窺見一些詞在意境之拓展方面的某些歷史性的價值和意義。

王國維先生的《人間詞話》一書，論詞之精義甚多，近人研究討論《人間詞話》的著作，在報刊上也時有所見，而我現在又選取這一個有關《人間詞話》的題目，私意蓋有二點用心：其一，我於多年前曾寫過一篇〈溫庭筠詞概說〉（已收入本書），在前言中曾提到我將取唐五代溫韋馮李四家詞一說之，但後來因為時間及篇幅的限制只說了溫詞一家，而讀過我那篇文稿的朋友卻經常問起我，何時始能把其他三家詞說一併完成，因此在心理上我總覺得像有著一筆虧欠有待償還，所以頗想藉機會還一下債，而如果要把各家詞都分別以專文討論，則我的時間卻又依然有所不及，於是想到《人間詞話》中對於此四家詞都曾經有過極精要的評語，何不先就這一部分評語對此四家詞做一種只掌握重點而不牽涉甚廣的評述藉以略清債務？這是我之選取了這一題目的原因之一；再則近人之以《人間詞話》為討論對象的作品雖多，然而一般所著重者乃大都在對其文學理論的體系加以研討或整理，而卻少有掌握其對某一位作家或某一篇作品之個別評語作深入之分析闡述者，可是《人間詞話》的缺點卻正在理論系統之不夠完整，而其長處卻正在片段評語的精到深微。因此我想如果從這一方面去著手，對《人間詞話》所標示出的某些可以引申的重點做一些評釋和闡述的工作，也許仍不失為另一個可嘗試之途徑，這是我之選取了這一題目的原因之二，此外我還要聲明一點，就是王國維先生在《人間詞話》

中並未曾將溫韋馮李四家詞結合在一起提出什麼批評理論的體系，而我現在則不僅要把四家結合在一起來評說，而且頗想從四家風格之比較中尋覓一些詞在意境方面演進拓展的痕跡，因此我之所說並不見得與王先生的原意完全相合，只是我在行文之時引用了《人間詞話》的一些評語為進行所依據之線索而已。現在就讓我們把《人間詞話》中有關溫韋馮李四家詞的評語摘錄出來看一看：

張皋文謂飛卿之詞「深美閎約」，余謂此四字唯馮正中足以當之，劉融齋謂飛卿「精豔絕人」，差近之耳。

端己詞情深語秀，雖規模不及後主正中，要在飛卿之上，觀昔人顏謝優劣論可知矣。

「畫屏金鷓鴣」飛卿語也，其詞品似之；「絃上黃鶯語」端己語也，其詞品亦似之；正中詞品若欲於其詞句中求之，則「和淚試嚴妝」殆近之歟。

溫飛卿之詞，句秀也；韋端己之詞，骨秀也；李重光之詞，神秀也。

予於詞，五代喜李後主馮正中，而不喜花間。

馮正中詞雖不失五代風格，而堂廡特大，開北宋一代風氣，與中後二主詞皆在花間範圍之外，宜《花間集》中不登其隻字也。

（按龍沐勛《唐宋名家詞選》云：「《花間集》多西蜀詞人，不采二主及正中詞，當由道里隔絕，又年歲不相及有以致然，非因流派不同遂爾遺置也。」龍說是，但王說就個人觀點言，亦未始無見。）

正中詞除〈鵲踏枝〉、〈菩薩蠻〉十數闋最煊赫外，如〈醉花間〉之「高樹鵲銜巢，斜月明寒草」，余謂韋蘇州之「流螢度高閣」，孟襄陽之「疏雨滴梧桐」不能過也。

溫韋之精豔所以不及正中者，意境有深淺也。

詞至李後主而眼界始大，感慨遂深，遂變伶工之詞而為士大夫之詞。周介存置諸溫韋之下可謂顛倒黑白矣。「自是人生長恨水長東」、「流水落花春去也，天上人間」，《金荃》《浣花》能有此氣象耶？

詞人者不失其赤子之心者也，故生於深宮之中，長於婦人之手，是後主為人君所短處，亦即為詞人所長處。

客觀之詩人不可不多閱世，閱世愈深則材料愈豐富愈變化，《水滸傳》、《紅樓夢》之作者是也；主觀之詩人不必多閱世，閱世愈淺則性情愈真，李後主是也。

尼采謂一切文學余愛以血書者，後主之詞，真所謂以血書者也。宋道君皇帝〈燕山亭〉詞亦略似之，然道君不過自道身世之戚，後主則儼有釋迦基督擔荷人類罪惡之意，其大小固不同矣。

（按右所錄有關四家詞之評語散見《人間詞話》上下編及補遺中，並無一定之次第，今茲所錄之先後，則以本文引用時之方便為主。）

從以上所引的許多則詞話中，已可見到《人間詞話》對此四家詞重視之一斑，這種重視，應該並不是由於這四家詞的數量在五代作品中所占的比例之大而然，因為如果只單純地以作品數量之多寡而論，則據《全唐五代詞》之著錄，孫光憲的詞作就有八十二首之多，較之溫飛卿的七十首，韋端己的五十四首，李後主的四十五首，都有過之而無不及，然而《人間詞話》中論及孫光憲之評語則不過僅只謂其「片帆煙際閃孤光」七字為「尤有境界」而已（馮正中詞據《全唐五代詞》所著錄雖有一百二十六首之多，然其中多有誤收他人之作，須分別觀之）。而李後主詞之數量雖較之他人為少，可是《人間詞話》有關李後主之評語則獨多，由此可知這四家詞之被《人間詞話》所重視，當然並非由於數量之多，而是另有其價值與意義的。從《人間詞話》的評語中，我們已可見到王國維先生所重視的，乃是這四家詞之所獨具的各自不同的風格，其次，我以為從這些不同的風格中，我們還更可窺見一些詞在意境之拓展方面的某些歷史性的價值和意義。現在我們就先來看一看這四位作家的時代之先後。據夏承燾所編的《唐宋詞人年譜》，溫飛卿約生於西元八一二年卒於八七〇年左右，端己生於西元八三六年卒於九一〇年，正中生於西元九〇三年卒於九六〇年，後主生於西元九三七年卒於九七八年。然則是以時代論當推飛卿為最早，端己次之，正中再次之，而以後主為最晚。可是非常有趣的一件事則是從《人間詞話》的評語來看，王國維所喜愛的作者卻以後主為第一，正中次之，端己再次之，而飛卿則反而居於最下，這是頗可尋味的一件事，我們現在就試一探討，其衡量的標準究竟何在。我們從《人間詞話》中可以見到，其評飛卿詞，首先說飛卿不足以當「深美閎約」四字的評語，以為飛卿詞不過「精豔絕人」而已。「深美閎約」與「精豔絕人」的分別所在，我以為主要的乃在於後者不過但指外表辭藻之華美而已，而前者則除了外表辭藻之「美」之外，似乎還該更有著「深」與「閎」與「約」的深厚、豐富和含蘊，而《詞話》又說「深美閎約」四字「唯馮正中足以當之」，這是王國維先生認為飛卿不及正中的一個原因。此外王氏又認為端己詞「要在飛卿之上」，其理由則但云：「觀昔人顏謝優劣論可知矣。」我們現在就來看一看前人的顏謝論：按鍾嶸《詩品》評顏延之曾引湯惠休曰：「謝詩如芙蓉出水，顏如錯采鏤金」；又《南史．顏延之傳》亦云：「延之嘗問鮑照己與謝靈運優劣，照曰：謝五言詩如初發芙蓉自然可愛，君詩如鋪錦列繡，亦雕繪滿眼，延年（按延年為延之字）終身病之。」夫芙蓉之初發出水與錦繡之錯采鏤金的分別，則似乎乃在於一者乃是自然的有生命的美，而另一者則是雕飾的無生命的美，這是王氏之所以認為飛卿亦不及端己的一個原因，《詞話》之所以把飛卿比作「畫屏金鷓鴣」，把端己比作「絃上黃鶯語」，便亦復正是此意。至於如果以溫韋與馮李相較，則王氏又認為飛卿端己皆不及後主正中，所以《詞話》乃說：「正中詞雖不失五代風格，而堂廡特大，開北宋一代風氣，與中後二主詞皆在花間範圍之外」，又說：「詞至李後主而眼界始大，感慨遂深，遂變伶工之詞而為士大夫之詞」，又說：「溫韋之精豔所以不及正中者，意境有深淺也」，更認為飛卿之《金荃集》端己之《浣花集》中皆沒有如後主詞之「自是人生長恨水長東」與「流水落花春去也」諸句的氣象，由此看來，則溫韋之所以不及馮李者，乃是因為馮李在意境方面有著某些更深厚更博大的拓展緣故。溫韋二家詞雖然風格不同，然而仍同屬於花間之範圍，而後主與正中則是「花間範圍以外者」。而王氏更曾明白表示其態度說：「予於詞，五代喜李後主馮正中，而不喜花間」，在這幾則詞話中，其愛憎優劣之情都是顯然可見的。至於正中與後主二家之高下，則在《詞話》中似並無明白的軒輊之辭，只是如果從其讚揚後主之辭為獨多來看，則在王氏心目中似乎乃大有以為後主亦勝於正中之意。王氏之愛憎與作者時代之先後恰好相反，這一點就詞之意境的歷史性的演進來看，我以為乃是頗可注意的一件事。以下就讓我們試就四家詞風格之不同以及五代詞之意境的拓展二方面，略作一簡單之解說和分析。

(一)溫庭筠

首先我們先談飛卿的詞，我以前在〈溫庭筠詞概說〉一文中曾經提到過，飛卿詞之特色，乃在於其但以客觀之態度標舉精美之名物，而不作主觀之說明。不過我這種說法乃是從較現代的眼光來看所得的結論。如果從傳統的批評眼光來看，則一般傳統觀念都以為抒情之詩歌必當以主觀之表現為主，而且抒情之方式亦當以明白之敘寫為佳，即使以曾受西方新思潮影響頗巨的王國維先生而論，他在《詞話》中雖曾標舉出客觀以與主觀相對立，可是他所舉的客觀詩人之例證卻原來乃是《水滸》、《紅樓》等小說的作者，至於抒情的詩歌，他所推崇的則仍是主觀的詩人李後主。而且對於抒情的方式，王氏也是以明白的敘寫為好的，他在《詞話》中就曾經舉例證說：「『生年不滿百，常懷千歲憂，晝短苦夜長，何不秉燭遊』『服食求神仙，多為藥所誤，不如飲美酒，被服紈與素』

寫情至此，方為不隔」，可見一般的傳統觀念乃是以明白的抒情為好。在這種觀念下來看飛卿的但以客觀標舉名物的作品，於是遂形成了兩種毀譽懸殊的評價。譽之者如清代之張惠言陳廷焯諸人，他們既從溫詞表面之敘寫看不出其主觀的情意究竟何在，而又不肯放棄其一定要從主觀之敘寫來尋求詞意的傳統觀念，於是乃不惜以比興寄託之說強解溫詞，定要從飛卿所標舉的名物中尋出些託意來，既謂飛卿之〈菩薩蠻〉十四章之篇法彷彿〈長門賦〉，更謂其〈菩薩蠻〉之簪花、照鏡、青瑣、金堂，與夫〈更漏子〉之塞雁、城烏、柳風、蘭露皆莫不有比興寄託之深意；至於毀之者則如李冰若《花間集評注》所引之《栩莊漫記》諸說，乃竟因溫詞之缺少主觀之敘寫，且標舉之名物亦往往似不相聯貫，與一般傳統之觀念不能相合，乃直指其為不通，云：「以一句或二句描寫一簡單之妝飾，而其下突接別意，使詞意不貫，浪費麗字，轉成贅疣，為溫詞之通病」，又評溫詞〈更漏子〉云：「『畫屏金鷓鴣』一句強植其間，文理均因而扞格矣。」關於這二派說法之究以何者為是，我在〈溫庭筠詞概說〉一文中論溫詞之有無寄託一節已曾有詳細之論述，茲不再贅。總之飛卿該只是一位落魄失意而且生活頗為放浪的文士，雖然有人以為飛卿乃宰相溫彥博之後，其父曦又曾尚涼國長公主，而飛卿以如此之身世，乃竟致屢遭貶謫，落拓以終，恐不無身世之慨，而且其詩集中如〈感舊〉、〈陳情〉，及〈開成五年秋自傷書懷〉諸作，皆不免流露有自傷不遇的悲慨，因此就認為其詞中亦應含有寄託深意，甚至如張惠言輩竟欲推尊之以為可以仰企屈子。關於這一點，我以為有幾項觀念是必須分辨清楚的：第一，就作者生平之為人而言，根據史傳筆記的記載，飛卿的放浪之行可謂躍然紙上，這當然與忠而見嫉終至懷沙自沉的屈子，並不可以相提並論，此其一；再則在中國傳統的詩歌作品中，凡是確實有所託喻的作品，該是從其敘寫的口吻及表現的神情中，就直接可以感受體味得到的，屈原〈離騷〉的「美人」以喻君子，固不必論，即是降而至於曹子建〈雜詩〉的「南國有佳人，容顏若桃李」，以及阮嗣宗〈詠懷〉的「西方有佳人，皎若白日光」，其全篇託喻的口氣都是顯然可見的，因此都能使讀者自直接感受便生託喻之聯想。而相形之下，《漢書》所載李延年的〈佳人歌〉「北方有佳人」，其「佳人」就只是一位傾國傾城的絕世麗姝，而口吻中並不引人生託喻之想，這中間的分別是必須認識清楚的。飛卿詞中所寫的女性，口吻中就不能使人有託喻的直接聯想，此其二；再就詞所產生之環境背景而言，晚唐五代之詞，原來就僅是在歌筵酒席之間供人吟唱消遣的側辭豔曲，與歷史悠久的以抒寫懷抱志意為主的所謂「詩」，在當時並不能相提並論，此其三；而且據《樂府紀聞》的記載，云：「宣宗愛唱〈菩薩蠻〉，令狐綯假溫庭筠手撰二十闋以進，戒勿泄，而遽言於人」，夏承燾〈溫飛卿繫年〉以為「庭筠〈菩薩蠻〉詞見於《金奩集》及《尊前集》者共二十首，或即大中間為令狐綯作者」，如果這種猜測是可信的，那麼代別人作的供歌唱的曲詞，而謂其中有寄託深意，這種可能性乃是極少的，此其四。有此四端，所以欣賞飛卿詞最好還是先把「託意」這一份成見暫時放下來，直接去看一看他的詞，現在我們就抄錄幾首溫詞的代表作在下面：

菩薩蠻（三首）

小山重疊金明滅，鬢雲欲度香腮雪。懶起畫蛾眉，弄妝梳洗遲。
照花前後鏡，花面交相映。新貼繡羅襦，雙雙金鷓鴣。

水精簾裡玻璃枕，暖香惹夢鴛鴦錦。江上柳如煙，雁飛殘月天。
藕絲秋色淺，人勝參差剪。雙鬢隔香紅，玉釵頭上風。

夜來皓月纔當午，重簾悄悄無人語。深處麝煙長，臥時留薄妝。
當年還自惜，往事那堪憶。花露月明殘，錦衾知曉寒。

更漏子（二首）

柳絲長，春雨細，花外漏聲迢遞。驚塞雁，起城烏，畫屏金鷓鴣。
香霧薄，透簾幕，惆悵謝家池閣。紅燭背，繡簾垂，夢長君不知。

玉鑪香，紅蠟淚，偏照畫堂秋思。眉翠薄，鬢雲殘，夜長衾枕寒。
梧桐樹，三更雨，不道離情正苦。一葉葉，一聲聲，空階滴到明。

從以上五首詞中飛卿所用的語彙來看，繡羅襦，金鷓鴣，玻璃枕，鴛鴦錦，麝煙，錦衾，畫屏，香霧，玉鑪，紅蠟等，字面皆極華麗，飛卿詞之精美已可概見。然而除去這一點特色以外，我以為以上五首詞，實在可分做三類來看：第一類其所標舉之名物全屬客觀之敘寫，除予人以一片精美之意象外，並無明顯之層次脈絡可尋，如「水精簾裡」一首〈菩薩蠻〉，自室內之「玻璃枕」，「鴛鴦錦」突接以室外之「江上」「雁飛」，又突接以「藕絲」「人勝」等對服飾之形容，且所用之「隔香紅」，「頭上風」等句法，亦全不屬理性之敘述，又如「柳絲長」一首〈更漏子〉，其「塞雁」「城烏」及「金鷓鴣」諸句之跳接，也屬於這一類的作風，這是最能代表飛卿特色的一類作品，但也是最不易為讀者所了解和接受的一類；第二類則所標舉之精美的名物，雖亦用客觀之敘寫，而卻表現有明白之脈絡可尋，如「小山重疊」一首〈菩薩蠻〉，自屏山上日光之明滅閃爍寫起，至屏山內之人之懶起，梳妝，簪花，照鏡，穿衣可以說是寫得層次井然，又如「夜來皓月」一首〈菩薩蠻〉，自月午寫到簾垂，寫到臥，寫到往事的追憶，寫到錦衾的曉寒，也是寫得極有條理的一首詞。只是這一類詞的層次條理雖然清楚明白，然而卻依然並沒有顯明的主觀悲喜之表示，「小山」一首之雙雙鷓鴣，「夜來」一首之錦衾曉寒，雖有孤單之反襯，獨眠之暗示，然而也不過僅只是一點陪襯性的暗示而已，這一類作品比之第一類雖然較易了解，然而卻依然缺少直接的感人之力，所以有一部分讀者，對此也依然不能完全賞愛；至於第三類，則如「玉鑪香」一首〈更漏子〉，前半闋雖與第二類頗為相似，然而後半闋自「梧桐樹，三更雨，不道離情正苦」以下，卻忽然變濃麗為清淡，純用白描作主觀之抒情，這在溫詞中是較易為大多數讀者所了解賞愛的一類，然而這一類作品卻並不能代表飛卿之特殊風格，有時且不免有淺率之失。所以一般說來，飛卿詞之風格的特色乃是精美及客觀，極濃麗而卻並無生動的感情及生命可見。這正是《人間詞話》評之為「『畫屏金鷓鴣』飛卿語也，其詞品似之」的緣故。而且就詞之意境的演進而言，這種精美而缺乏個性的詞，也該正是唐五代之際，詞在初起時所有的一般現象。因為詞在當時原來只不過是供歌伎酒女在筵席前歌唱的曲子而已。《花間集》歐陽炯的序，就曾敘述當時作詞與唱詞之場合云：「則有綺筵公子，繡幌佳人，遞葉葉之花箋，文抽麗錦，舉纖纖之玉指，拍按香檀，不無清絕之辭，用助嬌嬈之態，自南朝之宮體，扇北酒之倡風，何止言之不文，所謂秀而不實。」所以《花間集》一般的風格就都是華美濃麗而缺乏個性的，而飛卿就是這一般作者中，最具代表性的一位。

㈡韋莊

其次我們再來看韋端己的詞，端己作風可以說是與飛卿恰好相反，飛卿濃麗，而端己清淡，飛卿多用客觀之敘寫，而端己則多用主觀之敘寫。可是我在前面論及飛卿之第三類作品時，曾舉其〈更漏子〉之梧桐樹數句為例，說這幾句乃是「變濃麗為清淡，純用白描作主觀之抒情」，如此說來，則豈不是端己的作風依然與飛卿之某一類作風有相似之處？這從表面看來似乎是不錯的，所以《栩莊漫記》評飛卿之梧桐樹數句，就曾經說：

「溫韋並稱，賴有此耳。」然而這種表面的看法，卻實在並不正確。端己之清淡與主觀，確實為端己之特色及其佳處所在，而飛卿偶作清淡主觀之語，有時卻反為飛卿之敗筆，飛卿之佳處乃在其能以精美客觀之物象喚起讀者之聯想，愈是其不易解的詞，卻反而愈能喚起讀者更豐富的推想，而其以清淡主觀之筆明白寫出的詞卻反而有時使人不免有意盡於言了無餘味的索然之感。陳廷焯《白雨齋詞話》評飛卿〈更漏子〉之梧桐樹數句即曾云：「飛卿〈更漏子〉三章自是絕唱（按首章指「柳絲長」一首，次章指「星斗稀」一首，三章即為前所舉之「玉鑪香」一首），而後人獨賞其末章數語。……不知梧桐樹數語，用筆較快，而意味無上二章之圓。……以此章為飛卿之冠，淺視飛卿者也。」又如近人朱光潛氏在其〈談詩的隱與顯〉一文中，曾主張「寫景的詩要顯，寫情的詩要隱」，且舉飛卿〈憶江南〉詞「梳洗罷，獨倚望江樓，過盡千帆皆不是，斜暉脈脈水悠悠，腸斷白蘋洲」一首為例，說「此詞收語即近於顯」，「如果把『腸斷白蘋洲』五字刪去，意味更覺無窮」，《栩莊漫記》批評這一首〈憶江南〉詞也曾說：「飛卿此詞末句，真為畫蛇添足，大可重改也，『過盡』二語極怊悵之情，『腸斷白蘋洲』一語點實，便無餘韻，惜哉惜哉。」從這些話來看，似乎都可以證明飛卿偶爾用清淡之筆所寫的主觀抒情之句，並非溫詞中之佳作，那麼是否就果然如朱光潛氏所說「寫情的詩要隱」纔是好詩呢？則又不然，因為端己就是寫情以顯為佳的一位作者。即以同樣用「斷腸」二字來寫情而言，溫詞之「腸斷白蘋洲」一句，便被人指為落實無餘味，可是端己之用「斷腸」的詞句，如其〈菩薩蠻〉詞之「未老莫還鄉，還鄉須斷腸」及〈應天長〉詞之「夜夜綠窗風雨，斷腸君信否」諸句，則卻是傳誦眾口的佳句，《譚評詞辨》即曾讚美其「還鄉須斷腸」二句，云：「怕斷腸腸亦斷矣。」《白雨齋詞話》亦讚美之云：「真是淚溢中腸，無人省得。」為什麼同是以白描之筆作主觀之抒情，飛卿之詞就被人譏議，而端己之詞就得人賞愛呢？我想其間主要之區別大約有以下二點：一則在於其中所蘊蓄之感情的勁力與含量的強弱深淺之不同，譬如像噴湧的源泉或浩瀚的江海，則雖然想要用「隱」的方式來表現，而其噴湧之力與浩瀚之廣自有其非人力所可隱蔽者在。張上若評杜甫〈自京赴奉先縣詠懷〉一首，即曾云：「此五百字真懇切至，淋漓沉痛，俱是精神，何處見有言語」，盧德水評杜甫〈送鄭十八虔貶台州司戶〉一首，亦曾云：「此詩萬轉千迴……純是淚點，都無墨痕，詩至此，直可使暑日霜飛午時鬼泣。」有如此切至深厚之情，所以杜甫寫衷心哀痛便可直寫到「嘆息腸內熱」、「回首肺肝熱」，寫哭泣流淚便可直寫到「拭淚沾巾血」、「啼垂舊血痕」，像這種深情激切之作，又何病於「顯」？又何取於「隱」？一般人之所以以為寫情要用「隱」為可貴，而以為一用「顯」便不免有死於句下的落實之識者，主要的便正因為缺少了這一種噴湧洋溢的力量的原訓。端己在感情的博大深厚一面雖不能與杜甫相提並論，然而端己用情切至，每一落筆亦自有一份勁直激切之力噴湧而出，飛卿便缺乏此種噴湧之力，這是端己之所以能用清淡白描之筆作主觀抒情而足以取勝的一因；再則端己還有另一特色就是用筆雖然勁直激切而用情則沉鬱曲折，《白雨齋詞話》就曾經說：「韋端己詞似直而紆，似達而鬱，最為詞中勝境」，況周頤《蕙風詞話》評端己詞亦曾云：「尤能運密入疏，寓穠於淡，花間群賢，殆鮮其匹」，這正是端己的獨到之處，否則如果以淺直之筆寫淺直之情，便自然會使人覺得一覽無遺更無餘味了。而端己則是於疏淡中見穠密，於率直中見沉鬱，這是端己之所以能用清淡之筆作主觀抒情而足以取勝的又一因。以上所說都不過只是泛論而已，下面我們就舉端己幾首詞作例證，來試加一番評析：

菩薩蠻（五首）

紅樓別夜堪惆悵，香燈半捲流蘇帳。殘月出門時，美人和淚辭。
琵琶金翠羽，絃上黃鶯語。勸我早歸家，綠窗人似花。

人人盡說江南好，遊人只合江南老。春水碧於天，畫船聽雨眠。
壚邊人似月，皓腕凝雙雪。未老莫還鄉，還鄉須斷腸。

如今卻憶江南樂，當時年少春衫薄。騎馬倚斜橋，滿樓紅袖招。
翠屏金屈曲，醉入花叢宿。此度見花枝，白頭誓不歸。

勸君今夜須沉醉，樽前莫話明朝事。珍重主人心，酒深情亦深。
須愁春漏短，莫訴金杯滿。遇酒且呵呵，人生能幾何。

洛陽城裡春光好，洛陽才子他鄉老。柳暗魏王堤，此時心轉迷。
桃花春水淥，水上鴛鴦浴。凝恨對殘暉，憶君君不知。

端己的詞，可以舉為例證來加以評述的代表作甚多，我現在只錄了〈菩薩蠻〉五首，乃是因為篇幅及體例之限制的緣故，〈菩薩蠻〉既是端己詞中最著名的作品，所以勢不能不錄，而這五首詞細讀起來似乎又大有脈絡可尋，不可任意刪割去取，鄭因百先生《詞選》就曾經說「此五章一氣流轉，語意聯貫，選家每任意割裂，殊有未安」，所以既錄〈菩薩蠻〉，就不得不五首全錄，而這五首詞需要解說的地方又甚多，因此在篇幅上就不容許再多介紹端己其他的作品了，這是要請讀者原諒的。關於這五首詞，向來說者有二種不同的看法：張惠言《詞選》以為「乃留蜀後寄意之作」，且云：「江南即指蜀」；而《栩莊漫記》則以為「韋曾二度至江南，此或在中和時作」，且張氏《詞選》只選錄了四首〈菩薩蠻〉，未錄「勸君今夜須沉醉」一章，《栩莊漫記》則又以為第五章之「洛陽城裡春光好」一首「似是客洛陽時作」，與前四章並不相連貫，這二家既都曾把這五首詞任意加以割裂，而其說法也不免有許多矛盾失誤之處。要想把其間的是非分別清楚，首先我們必須要對端己的生平有一個大致的了解，據夏承燾〈韋端己年譜〉，端己少孤貧力學，廣明元年四十五歲在長安應舉，值黃巢之亂，遂陷長安，其後離長安赴洛陽，中和三年春，年四十八歲，在洛陽作〈秦婦吟〉，開端有「中和癸卯春三月，洛陽城外花如雪」之句，而結尾則有「適聞有客金陵至，見說江南風景異」之句，即於是年遊江南，後於光啟二年五十一歲時，欲北返，擬經皖、豫、諧陝，以道路阻絕，遂於次年光啟三年五十二歲時再遊江南，迄景福二年五十八歲時，始得再返長安應試，次年乾寧元年五十九歲第進士為校書郎，乾寧四年六十二歲，一度奉使入蜀，光化三年六十五歲自右補闕改左補闕，天復元年六十六歲再度入蜀應聘為王建掌書記，自此終身仕蜀，天祐四年七十二歲，朱溫篡唐，王建據蜀稱帝，用端己為相，開國制度皆出其手，七十五歲卒於蜀之成都花林坊。從以上所引的端己生平與這五首〈菩薩蠻〉參照來看，端己〈秦婦吟〉所云「見說江南風景異」之「江南」，前面既有「金陵」字樣，則必當指金陵附近江浙一帶而言，〈菩薩蠻〉與〈秦婦吟〉雖非一時之作，然觀端己《浣花集》諸詩，凡標題有「江南」字樣者，如〈寄江南諸弟〉，〈江南送李明府入關〉，〈夏初與侯補闕江南有約〉等，所謂「江南」並指江浙一帶而並不指蜀，是則張惠言《詞選》以為〈菩薩蠻〉詞中之「江南」乃指蜀地，實為無據之言。然而若果如《栩莊漫記》所云，以為詞云「江南」即為中和時在江南所作則又不然，蓋自〈菩薩蠻〉第三章之「如今卻憶江南樂」句觀之，則既云「卻憶」，便顯然並非當時正在江南之所作明矣，又《栩莊漫記》以為第五章詞中有「洛陽城裡春光好」之句，便當為身在洛陽時所作，而卻未嘗注意到這一句下面的「洛陽才子他鄉老」一句，此二句蓋云洛陽之春光雖好，而當年曾居洛陽之才子則如今已老於他鄉矣，是則其人之已不在洛陽亦復顯然可知，由此看來，可見張氏《詞選》與《栩莊漫記》之說，實在皆不免有謬誤之處，因之他們二家的說法似乎也就都不可信了。我的意思以為「江南」當指端己中和時江南之遊是不錯的，只是寫作的時期，卻並非中和年間身在江南之當時，而可能係入蜀後回憶當年舊遊之作。而且韋莊這五首詞中所回憶的更不當僅只江南一地，首章「紅樓別夜」之並非江南，自然可知，末章之「洛陽城裡」之亦非江南，亦復自然可知，是則這五首詞蓋當為端己晚年回憶平生舊遊之作，其所懷思追憶者原來就不止一人一地一事而已，大抵端己一生曾幾經國變，中年時值黃巢之亂，長安既陷，端己遂飄泊江南，這當然是可悲慨的往事之一，又黃巢亂後端己在洛陽賦〈秦婦吟〉一詩，感慨時亂，當時曾有秦婦吟秀才之稱號，而端己晚年乃羈留蜀地終身不復得返，則洛陽才子之他鄉老自然也是可悲慨的往事之一，只是端己在洛陽賦〈秦婦吟〉在先，遊江南在後，為什麼端己在這五首詞中卻先說起江南而最後纔說到洛陽呢？私意以為此有二種可能，第一，如果以史事比附言之，則端己此詞之所慨於洛陽者可能原不僅當年在洛陽賦〈秦婦吟〉一事而已，此外且有更深沉之悲痛在，蓋據《唐書・昭宗紀》所載，天祐元年正月，朱溫曾脅遷唐都於洛陽，八月遂弒昭宗而立昭宣帝，未幾，朱溫遂篡唐自立，可見昭宗之遷洛陽乃是當時一件大事。而且據《五代史・梁本紀》所載云昭宗之遷洛陽，其從以東者小黃門十數人打毬供奉內園小兒等二百餘人而已，而且在半途之中，這些人就完全都被朱溫藉故殺死了，由是皇帝左右遂盡為朱溫之人矣，當時蜀王王建、吳王楊行密等聞梁遷天子於洛陽，曾皆欲舉兵討之，在這樣重大的變故之中，端己在蜀遙聞此事，當然會不免有一番感慨，何況洛陽又為端己舊遊之地，則前塵往事新悲舊恨當然會不免觸緒紛來，因之這五首〈菩薩蠻〉詞乃於最末一章特別標舉洛陽，其中可能確有端己今昔滄桑的一份感慨，而且朱溫脅遷唐都於洛陽乃是發生在端己入蜀以後的近事，這是端己在這五首詞中所以先說起江南而最後纔說到洛陽的可能之一；然而我一向並不喜以比附史實來解說詩詞，如果從比較單純的直接感受來推測，則端己當年寓居洛陽原來就在飄泊江南以前，如果把第一首「紅樓別夜」所寫的「和淚辭」的「美人」，看做乃是端己在洛陽時的一段美好的遇合，則經過離別以後的輾轉飄泊，於最末一章再重新點明當日之洛陽，以表示對當年洛陽美人之終始不忘，這不但是極自然的情事，也是極完整的章法，這是端己在這五首詞中所以先寫別後之江南飄泊而最後纔點明對洛陽之追憶的可能之二，我們現在對此二種可能性且先不下判斷，只單純以欣賞之態度，來為這五首詞試一作解說分析。

首章「紅樓別夜堪惆悵」，一起便寫出滿紙離情。「紅樓」乃離別之地，「別夜」乃離別之時，至於「堪惆悵」三字，則有兩重情意：回思別離之往事，歷歷如在目前，而相逢無計，再見無期，及今思之，唯有滿懷惆悵而已，此今日之「堪惆悵」者也；再則「紅樓」之旖旋如斯，「別夜」之淒涼若此，所謂「此情可待成追憶，只是當時已惘然」，此昔日之便已「堪惆悵」者也。在這兩重的惆悵之中，更接之以次句之「香燈半捲流蘇帳」，「流蘇」者，據《決疑要錄》云：「流蘇者緝鳥尾垂之，若旒然，凡旌旗帳幕之類，皆飾之以為美觀」，鄭因百先生《詞選》云：「今多緝絲線為之，南方仍有流蘇之稱，北方則謂之穗子，以其類禾稻之穗也」，「流蘇帳」者飾以流蘇之帳也，其精美可知，「燈」字上更著以一「香」字，則香閨蘭麝，掩映宵燈，其情事亦復可想，何況「流蘇帳」前還更有「半捲」二字更使人益增繾綣之思，而卻與上句之「別夜」相承，於是所有的春宵繾綣之情，便都化而為離別的惆悵之感了，這兩句敘述的口氣都很率直，然而上下反襯，百轉千迴，端己之「似直而紆」便已可概見一斑了。繼之以「殘月出門時，美人和淚辭」，則別宵苦短，去者難留，殘月將沉，行人欲去，遂終不得不與美人和淚而辭矣，「辭」者臨行之話別也，《西廂記．長亭送別》有句云：「聽得道一聲去也，鬆了金釧，減了玉肌，此恨誰知」，則話別之際，豈有不淚隨聲下者乎，更何況與之和淚而辭者乃竟為一如此之「美人」，則眷戀之情豈不更增離別之痛。解說至此，本句已可告一段落，只是如仔細研究其句法，則此句實有兩種解釋之可能：一者乃謂美人和淚與我而辭，則垂淚者乃是美人，而此句又可釋為我與美人和淚而辭，則垂淚者乃是行人。我最近在《文學季刊》曾發表了一篇小文，題為〈一組易懂而難解的詩〉，曾經談到一句詩詞有時可有多種解釋之可能，我們大可把這些歧解同時保留下來，相互引發，反而可使作品的意蘊更為豐美，本句亦然，如果把二種解釋合看，則美人垂淚我亦垂淚，豈不可使離別之情更加深一層，因此這一句亦大可不必作文法之分析，只看做二人相互和淚而辭可也。下半闋「琵琶金翠羽，絃上黃鶯語」二句，「金翠羽」三字據鄭因百先生《詞選》注云：「「金翠羽，琵琶之飾也，在捍撥上，今日本藏古樂器可證」，又據《海錄碎事》云：「金捍撥在琵琶面上當絃，或以金塗為飾，所以捍護其撥也」，是「金翠羽」乃指捍撥上所裝飾之翠羽殆無可疑。至於這二句之解釋則也有二種可能：一者可以視為和淚辭之美人於離別之際，果然曾親手彈奏過一曲琵琶，而且琵琶之美既上有翠羽之飾，絃上之音更有似鶯啼之好，然後接以下面「勸我早歸家」五字，則是絃上所奏之曲，與美人話別之辭突然於行人耳中結合為一，其聲聲宛轉，句句叮嚀者，惟有「勸我早歸家」之一語而已；另一種解釋，則是把「琵琶金翠羽，絃上黃鶯語」二句，不必看做實指美人於當時確曾奏過一曲琵琶，不過美人在平日既常奏翠羽之琵琶，美人之聲音，亦常似絃間之鶯語，今日聞美人叮嚀之語，亦猶似平日絃上之宛轉鶯啼，遂直用絃上鶯啼為美人音聲之象喻，所以乃逕接以下一句「勸我早歸家」的叮嚀之語，這兩種解釋於欣賞時也大可使之兼容並存，不必妄為去取。至於末一句以「綠窗人似花」五字承接在「勸我早歸家」之後，遂使前一句的情意更加深重了一層，何以言之，一則綠窗下相待之人既有如花之美，則遠行之遊子如何能不因懷思戀念而作早歸家之計？此所以用「人似花」為叮嚀之語者一也；再則花之美麗又是天下間最短暫最不久長的事物，偶一蹉跎，則縱使他日歸來，也早已春歸花落，無復當年之盛美矣，王靜安先生就曾有一首詞說：「閱盡天涯離別苦，不道歸來，零落花如許。」在天涯歷盡了離別的悲苦，所盼望的原不過僅只是再相見時的一點慰安而已，如果歷盡悲苦之後所得的竟是花落春歸的全然落空的悲哀，這豈不是人間最大的憾恨。然則彼綠窗下之美人既有如花之美麗足以繫遊子之相思，更有如花之易於凋落，足以增遊子之警惕，那麼只為了珍惜這一朵易落的花容，遊子自必當早作歸家之計矣，這是何等深切的叮嚀囑咐之辭。這一章別情之深摯一直貫注到末一章遊子終然未得還鄉的畢生的悲恨，這是要讀到最後一章結尾，纔能更深切地體會出來的。

次章則所寫的已是遊子遠謫江南以後的情況了，首二句「人人盡說江南好，遊人只合江南老」，仍不過從別人口中道出江南之好而已，有向遊子勸留之意，而遊子之本意則原在還鄉，未作久留江南之計也。次句之「合」字乃「合該」「合應」之意，「只合江南老」者，謂遊子真箇只應在江南終老也，夫人情同於懷土，遊子莫不思鄉，「江南」既是異鄉，「遊人」原為客旅，何以偏偏卻說是該向江南終老，此二句雖是以他人之口道出，可是若不是遊子的故鄉已經有不能得返的苦衷，則異鄉之人又何敢便盡皆以如此斷然之口吻來相挽留，觀此二句之「盡說」「只合」等字樣，是何等勁直激切，然而如果仔細吟味，則其情意卻又正復沉摯深切百轉千迴，端己之「似直而紆，似達而鬱」，於此乃又得一證矣。以下接言「春水碧於天」，是江南景色之美；「畫船聽雨眠」，是江南生活之美；下半闋「壚邊人似月，皓腕凝雙雪」，則從前二句一氣貫串而下，寫江南人物之美，按「壚」，一作「鑪」，又作「罏」，賣酒者置酒甕之處也，《史記・司馬相如列傳》云：「買酒舍乃令文君當鑪」，又《後漢書・孔融傳》注云：「鑪，累土為之，以居酒甕，四邊隆起，一邊高如鍛鑪，故名鑪」，然則壚邊之人，蓋賣酒之女郎也，「似月」者，女郎之光彩皎皎照人也，「皓腕凝雙雪」者，言其雙腕之皓白如雪也（按「雙」字一本作「霜」，則直言皓腕之白如霜雪，不必指明「雙腕」，而「雙」字之意，自在其中，亦佳）。昔曹子建有詩云「攘袖見素手，皓腕約金環」，則當此女郎當壚賣酒之際，攘袖舉手之間，其皓如霜雪之雙腕的姿致之撩人可想，江南既有如此之美女，則豈不令遊子生愛賞留戀之意。自「人人盡說江南好」二句以下，全寫江南之好，有「碧於天」的「春水」之明媚，有「畫船」上「聽雨」的閒情，有「壚邊」的如「月」之「佳人」，全力促成「遊人」之

「只合江南老」。然而下一句卻忽然跌出來「未老莫還鄉」五個字，表面上是順承，而實際上卻是反撲，蓋以此一句雖然著一「莫」字，卻明明仍道出「還鄉」字樣來，則知前面雖然一意專寫江南之好，原來都不過是強作慰解之語，而「故鄉」之思，則未嘗或忘也，至於「還鄉」二字上的一個「莫」字，則正是極端無可奈何之辭，如陸放翁〈釵頭鳳〉詞結尾所寫的「山盟雖在，錦書難託，莫，莫，莫」，接連道出三個「莫」字來，卻也正不過是一片無可奈何之情而已，夫端己豈不欲還鄉，放翁又豈不欲與唐氏證彼山盟託以錦書，然而盟有不可證，書有不可託，而鄉有不可還者，所以曰「莫」也，僅此一「莫」字已有多少輾轉思量之意，何況上面還更用了「未老」兩個字，其意蓋謂年華幸尚未老，則今雖暫莫還鄉，而狐死首丘則終老之日誓必還鄉也，所以此句表面雖然說的是「莫還鄉」而實際卻是一片懷鄉的感情，至於下一句：「還鄉須斷腸」則是極痛心的補敘出今日之所以「莫還鄉」的緣故，這一句看來說得極簡單，然而涵義卻極深，「須斷腸」之「須」字，說得斬釘截鐵，是還鄉之必定要斷腸也，然而「還鄉」二字卻又說得如此概括，而未指明「還鄉」後究竟是哪些事物使人竟至於必「須」「斷腸」呢？於是隱約中遂使人感到必是還鄉後之事事物物皆有足以使人斷腸者矣。我們雖不願如張惠言陳廷焯之比附史實來強作解說，然而端己一生飽經亂離之痛，值中原鼎革之變，為異鄉飄泊之人，則此句之「還鄉須斷腸」五字也可以說是寫得情真意苦之極了。

第三章開端二句即云：「如今卻憶江南樂，當時年少春衫薄」，既曰「卻憶」，又曰「當時」，則自然該是回憶之言而並非身在江南之語了。我們試於此向前二章作一回顧，如果說首章所寫乃是回憶離別之當日，次章所寫乃是回憶江南之羈旅，則此章所寫的就該是回憶離開江南以後的又一段飄泊的時期了。所以我以為這五首詞裡的所謂「江南」之地，都該是確指江南之地而並非指蜀，可是寫作的時間則卻都是離開「江南」以後的事了，而且極可能是晚年羈身蜀地之時的作品。先看首句，「如今卻憶江南樂」者，蓋緊承前一章之「人人盡說江南好」而來，於此乃知凡前一章所寫人人盡說的江南之種種好處原來當時在詩人自己之心目中，卻並未真正覺其可賞可樂，而其一心所繫者原來仍在故鄉，所以上章結尾乃終於道出「還鄉」之語，是則雖然不得已而暫時不得還鄉，而卻始終仍一直懷有還鄉的盼望。至於這一章所寫的，則是並當日江南之遊也已成了一段可懷念的追憶了，正如賈島〈渡桑乾〉一詩所寫的「客舍并州已十霜，歸心日夜憶咸陽，無端更渡桑乾水，卻望并州是故鄉」，詩人在江南時懷念故鄉，而今更離開了江南，而且又經歷遍了更多的離亂哀傷，對於「還鄉」之想也早已望斷念絕，在此種心境下再回憶當年江南之羈旅，於是反而覺得即使是當年的羈旅較之今日也仍自有其可樂之處了。是今日之所以感到當年之可樂者，乃正因今日之更為可悲。端己此詞之開端，即以堅決之反語道出江南之可樂，復以「卻憶」二字反襯出今日之更為可悲以及還鄉之更不可望，此種說法亦正是「似直而紆，似達而鬱」的端己之特色。夫詩人既謂江南為可樂，於是下句乃承以「當時年少春衫薄」七字，正寫江南之樂，其實只是「當時年少」四字便已自有可樂者在矣，下面更綴以「春衫薄」三字，則春衫飄舉風度翩翩，少年之樂事乃真可想見矣，至於此句之「當時」二字，則更當與上一句之「卻憶」二字參看，極寫回憶中當時之可樂，正以之反襯今日之堪悲。然後承以下面：「騎馬倚斜橋，滿樓紅袖招」更直貫到下半闋：「翠屏金屈曲，醉入花叢宿」，一共四句，一口氣下來全寫回憶中當年之樂事，於是而憶及當日滿樓紅袖之相招，此自為少年時可樂之事，而必曰「騎馬倚斜橋」者，蓋「騎馬」始益增年少之英姿也，昔白居易〈井底引銀瓶〉詩曾有「君騎白馬傍垂楊，妾折青梅倚短牆，牆頭馬上遙相顧，一見知君即斷腸」之句，王靜安先生更曾用韋莊此二句詞意，寫過一首〈浣溪沙〉，有「六郡良家最少年，戎裝駿馬照山川」及「何處高樓無可醉，誰家紅袖不相憐」之句，凡此所寫皆足以證明馬上英姿之俊發之可以得牆頭佳人之回顧，之可以得樓上紅袖之相招，於是一切目成心許之韻事乃盡在不言中矣，至於「橋」而必曰「斜橋」者，蓋以用一「斜」字纔更能顯出一份攲側風流之情致也。既已目成心許得高樓紅袖之招，於是乃有下二句：「翠屏金屈曲，醉入花叢宿」之情事，「翠屏」者，翡翠之屏風也，「屈曲」一作「屈戌」，《輟耕錄》云：「今人家窗戶設鉸具，或鐵或銅，名曰環紐，……北方謂之屈戌，其稱甚古」，此詞之「金屈曲」自當指屏風上之環紐而言，曰「翠」曰「金」，足以見其華麗，「屏」字可以想見閨房屏障之掩映深幽，「屈曲」字用環紐來顯示其摺疊，可以想見屏風之曲折迴護，在此一句描寫閨房景物的句子下，接以下句之「醉入花叢宿」，則此所謂「花叢」，自然並不僅指園庭之花叢，乃暗指如花眾女之居處也，酒醉而入宿花叢，自是少年時可樂之事，然而從首句「如今卻憶江南樂」之言觀之，則是此少年之樂事，當時乃並未覺其可樂也，當時之所以不覺其樂，則豈不以當時仍念念在於「還鄉」之故，然後接以下句之「此度見花枝」五字，曰「此度」則自非前度之在江南矣，而隱隱逗起了下一首之「今夜須沉醉」。至於「見花枝」則自然乃是承接著前面的「花叢」而來，姑不論好花美人皆可以用為象喻之意，總之「花叢」與「花枝」都當指一段美好的遇合而言，「此度見花枝」者，自當指此時的又一段際遇而言，然後接以「白頭誓不歸」，「歸」字承上章而來，仍當指「還鄉」之意，「白頭」則承上章「未老」二字而來，其意乃謂當時念念在還鄉，故不知江南之可樂，且思終老之必還故鄉，「此度」則憂患老大之後，既已知還鄉之終不可期，則此度既再有像當日「花叢」之「見花枝」的美好的遇合，則真將白頭終老於此不復作還鄉之想矣。人在悲苦至極之時乃往往故作決絕無情之語，如杜甫之關愛朝廷而終不能得用也，乃曰「唐堯真自聖，野老復何知」矣，服膺儒術而終不能得志也，乃曰：「儒術於我何有哉，孔丘盜跖俱塵埃」矣，端己此句亦正復因其有不能得歸之痛，故乃曰：「白頭誓不歸」矣，著一「誓」字，何等堅決，以斬盡殺絕之語，寫無窮無盡之悲，《白雨齋詞話》評此句云：「決絕語，正是淒楚」，所言得之，而端己之勁直而非淺率亦可見矣。

第四章又緊承第三章而來，前面既已說出「白頭誓不歸」的如此失望決絕之語，是已自知故鄉之終老難返，少年之一去無回，則詩人今日所可為者，亦惟有以沉醉忘懷一切而已，故此章乃於開端即曰：「勸君今夜須沉醉，樽前莫話明朝事」也，此章最可注意的乃是端己於一首短短的僅有四十四個字的小令內，竟然用了兩個「須」字兩個「莫」字。第一次用在前半闋的開端，即前所舉之二句；第二次則用在後半闋的開端，即「須愁春漏短，莫訴金杯滿」二句，「須」字者「定要如何」之意，「莫」字者「千萬不要如何」之意，說了一次「定要如此千萬不要如彼」，再說一次「定要如此千萬不要如彼」，這種重疊反覆的口吻，表現出多少無可奈何的心情，表現出多少強自掙扎的痛苦，有些人以為此篇大都為曠達之辭且不免有率易之語，因此從清朝的張惠言開始，一般選本就往往把此章刪去不選，這都是未能體會出這一首詞真正好處的緣故。先看首句「今夜須沉醉」五字，此一「須」字乃「直須」「定要」之意，言其今夜之飲定非至沉醉不止也，以必醉之心情來飲酒，原可能有二種情形，其一是因為快樂到極點了，所以要飲到不醉無休；其次則是因為悲哀到極點了，所以也定要飲到不醉無休。端己之心情，自然是屬於後者，這從第二句的「樽前莫話明朝事」七字就可以體會得出來，關於「莫」字所表現的無可奈何之情，我在說第二章「未老莫還鄉」一句時已曾談到。曰「莫話」，則明日之事之不忍言不可言之種種苦處可以想見矣。「樽前」則正指飲酒之地，對此樽前惟當痛飲沉醉而已，即使近在明朝之事尚且不欲提起，則其對未來一切之完全心斷望絕可想而知矣。然後接以「珍重主人心」，曰「主人」者，異地之「主人」也，則端己之為遊子而身不在故鄉可知。李白有詩云：「蘭陵美酒鬱金香，玉椀盛來琥珀光，但使主人能醉客，不知何處是他鄉」，有蘭陵之美酒，飄散著鬱金的香氣，盛在玉質的椀中，泛著琥珀的光采，倘果有能以如此盛意招待客子盡醉之主人，則此深深之美酒，豈不就正如同主人的深深的情意，而且愈是思鄉而不能返的遊子，對此一番盛意也就愈加容易感動，於是客子思鄉之苦在如此殷勤之情意中，乃真若可忘矣，此太白之所以說「但使主人能醉客，不知何處是他鄉」，而端己之所以說「珍重主人心，酒深情亦深」也。下半闋之「須愁春漏短，莫訴金杯滿」二句，再用一「須」字與一「莫」字相呼應，與開端二句之「須」字「莫」字同屬於殷勤相勸的口吻，可是我卻對開端的「勸君」二字一直未加解說，也許有人以為這二字極淺顯明白，原不需解說，也許有人以為乃是由於我行文時之忽略未加解說，其實我原來就正是要留到這裡與這二句一同解說的，因為此詞前後既有二處都用相勸之口吻，那麼究竟是出於何人之口呢？自本詞通首觀之，則「勸君」二字，實可有數種不同之看法，第一可視為主人勸客之語，第二可視為客勸主人之語，第三可視為詩人自勸之意，第四可視為二人互勸之意，第五前後二處相勸之口吻，可出於不同之人物，即如一為客勸主，一為主勸客，一為勸人，一為自勸，可有多種不同之配合變化，在這多種異說的可能中，我個人以為前二句之「勸君今夜須沉醉，樽前莫話明朝事」似當為主人勸客之辭，故其後即承以「珍重主人心，酒深情亦深」的二句，便正是客子衷心相感之表現；而後半闋之「須愁春漏短，莫訴金杯滿」二句，則似乎當是客子既深感主人之用心，於是乃自我亦作慰解之語的自勸之辭。「春漏」者，春夜之更漏也，春漏短實在就是「春夜短」之意，「春夜」在一般人心目中乃是何等佳美的時光，而況主人更有如彼殷勤之盛意，於是客子於感動之餘乃亦復自思真當珍惜此易逝之良宵，則主人更以美酒相勸之時，便不要更以「金杯」之過「滿」為辭了，於是此詞乃由首二句之主人勸客，到次二句之客感主人，到此二句之客之自勸，宛轉曲折，寫出詩人多少由思鄉之苦中，勉強欲求歡自解的低徊往復的情意，於是最後乃以「遇酒且呵呵，人生能幾何」的強為歡笑的口吻，為苦短的人生作了最後的結論，這種結論是下得極為絕望也極為痛苦的。多年前我讀端己這一首詞時，對其「呵呵」二字原頗為不喜，以為此二字無論就聲音或意義而言，都會予人以一種直覺的空虛浮泛之感，而且又是如此淺俗的兩個字，似乎乃是端己的一句敗筆，然而細讀之後，乃愈來愈體會出這兩個字的好處，因為端己所要表現的原來就正是一種心中寂寞空虛，而表面強顏歡笑的心情，然則此充滿了空虛之感的「呵呵」二字空洞的笑聲，豈不竟然真切到有使人顫慄的力量，端己詞之於淺直中見深切的特色，真是無人可及的。

末章開端「洛陽城裡春光好，洛陽才子他鄉老」二句，一開口就重複地道出了「洛陽」二字，而且接連二句都把「洛陽」二字放在開端，不但充滿了一片眷念的情意，而且在口吻中也流露出一片呼喚的心聲，則「洛陽」之足以使人懷想可知，其所以然者，從前面所述的端己生平來看，則約有二端：一則在黃巢亂後端己曾一度寓居洛陽，在這一段時期，他曾寫過不少感懷時事的篇什，如其集中之〈洛陽吟〉，洛北村居，當為在洛陽作自無可疑，他如〈北原閑眺〉之「千年王氣浮清洛」，〈睹軍回戈〉之「滿車空載洛神歸」，〈中渡晚眺〉之「魏王堤畔草如煙」，和〈侯學士丁侍御秋日雨霽〉之「洛岸秋晴夕照長」，蓋皆為在洛陽時所作，何況端己還曾在洛陽寫下了他平生傑作的〈秦婦吟〉，則當日洛陽所予端己印象之深切可知，而且據夏氏〈韋端己年譜〉，則端己之離長安居洛陽乃在中和二年之春日，其作〈秦婦吟〉則在中和三年之春日，是端己蓋曾兩見洛陽之春，從其〈秦婦吟〉所寫的「中和癸卯春三月，洛陽城外花如雪」的描寫，可以想見洛陽春光之美好，是則本詞首句之「洛陽城裡春光好」非虛語矣，何況端己居洛陽時乃正當自長安逃出之後，則洛陽當日之美景，一定曾經給端己留下許多可賞愛也可悲慨的感情可知，此洛陽之所以值得眷念懷想之一因也；再則如果按照我們前面對端己這五首詞之最後寫到洛陽所做的二種可能的猜測，則無論端己乃是對當時朱溫之脅遷唐都有一種今昔離亂的深慨，或者乃是對當年在洛陽所離別的美人有一份難忘的追憶，總之這一些情事乃是使端己遙想洛陽春光之好而彌增眷念懷想的原因之二。至於下面「洛陽才子」一句，首先當辨者自當為「洛陽才子」之所指，《栩莊漫記》以為此詞乃端己在洛陽作，如果當時端己是在洛陽，那麼「他鄉老」的「洛陽才子」就該不是端己自謂了。這種說法，若單僅只從這一句的文法來看，原也未始不可，只是如果就端己詞整個的風格及語氣來看，則自有不可如此解說的原因在。首先我們該注意到端己這五首詞，甚至端己大部分的詞，都是屬於詞中有我之作，端己所寫的情事大都是切身的情事，何況端己確實曾在洛陽住過，更曾因在洛陽寫〈秦婦吟〉而贏得了「秦婦吟秀才」的稱號，則「洛陽才子」非端己自謂而何；再者洛陽才子如非端己自謂，則更無所指，因為關於洛陽一向並沒有另外一個特殊著名的才子之傳述，如果說這四個字乃是泛指洛陽一切有才之士，則在中國文學慣用的詞彙中除去燕趙之多俠士稷下之多談士等一般概念外，並沒有洛陽之多才子的一般習知之概念，這是我所以認為「洛陽才子」乃端己自謂的原因，而且與上句合看，則當年曾親見「洛陽城外花如雪」的春光之好，而今日則賦此「洛陽城外花如雪」的才子，卻流落而終老他鄉了，這豈不是一種極自然的承接。至於下面「柳暗魏王堤，此時心轉迷」二句，上句之「魏王堤」當為對首句「洛陽城裡春光好」之承應，蓋「春光好」三字仍不過泛泛敘述而已，「柳暗魏王堤」五字始為具體之描寫。據《河南通志》云：「魏王池在洛陽縣南，洛水溢為池，為唐都城之勝，貞觀中以賜魏王泰，故名」，魏王堤即在池上，白居易有〈魏王堤〉詩云：「花寒嬾發鳥慵啼，信馬閒行到日西，何處未春先有思？柳條無力魏王堤」，則魏王堤之春色可想，至於「柳暗」者，「暗」字正寫柳之濃密，稼軒〈賀新郎〉詞云：「柳暗凌波路」，又〈祝英臺近〉詞云：「煙柳暗南浦」，皆可見「暗」字所予人的濃陰茂密之感，魏王堤既為洛陽之名勝，又正以多柳著稱，何況柳樹又特別能表現春日之美好，此端己所以用「柳暗魏王堤」一句以承接首句洛陽之「春光好」者也。至於下一句之「此時心轉迷」五字，則似乎當與第二句之「洛陽才子他鄉老」七字相承接，洛陽城外魏王堤之春色既如此令人懷念，則當年之洛陽才子，此時在他鄉老去之時，回憶當年之洛城春色，豈有不滿懷淒迷悵惘者乎，此端己之所以用「心轉迷」以承應次句之「他鄉老」也。至於後半闋之「桃花春水淥，水上鴛鴦浴」二句，初看起來好像與前半闋之「柳暗」一句同為寫「春光好」之辭，然而仔細吟味，卻當分別觀之，蓋端己這五章〈菩薩蠻〉詞，其敘述之口吻，自開始便係以回憶出之，從首章之「紅樓別夜」起，繼之以江南之飄泊，再繼之以對江南之追憶，直至第四章之「勸君今夜須沉醉」似乎纔回到現在來，而第五章的「洛陽城裡春光好」則是另一回憶高潮之再起，只是前面第四章既然已經寫到現在，所以第五章在洛陽一句突起的回憶之後，當下便以「他鄉老」再轉接到現在，然後又以「柳暗」一句足成回憶中之洛陽，再以「此時」二句，轉回到現在的悵惘淒迷。而下半闋的「桃花春水淥」所寫便已是現在眼前的春光，而不復是回憶中江南或洛陽之春光了。至於眼前春光之所在，則似乎該是端己所羈身的西蜀之地。而「桃花春水淥」五字，所寫的就該正是蜀地之春光。據夏氏〈韋端己年譜〉，端己寓蜀時曾於浣花溪上尋想杜甫草堂舊址，芟夷結茅而居之，而杜甫在草堂所作的詩中，就有不少寫到桃花和春水的，如其〈春水〉一首的「三月桃花浪」，〈江畔獨步尋花〉的「桃花一簇開無主，可愛深紅愛淺紅」，〈絕句漫興〉的「輕薄桃花逐水流」，以及〈漫成〉二首之「春流泯泯清」，〈田舍〉一首之「田舍清江曲」，〈江村〉一首之「清江一曲抱村流」，〈卜居〉一首之「更有澄江銷客愁」，從這些詩句都可見到蜀地桃花之盛與江水之清，而端己的「桃花春水淥」一句，「淥」字便正是清澄之意，然則此五字所寫豈不正是端己眼前所見的蜀地春光？至於下一句之「水上鴛鴦浴」，則證之於杜甫在蜀所作的〈絕句〉二首之「沙暖睡鴛鴦」之句，則此句所寫與上一句相承，當然也正是蜀地之春光，只是這二句詞所寫的，似乎還不僅只是從對過去之回憶，跌入現在的眼前景物的寫實而已，另外似更當有著一份以鴛鴦之偶居不離，以反襯人事之自紅樓一別之後乃竟至終老他鄉，不復能相逢重聚的悲慨，鴛鴦之相守相依，正以之反襯離人之長睽永隔，運轉呼應之妙乃直喚起首章別夜時「早歸家」的叮囑，這種呼應，正足以見到詩人對當日紅樓美人的不能或忘，對不能或忘的人，竟至落到不想重聚而必須要終老他鄉的下場，則人間恨事孰過於此，所以結尾乃以萬分悲苦的心情寫下了「凝恨對殘暉，憶君君不知」的二句深情苦憶的呢喃。「凝恨」二字，據張相《詩詞曲語辭匯釋》云：「凝為一往情深專注不已之義」，又云：「凝恨，恨之不已，猶云積恨也。」從端己這五首詞所寫的情事來看，則自紅樓別夜的惆悵，美人和淚的叮嚀，到江南飄泊對還鄉斷腸的悲慮，再轉為離開江南以後，飄泊更遠，深慨少年不再，故鄉難返，而竟誓以白頭不歸的決絕的哀傷，再轉為莫話明朝唯求沉醉的頹放，以迄最後一個重憶洛陽的高潮的再起，百轉千迴層層深入，則其中心所凝積之幽恨可知，故曰「凝恨」也，至於下面的「對殘暉」三字，則可以有幾種解說，一則可使人想見暮色之蒼茫，倍增幽怨淒迷之感；再則可使人想見凝望之久，直至落日西沉斜暉黯淡之晚，三則如果以中國詩歌一貫所習用的託喻的想法來看，則「日」之為物，一向乃是朝廷君主之象喻，而今端己乃用了「殘暉」二字，則當時朝廷國事之有足哀者，也可以說是意在言外了，而且如果以史實牽附立說，則昭宗之被脅遷洛陽，唐朝國祚之已瀕於落日殘暉可知，我們雖不欲為過分拘狹的解說，單只從字面來看，則「凝恨對殘暉」五字，也可以說是寫得幽怨至極了，至於最後一句「憶君君不知」，則是歷盡飄泊相思終至心灰望絕以後所餘的一點最後申訴的心聲，以如彼之深情相憶，而竟至落到了如此負心不返的下場，這其間該有多少不得已的難言的情事，然則，縱有相憶之深情，誰更知之，誰更信之，所以結尾乃說出了「君不知」三個字，這豈不是衷心極深沉的怨苦的一個總結？端己用情極深摯曲折，用語則明白勁切，評者所謂「似直而紆，似達而鬱」者，在這五章〈菩薩蠻〉中，可以說得到充分的證明了。

從以上所舉的例證來看，溫韋二家詞風格之不同已可概見一斑，溫詞多用客觀，韋詞多用主觀；溫詞以鋪陳穠麗取勝，韋詞以簡勁清淡取勝；溫詞像一隻華美精麗而沒有明顯的個性及生命的「畫屏金鷓鴣」，韋詞則像一曲清麗宛轉，充滿生命和感情的「絃上黃鶯語」，這種風格之異固由於二家性格之不同，然而自詞之意境的演進方面來看，我認為也仍然是具有可注意的價值的，因為詞在初起時，原來只不過是供人在歌筵里席之間演唱的樂曲而已，用一些華美的詞藻，寫成香豔的歌曲交給嬌嬈的歌伎酒女們去吟唱，根本談不上個人一己的情志之抒寫。飛卿的詞儘管被後世的常州諸老奉為與屈子同尊，但是他們的解說也只能從聯想及比附的猜測上去下工夫，至於就飛卿詞本身而言，則其外表所予人的直覺印象卻依然只不過是逐絃吹之音所寫的一些側豔的詞曲而已，既無明顯的懷抱志意可見，甚至連個人一己之感情也使讀者難於感受得到。而端己的詞則在這一方面已有了一大轉變，端己詞從外表看來，雖然仍不脫花間的風格，可是他卻把在花間中被寫得極淫濫了的閨閣園亭相思離別的情景，注入了新鮮的生命和個性，詞在端己手中已不僅是徒供歌唱的豔曲而已，而是確實可以抒情寫意的個人創作了。飛卿詞所予人的多半僅是一片華美的意象，雖可引人聯想，而其中之人物情事則不可確指，而端己之詞則使人讀之大有其中有人呼之欲出之感，即如前所舉之〈菩薩蠻〉五首，以其所寫之時地與人言之，則有當年紅樓別夜之美人，有舊遊江南之紅袖，有今日樽前之主人，至於所寫的情意則更為真切感人，有惆悵的別情，有斷腸的懷念，有誓不歸的決絕，有須沉醉的頹放，百轉千迴直寫到憶君的凝恨。本文因篇幅所限，不暇多舉例證，其實端己的名作，如〈女冠子〉之「四月十七」與「昨夜夜半」，及〈荷葉盃〉之「絕代佳人難得」與「記得那年花下」諸首，都比這五首〈菩薩蠻〉寫得更為真切具體，楊湜《古今詞話》造為王建奪妾之說，其不可信，固早經夏承燾在〈韋端己年譜〉中考辨甚明，然而楊湜之說雖屬無據卻又並非無因，那就因為端己詞所寫的人物情事雖不必問其確指何人，而卻都能使讀者感到其所寫者必為一己真實之感情經歷的緣故。這種鮮明真切極具個性的風格，不僅為端己詞的一大特色，而且也當是晚唐五代詞在意境方面的一大演進，使詞從徒供歌唱的不具個性的豔曲，轉而為可供作者抒寫情意的極具個性的文學創作了。

(三)馮延巳❶

❶ 馮延巳之名乃辰巳之巳，說詳夏承燾〈馮正中年譜〉。

我們所要看的第三位詞人乃是馮正中，《人間詞話》所給予正中的評語，重要的有下列數則：其一是說「深美閎約」四字「唯馮正中足以當之」；其二是說「正中詞品若欲於其詞句中求之，則『和淚試嚴妝』殆近之歟」；其三是說「馮正中詞雖不失五代風格，而堂廡特大，開北宋一代風氣」；其四是說「正中詞除〈鵲踏枝〉、〈菩薩蠻〉十數闋最煊赫外，如〈醉花間〉之『高樹鵲銜巢，斜月明寒草』，余謂韋蘇州之『流螢度高閣』，孟襄陽之『疏雨滴梧桐』，不能過也」；其五是說「溫韋之精豔所以不及正中者，意境有深淺也」。綜合以上五則評語，我們可分做兩方面來看，第一、三、五諸則是屬於意境方面的評語；而第二、四兩則則是屬於風格方面的評語。

我們現在先從意境方面來看，如我在前文論溫韋二家詞時所云，晚唐五代之際，詞在初起時原來只不過是供歌唱的豔曲而已，寫景則不出閨閣園庭，寫情則不外傷春怨別，溫韋二家就同屬於此一範圍之內，只是溫詞較為客觀，無鮮明之個性，韋詞較為主觀，有鮮明之個性，從端己的作品中，我們已可清楚地看到，詞之為物已經從徒供歌唱不具個性的曲子，轉而為可以自我抒寫情意，具有鮮明個性的文學創作了。這在詞的意境方面當然已是一大演進，可是如果以端己與正中相較，則端己詞中所寫之情事，一方面雖然真切勁直具有鮮明之個性，而另一方面卻又不免過於拘狹落實，其所寫者往往只限於一人一時一地一事而已，因此在意境方面，自然就受到了相當的拘限，使讀者不容易自其中得到更多的聯想和啟發，而正中則不然，正中詞從外表看來，雖然也不過是閨閣園庭之景，傷春怨別之辭，可是他一方面既較飛卿為主觀而且個性鮮明，而另一方面他卻又不似端己之拘狹落實，讀正中詞會使人覺得其所寫的情意境界雖同樣真切感人，可是卻又並不為現實之情事所拘限，而可以令讀者更產生較深較廣之聯想，這是正中詞之一大特色，其所以然者，我以為那乃是由於端己所寫者但為現實中感情之事跡，而正中所寫則是不為現實所拘限的一種純屬於心靈所體認的感情之境界的緣故。讀端己詞如其〈女冠子〉之「四月十七，正是去年今日，別君時」，及「昨夜夜半，枕上分明夢見」，與〈荷葉盃〉之「記得那年花下，深夜，初識謝娘時」諸作，以及前面說端己詞時所舉的〈菩薩蠻〉五首，其中情事都是時地分明，其中有人呼之欲出的作品，雖然真切感人，而卻全以分明之事跡為主，因而乃不免為這些現實的事跡所拘限，而不能引發讀者更自由更豐美的聯想了。而正中詞則不然，正中詞如其〈鵲踏枝〉之「秋入蠻蕉風半裂，狼藉池塘，雨打疏荷折」三句，雖然寫的也是眼前園庭之景物，然而卻能給予讀者一種並不為景物所拘限的時序驚心眾芳蕪穢的對整個人生之悲慨的聯想。又如其另一首〈鵲踏枝〉之「心若垂楊千萬縷，水闊花殘，夢斷巫山路」三句，所寫的雖然也是相思離別的情事，然而卻也並不為某人某事所拘限，而能令讀者讀之興起一種屬於所有有情之人所同具的，雖在隔絕失望之中而依然此心難已的共感。我們從這些例證都可看到正中所寫的已不僅是現實中有拘限的景物情事而已，而是由這些景物情事所喚起或所象喻的，包容著對人生有著綜合性體認的某種更為豐美的意境。因此我說正中詞所寫的已不僅是有拘限的感情之事跡而是意蘊更為豐美的一種具有綜合性體認的感情之境界。我想這也正是《人間詞話》之所以說「正中詞雖不失五代風格，而堂廡特大」，及「溫韋之精豔所以不及正中者，意境有深淺也」，而且以「深美閎約」四個字的讚語獨許之於正中的緣故。而且《人間詞話》在另一則評語中亦曾引正中詞之「百草千花寒食路，香車繫在誰家樹」二句，以為有「詩人憂世」之意，益可見《人間詞話》之所以稱讚正中詞之堂廡特大意境深美，乃是由於他的詞不為現實所拘限，因而可以使讀者自聯想而體認到一種更為深廣之境界的緣故。

以上乃是就意境方面之特色而言。至於就風格方面而言，則從前面所舉的《人間詞話》來看，其所標舉的特色約有兩點：其一是「和淚試嚴妝」五字的評語，「嚴妝」是濃麗，而「和淚」則是哀傷，透過濃麗的彩色來表現悲哀，這正是正中詞的特色，如其〈采桑子〉詞之「斜月朦朧，雨過殘花落地紅」，及「惆悵牆東，一樹櫻桃帶雨紅」，與「忍更思量，綠樹青苔半夕陽」諸句，便都是以極濃麗之筆寫悲涼的詞句，正如女子之有「和淚」之悲而偏作「嚴妝」之麗。其實這種「和淚」「嚴妝」的特色，還不僅只是正中詞外表風格在色澤方面的特色而已，正中詞在意境方面也是一方面有著如「嚴妝」一般的濃烈執著之情，而一方面卻又有著「和淚」的悲哀愁苦的，如其〈采桑子〉詞之「如今別館添蕭索，滿面啼痕，舊約猶存，忍把金環別與人」及「繡戶慵開，香印成灰，獨背寒屏理舊眉」諸句，其所表現的就是縱然「滿面啼痕」「香印成灰」，而依然有著珍重金環、舊眉重理的執著濃烈之情的，而且正中風格之以濃麗表現悲涼，也就正是正中之雖然悲苦而依然濃烈執著的情意的一種外現，二者原是相成的一體之表現。《人間詞話》以「和淚試嚴妝」一句評正中之詞品，確是非常有見地。除此以外，《人間詞話》又說正中詞中的某些句子雖韋蘇州孟襄陽不能過，而且舉韋之「流螢度高閣」與孟之「疏雨滴梧桐」與正中之「高樹鵲銜巢，斜月明寒草」相比較。說到韋孟之風格，二家原各有其精微繁複的多方面之成就，非本文所暇詳論，而如果僅就《詞話》所舉的二句詩例來看，則不過只是他們俊朗高遠一類的作品而已，這一類風格與前面所說的「和淚試嚴妝」之於濃麗中見悲涼的風格當然並不相同，可是正中詞卻往往於其一貫之濃麗而哀傷的風格中，有時忽然流露出一二句俊朗高遠的神致來，如其〈拋球樂〉詞之「坐對高樓千萬山，雁飛秋色滿闌干」及「霜積秋山萬樹紅，倚巖樓上掛朱櫳」諸句，便都極有俊朗高遠之致。總之正中在情意方面自有其哀傷執著的深厚的一面，可是發而為詞卻又自有其濃麗的色澤與俊朗的風致，而且這二種意境和風格，且曾分別影響了北宋初期的二位詞人，劉熙載《藝概》即曾云：「馮正中詞，晏同叔得其俊，歐陽永叔得其深」，晏同叔的詞以俊朗的風神取勝，歐陽修的詞則以深婉的意致取勝，他們所得的正都是正中之一體。而且大晏與歐陽二人的風格雖異，可是他們在意境方面所表現的，卻又正都是如我在前面論正中之意境所說的，不是僅拘限於感情之事跡，而是表現有某種可以予讀者以啟發聯想的感情之境界的（可參看本書〈大晏詞的欣賞〉一文）。讀大晏及歐陽的詞也往往使讀者能體會到一種更深更廣之意蘊，這一點與正中詞亦正復相似，因此《人間詞話》不僅說其「堂廡特大」，且云：「開北宋一代風氣。」可見王國維先生之論詞是確有其過人之識見的。

以上都只不過是概說而已，下面就讓我們舉幾首正中詞為例證，來嘗試一加研析：

鵲踏枝（二首）

誰道閒情拋棄久，每到春來，惆悵還依舊。日日花前常病酒，不辭鏡裡朱顏瘦。河畔青蕪堤上柳，為問新愁，何事年年有。獨立小橋風滿袖，平林新月人歸後。

梅落繁枝千萬片，猶自多情，學雪隨風轉。昨夜笙歌容易散，酒醒添得愁無限。樓上春山寒四面，過盡征鴻，暮景煙深淺。一晌憑欄人不見，鮫綃掩淚思量遍。

拋球樂（一首）

酒罷歌餘興未闌，小橋流水共盤桓❷。波搖梅蕊當心白，風入羅衣貼體寒，且莫

---

❷ 按此句之「小橋流水」王鵬運四印齋本作「秋水」而於「秋」字下注云：「別作清」，私意以作「秋水」與全詞所寫「波搖梅蕊」之季節不合，而作「清水」又不免過於平板無味。且龍沐勛《唐宋名家詞選》及鄭因百先生《詞選》皆作「流水」，必非無見而然，作「流水」之情致最佳，故本文選錄此詞亦作「流水」。疑「清」字乃「流」字之形誤，而「秋」字則「清」字之音誤也。

思歸去，須盡笙歌此夕歡。

我們先看《鵲踏枝》詞二首，在正中的《陽春集》中，共收有《鵲踏枝》詞十四首。清末的一位詞人王鵬運曾經依次全部和過這十四首詞，而且前面還曾寫有一篇短序，說：「馮正中《鵲踏枝》十四闋，鬱伊惝怳，義兼比興，蒙耆誦焉。」可見正中這十四首詞之為人所重視。因此我乃選取了其中的二首作為例證。關於正中之《鵲踏枝》詞，有兩點是必須辨明的。其一乃是在這十四首詞中，有四首詞亦見於歐陽修的《六一詞》，其中一首且又見於晏殊的《珠玉詞》，調名題為《蝶戀花》（按即《鵲踏枝》之別名）。因此要想解說這十四首詞，第一要辨明的就是其中重見於別家詞集的作品究竟作者誰屬的問題。我在前面已曾說過，大晏與歐陽各得正中之一體，雖然三家的風格有相似之處，然而如果仔細分別，還是可以體認出其間的差別來。我以前在《大晏詞的欣賞》一篇小文中，曾經分析過三家對感情之處理的方式之不同，說正中所表現的乃是「擔荷的熱情」，歐陽所表現的乃是「遣玩的意興」，而大晏所表現的則是「曠達的懷抱」。這種分別，本文不暇舉三家詞詳加論述，現在只就我們前面所舉的二首《鵲踏枝》來看：「梅落繁枝」一首，唯見於《陽春集》，不見於他家詞集，則其為正中作品自無可疑；至於「誰道閒情」

一首，則亦見於歐陽修之《六一詞》，然而觀其風格語氣似當為正中之作，故一般選本多以之歸屬於正中。鄭因百先生《詞選》曾加論述曰：「馮歐兩家互見之作甚多，無從確定，若以風格論，則馮詞深婉者多，筆致較輕，歐詞豪宕者多，筆致較重，此詞似馮而不似歐」，所言極有見地。所以要解說正中〈鵲踏枝〉詞，先要確定互見之作的作者誰屬，這乃是第一點須要辨別清楚的；至於第二點須要辨明的，則是正中之〈鵲踏枝〉詞究竟有無託意，與正中之為人究竟如何的問題。馮煦〈陽春集序〉云：「翁俯仰身世，所懷萬端，繆悠其詞，若顯若晦，揆之六義，比興為多，若〈三臺令〉，〈歸國謠〉，〈蝶戀花〉（按即〈鵲踏枝〉）諸作，其旨隱，其詞微，類勞人思婦，羈臣屏子，鬱伊惝怳之所為」，又云：「周師南侵，國勢岌岌，中主既昧本圖，汶闇不自彊，……翁負其才略，不能有所匡救，危苦煩亂之中，鬱不自達者，一於詞發之。」張爾田〈曼陀羅寱詞序〉亦云：「正中身仕偏朝，知時不可為，所作〈蝶戀花〉諸闋，幽咽惝怳，如醉如迷，此皆賢人君子不得志發憤之所為作也」；饒宗頤的《人間詞話平議》也曾經說：「予誦正中詞，覺有一股莽莽蒼蒼之氣，〈鵲踏枝〉數首尤極沉鬱頓挫。」又云：「語中無非寄託遙深，非馮公身分不能道出」，而且更分別摘取正中〈蝶戀花〉詞之斷句，加以詮釋云：「『不辭鏡裡朱顏瘦』，鞠躬盡瘁，具見開濟老臣懷抱；『為問新愁，何事年年有』，則進退亦憂之義；『獨立小橋』二句，豈當群飛刺天之時而能自保其貞固，其初罷相後之作乎？另一首『驚殘好夢』似悔討閩兵敗之役；『誰把鈿箏移玉柱』則嘆旋轉乾坤之無人矣。」以上諸說，都是以正中詞為有寄託之作，且對其為人加以讚美者。此外如清代之張惠言陳廷焯諸人則是一方面既以比興託意說正中詞，而另一方面卻又對其為人頗致譏議，如張氏《詞選》評正中之〈蝶戀花〉詞就是既稱其「忠愛纏綿，宛然〈騷〉〈辨〉之義」，卻又詆毀其為人說：「延巳為人專蔽嫉妒，又敢為大言」；陳氏《白雨齋詞話》也是一方面既稱其〈蝶戀花〉詞「情辭悱惻，可群可怨」，又稱其「誰道閒情」一首之上半闋云：「始終不渝其志，亦可謂自信而不疑，果毅而有守矣」，又云：「忠愛纏綿已臻絕頂」，可是另一方面卻也詆毀其為人說：「然其人亦殊無足取，詩詞不盡能定人品，信矣。」綜觀以上各說，諸家對正中人品之評論，無論其為譽為毀似皆不免有過分之處，而且必欲以託意比附時事解說諸詞似亦不免有過於沾滯之處。關於正中詞之容易被視為有所託意之作，我想那正因為如我在前面所說，乃是由於正中詞所寫的原是一種有綜合性體認的感情之境界，因此易於引起讀者更深更廣之聯想的緣故，但讀者卻不必因一時之聯想而為之比附立說，此其一；再者，關於正中之為人，也不必紛紛毀譽，正中只是一個生而就具有悲劇命運的不幸人物而已，其與南唐之朝廷政黨之間的一切恩怨功過，都只是由於環境與個性相凝聚而成的必然結果。據夏承燾之〈馮正中年譜〉，正中為廣陵人，其父馮令頵在南唐烈祖時曾官至吏部尚書，因此無論就其所生之地域與其所生之家庭的種種背景來看，正中之出仕南唐幾乎都可以說是一件命運注定了的事。況且正中又是一位不甘寂寞的才辯之士，史稱其「有辭學，多伎藝」，又謂其「學問淵博，文章穎發，辯說縱橫，如傾懸河暴雨」，自二十餘歲「以白衣見烈祖，起家授祕書郎」「使與元宗遊處」，元宗就是中主李璟，其後烈祖篡吳自立，中主李璟被封吳王為元帥，後又徙封齊王，而正中則一直都是擔任元帥府掌書記的任務。及中主璟嗣位，正中遂自元帥府掌書記拜諫議大夫，翰林學士，遷戶部侍郎，仕至同平章事，正中與南唐朝廷關係之密切可知，而南唐則是一個注定了要走向敗亡的偏朝小國，一個人生於必亡之國土，仕於必亡之朝廷，而又身居宰相之高位，這豈不是一樁命定的悲劇？而正中不幸地就正是如此的一個悲劇人物，更何況正中原來就具有著執著而自信的個性，而南唐又是一個充滿黨爭攻訐的朝廷，以固執的個性，遭遇到朋黨的攻伐，又肩負著國家安危的重任，則其心情上所負荷的沉重也是可以想見的了。關於正中之為人夏承燾所編年譜已曾代之考辨甚詳，云「宋人野記之述南唐事者，除《釣磯立談》外無有苛論正中者」，「《立談》乃史虛白之次子作，於宋（齊丘）黨斥貶至嚴，遂并及正中」，他書皆「與《立談》大異」，「此其一」；正中之中主，不過「以舊恩致顯」，「此其二」；「晚年厲為平恕，馬書傳稱其救蕭儼為『裴冕損怨，無以復加』」，「此其三」；「合此以推，正中之為人可知，其餘愛憎之私，朋黨之辭，不可盡信」，夏氏之說是頗為持平的論斷。而清代之張惠言陳廷焯諸人，在論到正中詞時，則惑於舊說，對正中頗多不滿之辭。其實姑不論正中之為君子抑為小人，總之他既負荷著一個偏朝小國的安危重任，又負荷著滿朝朋黨的詆毀攻訐，這樣的一個悲劇人物，他內心的徬徨迷亂抑鬱悲憤乃是可以想見的，而他的詞中，往往就正表現著他這一份徬徨迷亂抑鬱悲憤的心情，而且洋溢著寂寞的悲涼與執著的熱情，這正是正中整個命運整個性格與他周圍的環境遭遇所凝結成的一種意境，這種意境當然會有深美閎約的含蘊，既不同於飛卿之徒供歌唱的不具個性的豔曲，也不同於端己之但拘於某一人某一事的個人一己的情詩，正中詞所寫的乃是一種以全心靈及全生命的感受和經歷所凝聚成的一種感情的境界，這種境界已非任何一事一物之所可拘限。論正中詞，如果只注意於其為君子抑為小人之爭辯，或者只注意於其某詞有某種託意，某句指某一史實的附會，也許反而是淺之乎視正中了。現在就讓我們暫時把前人的說法拋在一邊，直接從上面的幾首詞中去體會一下正中詞之意境。

先看第一首〈鵲踏枝〉詞，首句「誰道閒情拋棄久」，雖然僅只七個字，卻寫得千迴百轉，表現出對感情方面掙扎所做的努力，正中之沉鬱頓挫與端己之以勁直真切取勝者可以說是迥然相異。先說「閒情」，僅此二字便已不同於端己之「去年今日」的「別君」，與「那年花下」的「初識」，端己的悲哀是有事跡可以確指的，而正中的「閒情」則是無端湧起的一種情思，是不可確指的，可確指的情事是有限度的，不可確指的情意是無可限度的，昔魏文帝樂府詩有句云：「高山有崖，林木有枝，憂來無方，人莫之知」，這種莫知其所自來的閒情纔是最苦的，而這種無端的閒情對於某些多情善感的詩人而言，卻正是如同山之有崖木之有枝一樣的與生俱來而無法擺脫的。可是正中卻於「閒情」二字之後，偏偏用了「拋棄」兩個字，「拋棄」正是對「閒情」有意尋求擺脫所做的掙扎，而且正中還在後面又用了一個「久」字，足見其致力於尋求擺脫的掙扎之久，而正中卻又在「閒情拋棄久」五個字的前面，先加上了「誰道」兩個字，「誰道」者，原以為可以做到，而誰知竟未能做到，故以「誰道」二字反問之語氣出之，有此二字，於是下面「閒情拋棄久」五字所表現的掙扎努力就全屬於徒然落空了。於是下面乃繼之以「每到春來，惆悵還依舊」，上面著一「每」字，下面著一「還」字，再加上後面的「依舊」兩字，已足見此惆悵之永在長存，而必曰「每到春來」者，春季乃萬物萌生之候，正是生命與感情醒覺的季節，而正中於春心覺醒之時，所寫的卻並非如一般人之屬於現實的相思離別之苦，而只是含蓄地用了「惆悵」二字，「惆悵」者，內心中恍如有所失落又恍如有所追尋的一種極迷惘的情意，不像相思離別之拘於某人某事，而卻是較之相思離別更為寂寞更為無奈的一種情緒，既然有此無奈的惆悵，而且曾經過拋棄的掙扎努力之後而依然永在長存，於是三四兩句乃逕以殉身無悔的口氣，說出了「日日花前常病酒，不辭鏡裡朱顏瘦」兩句決心一意負荷的話來。「花前」者，杜甫〈曲江〉詩說得好「且看欲盡花經眼，莫厭傷多酒入唇」，對此易落的春花，何能忍而不更飲傷多之酒，此「花前」之所以「常病酒」也。上面更著以「日日」兩字，可見春來以後此一份惆悵之情之對花難遣，故唯有「日日」飲酒而已，曰「日日」，彌見其除飲酒外之無以度日也。至於下句之「鏡裡朱顏瘦」，則正是「日日病酒」之生活的必然的結果。曰「鏡裡」，自有一份反省驚心之意，而上面卻依然用了「不辭」二字，昔《楚辭・離騷》有句云：「雖九死其猶未悔」，「不辭」二字所表現的就正是一種雖殉身而無悔的情意，我在前面曾說正中詞往往表現的乃是一種感情之境界，這首詞上半闋所寫的這種曾經過「拋棄」的掙扎，曾有過「鏡裡」的反省，而依然殉身無悔的情意，便正是正中詞中所經常表現的意境之一，而此種頓挫沉鬱的筆法，惝怳幽咽的情致，也正是正中所常用的筆法，所常有的情致。下半闋「河畔青蕪堤上柳」，這首詞中實在只有這七個字是完全寫景的句子，而這七個字實在又並不是真正只寫景物的句子，不過只是以景物為感情的襯托而已，所以雖寫春來之景，而更不寫繁枝嫩蕊的萬紫千紅，而只說「青蕪」只說「柳」。「蕪」者，叢茂之草也，「蕪」的青青草色既然遍接天涯，「柳」的縷縷柔條，更是萬絲飄拂，這種綠遍天涯的無窮的草色，這種隨風飄拂的無盡的柔條，它們所喚起的，或者所象喻的，該是一種何等綿遠纖柔的情意。而這種草色柔條又不自今日方始，年年的河畔草青，年年的堤邊柳綠，則此一份綿遠纖柔的情意豈不也就年年與之無盡無窮？所以下面接下去就說了「為問新愁，何事年年有」二句，正式從年年的蕪青柳綠寫到「年年有」的「新愁」。但既然是「年年有」的「愁」何以又說是「新」？一則此詞開端時正中已曾說過「閒情拋棄久」的話，經過一段「拋棄」的日子，重新又復甦起來的「愁」，所以說「新」，此其一；再則此愁雖舊，而其令人惆悵的感受則敏銳深切歲歲常新，故曰「新」，此其二。至於上面用了「為問」二字，下面又用了「何事」二字，造成了一種強烈的疑問語氣，如與此詞第一句問話「誰道閒情拋棄久」七字合看，從欲拋棄「閒情」而問其何以未能，到現在再問其新愁之何以年年常有，有反省的自問而依然不能自解，這正是正中一貫用情的態度與寫情的筆法。而於此強烈的問句之後，正中卻忽然蕩開筆墨更不作任何回答，而只寫下了「獨立小橋風滿袖，平林新月人歸後」的身外的景物情事，然而仔細玩味，則這十四個字，實在乃是寫惆悵之情寫得極深的兩句詞，試觀其「獨立」二字，已是寂寞可想，再觀其「風滿袖」三字，更是淒寒可知，又用了「小橋」二字則其立身之地的孤零無所蔭蔽亦復如在目前，而且「風滿袖」一句之「滿」字，寫風寒襲人，也寫得極飽滿有力，在如此寂寞孤伶無所蔭蔽的淒寒之侵襲下，其心情之寂寞淒苦已可想見，何況又加上了下面的「平林新月人歸後」七個字，曰「平林新月」則林梢月上，夜色漸起，又曰「人歸後」，則路斷行人已是寂寥人定之後了。從前面所寫的「河畔青蕪」之顏色鮮明來看，應該乃是白日之景象，而此一句則直寫到月升人定，則詩人承受著滿袖風寒在小橋上獨立的時間之長久也可以想見了。清朝的詩人黃仲則曾有詩句云：「如此星辰非昨夜，為誰風露立中宵」，又曰「獨立市橋人不識，一星如月看多時」。如果不是內心中有一份難以安排脫的情緒，有誰會在寒風冷露中於小橋上直立到中宵呢？正中此詞所表現的一種孤寂惆悵之感，既絕不同於飛卿之冷靜客觀，也絕不同於端己之屬於現實的離別相思，正中所寫的乃是內心中一種長存永在的惆悵哀愁，而且充滿獨自擔荷著的孤寂之感，即此一詞已可看出正中詞意境之迥異於溫韋了。

其次，我們再來看第二首〈鵲踏枝〉，此詞開端「梅落繁枝千萬片，猶自多情，學雪隨風轉」。僅只三句，便寫出了所有有情之生命面臨無常之際的繾綣哀傷，這正是人世千古共同的悲哀，首句「梅落繁枝千萬片」，頗似杜甫〈曲江〉詩之「風飄萬點正愁人」矣，然而杜甫在此七字之後所寫的乃是「且看欲盡花經眼」，是則在杜甫詩中的萬點落花不過仍為看花之詩人所見的景物而已。可是正中在「梅落繁枝」七字之後，所寫的則是「猶自多情，學雪隨風轉」，是正中筆下的千萬片落花已不僅只是詩人所見的景物，而儼然成為一種殞落的多情生命之象喻了。而且以「千萬片」來寫此一生命之殞落，其意象乃是何等繽紛又何等淒哀。既足可見殞落之無情，又足可見臨終之繾綣。所以下面乃逕承以「猶自多情」四字，直把千萬片落花視為有情矣。至於下面的「學雪隨風轉」，則又頗似李後主詞之「落梅如雪亂」矣，可是後主的「落梅如雪」，也不過只是詩人眼前所見的景物而已，是詩人見落花之如雪也。可是正中之「學雪隨風轉」二句，則是落花本身有意去學白雪隨風之飄轉，是其本身就表現著一種多情繾綣的意象，而不僅只是寫實的景物而已了，這正是我在前面之所以說正中所寫的不是感情之事跡而是感情之境界的緣故。所以上三句雖是寫景，卻構成了一個完整而動人的多情之生命殞落的意象。下面的「昨夜笙歌容易散，酒醒添得愁無限」二句，纔開始正面敘寫人事，而又與前三句景物所表現之意象遙遙相應，笙歌之易散正如繁花之易落。花之零落與人之分散正是無常之人世之必然的下場，所以加上「容易」兩個字，正如晏小山詞所說的「春夢秋雲，聚散真容易」也，面對此易落易散的短暫無常之人世，則有情生命之哀傷愁苦當然乃是必然的了，所以落花既隨風飄轉表現得如此繾綣多情，而詩人也在歌散酒醒之際添得無限哀愁矣。「昨夜笙歌」二句雖是寫的現實之人事，可是在前面「梅落繁枝」三句景物所表現之意象的襯托下，這二句便儼然也於現實人事外有著更深更廣的意蘊了。下半闋開端之「樓上春山寒四面」，正如前一首〈鵲踏枝〉之「河畔青蕪」，也是於下半闋開端時突然蕩開景語，正中詞往往忽然以閒筆點綴一二寫景之句，極富俊逸高遠之致，這正是《人間詞話》之所以從他的一貫之「和淚試嚴妝」的風格中，居然看出了有韋蘇州孟襄陽之高致的緣故。可是正中又畢竟不同於韋孟，正中的景語於風致高俊以外，其背後往往依然還是含蘊著許多難以言說的情意。即如前一首之「河畔青蕪堤上柳」，表面原是寫景，然而讀到下面的「為問新愁，何事年年有」二句，纔知道年年的蕪青柳綠原來就正暗示著年年在滋長著的新愁。這一句的「樓上春山寒四面」，也是要等到讀了下面的「過盡征鴻，暮景煙深淺」二句，纔體會出詩人在樓上凝望之久與悵惘之深。而且「樓上」已是高寒之所，何況更加以四面春山之寒峭，則詩人之孤寂淒寒可想，而「寒」字下更加上了「四面」二字，則詩人的全部身心便都在寒意的包圍侵襲之下了。以外表的風露體膚之寒，寫內心的淒寒孤寂之感，這也正是正中一貫所常用的一種表現方式，即如前一首之「獨立小橋風滿袖」，此一首之「樓上春山寒四面」，及下一首之「風入羅衣貼體寒」，便都能予讀者此種感受和聯想。接著說「過盡征鴻」，不僅寫出了凝望之久與瞻望之遠，而且征鴻之春來秋去也最容易引人想起蹤跡的無定與節序的無常。而詩人竟在「寒四面」的「樓上」，凝望這些飄泊的「征鴻」直到「過盡」的時候，則其中心之悵惘哀傷不言可知矣。然後承之以「暮景煙深淺」五個字，暮景者，日暮之景色也，然則日暮之景色究竟何有？則遠近之暮煙耳。「深淺」二字，正寫出暮煙因遠近而有濃淡之不同，既曰「深淺」，於是而遠近乃同在此一片暮煙中矣。這五個字不僅寫出了一片蒼然的暮色，更寫出了高樓上對此蒼然暮色之人的一片悵惘的哀愁。於此，再返顧前半闋的「梅落繁枝」三句，因知「梅落」三句，固當是歌散酒醒以後之所見，而此「樓上春山」三句實在也當是歌散酒醒以後之所見，不過「梅落」三句所寫花落之情景極為明白清晰，故當是白日之所見，至後半闋則自「過盡征鴻」一句表現著時間消逝之感的四個字以後，便已完全是日暮的景色了。從白晝到日暮，詩人何以竟在樓上凝望至如此之久呢？於是結二句之「一晌憑欄人不見，鮫綃掩淚思量遍」便完全歸結到感情的答案來了。「一晌」二字，據張相《詩詞曲語辭匯釋》云：「一晌，指示時間之辭，有指多時者，有指暫時者」，引秦少游〈滿路花〉詞之「未知安否，一晌無消息」，以為乃「許久」之義，又引正中此句之

「一晌憑欄」以為乃「霎時」之義，私意以為「一晌」有久暫二解是不錯的，但正中此句當為「久」意並非「暫」意，張相蓋未仔細尋味此詞，故有此誤解也。綜觀此詞，如上所述，既自白晝景物直寫到暮色蒼然，則詩人憑欄的時間之久當可想見，故曰「一晌憑欄」也，至於何以憑倚在欄干畔如此之久，那當然乃是因為內心中有一種期待懷思的感情的緣故，故繼之曰「人不見」，是所思終然未見也。如果是端己寫人之不見，如其〈荷葉盃〉之「花下見無期」、「相見更無因」等句，其所寫的便該是確實有他所懷念的某一具體的個人，而正中所寫的「人不見」，則大可不必確指，正中所寫的乃是內心寂寞之中常如有所期待懷思的某種感情之境界，這種感情可以是為某人而發的，但又並不使讀者受任何現實人物的拘限。我之所以敢作如是說者，只因為端己在寫「人不見」時，同時所寫的乃是「記得那年花下」及「絕代佳人難得」等極現實的情事。而正中在寫「人不見」時，同時所寫的則是春山四面之淒寒與暮煙遠近之冥漠，端己所寫的乃是現實之情事，而正中所表現的則是一片全屬於心靈上的悵惘孤寂之感。所以我說正中詞中「人不見」之「人」是並不必確指的。可是人雖不必確指，而其期待懷思之情則是確有的，故結尾一句乃曰「鮫綃掩淚思量遍」也，「思量」而曰「遍」可見其懷思之情的始終不解，又曰「掩淚」，可見其懷思之情的悲苦哀傷，至於「鮫綃」則用以掩淚之巾也。據

《述異記》云鮫綃乃南海鮫人所織之綃，而鮫人則眼中可以泣淚成珠者也，曰「鮫綃」，一則可見其用以拭淚之巾帕之珍美，再則用泣淚之人所織之綃巾來拭淚，乃愈可見其泣淚之悲，故曰「鮫綃掩淚思量遍」也。全詞至此，原已解說完畢，只是我在前面一直都以主觀自我敘寫之口吻來解說此詞，假如此詞果為正中之自敘，則正中乃是一位男士，而末句「鮫綃掩淚」之動作，乃大似女郎矣。其實正中此詞，如我在前面所說，原來它所寫的乃是一種感情之境界，而並未實為感情之事跡，全詞都充滿了象喻之意味，因此末句之為男子口吻抑為女子口吻實在無關緊要，何況美人香草之託意自古而然，「鮫綃掩淚」一句，主要的乃在於這幾個字所表現的一種幽微珍美的悲苦之情意。這纔是讀者所當用心去體味的。這種一方面寫自己主觀之情意，而一方面又表現為託喻之筆法，與端己之直以男子之口吻來寫所歡的完全寫實之筆法，當然是不同的。

第三首我們所要看的乃是一首〈抛球樂〉，《陽春集》中共收了八首〈抛球樂〉，其中「盡日登高」一首，注云：「別作和凝」，然侯文燦刊《名家詞》本並無此注，且《花間集》所收和凝詞二十首中亦無此詞，鄭因百先生《詞選》云：「《陽春集》〈抛球樂〉八首風格一致，高華俊朗，非和凝所能到。」此八首〈抛球樂〉皆為正中之作，自無可疑。但本文因為篇幅及體例所限，不能全部加以選錄解說，因此我只錄了最為一般選本所常選的一首來作例子。此詞開端「酒罷歌餘興未闌」一句，前四字是寫兩件事情的結束，而後三字卻正暗示了另一些情事的開端。昔譚獻《詞辨》評歐陽修〈采桑子〉一詞之開端「群芳過後西湖好」一句云：「掃處即生」，也就是說一方面是結束而另一方面卻正是開始的意思，正中此七字也正是如此。「酒罷歌餘」者，是酒既飲罷歌亦聽殘，然而卻又繼之以「興未闌」，是意興猶有未盡也。於是詩人遂不得不為此難盡之意興更覓一安頓排遣之所，因之乃有下一句之「小橋流水共盤桓」也。然而，飲酒聽歌是何等熱鬧歡欣的場面，而小橋流水又是何等冷落淒清的所在，正中自如彼飲酒聽歌的場面，因為意興未闌而卻轉入如此冷落淒清之所，這是極耐人尋味的一件事，有此一轉然後可知正中在聽歌飲酒之意興中，原來就自有其寂寞淒涼之一面心境，更可知正中在寂寞淒涼之心境中，有時卻又自有其強求歡樂的一種意興，正中詞中往往表現有此二種相反襯之意境，如其〈采桑子〉詞之或於「舊愁新恨知多少」之後，接寫「更聽笙歌滿畫船」，或於「滿目悲涼」之後，接寫「縱有笙歌亦斷腸」，或於愁恨中翻更聽歌，或於笙歌中轉亦斷腸，正中詞每於耽溺之執著中作反省之掙扎，又於反省之掙扎中見耽溺之執著，所謂「和淚試嚴妝」，這種悲苦與歡樂之綜錯的表現，該也正是「和淚試嚴妝」所代表的另一種境界吧。而這也正是此詞於「酒罷歌餘興未闌」之後，當下便轉入了「小橋流水共盤桓」的緣故。

「盤桓」者，徘徊不去之意，昔陶淵明〈歸去來辭〉有「撫孤松而盤桓」之語，證之於淵明詩之往往託孤松以自喻，則淵明之所以撫孤松而徘徊不去者，豈不因其內心深處與此孤松正有一份戚戚之共感。如今正中乃欲與小橋流水共此盤桓，夫「小橋」是何等孤伶無可蔭蔽的所在，「流水」更象喻著何等淒寒而長逝的悲哀。而且「橋」之為物，乃是供人來往之用，並非供人長久盤桓之所在，而今正中於「酒罷歌餘」之際，乃竟盤桓於「小橋」之上，欲共此「流水」而徘徊不去，則其內心於追歡尋樂之後的孤寒無聊賴可知。繼之以下二句之「波搖梅蕊當心白，風入羅衣貼體寒」，則盤桓之際孤寒無聊賴中之所見所感也。「梅蕊」自然指梅樹上之花蕊，然而既是樹上之花蕊，又何以能被水「波搖」動？或以為梅蕊乃指已落在水中之梅花，這實在乃是誤解，一則因為「蕊」乃指含苞初放之花朵，杜甫〈江畔獨步尋花〉詩「嫩蕊商量細細開」一句可以為證，是「梅蕊」不指已落之花者一也；再則自下面的「當心白」三字來看，「白」字自當指花蕊之色，「當心」則為正當波心之意，如果是落在水中的花蕊，則零落散漫隨波流逝，如何能把花蕊之白色只留在波心，此「梅蕊」之不指已落之花者二也。但既非落花，則樹上之花蕊又何以會在波中搖動？則杜甫之〈渼陂行〉有句云：「半陂以南純浸山，動影裊窕沖融間」，浸在水中之山影既可以隨波搖動，則浸在水中的花影當然更可以隨波搖動了，所以說「波搖梅蕊」，其隨波搖動者正為梅蕊之倒影，而並非落花可知，這正是其所以能只留在波心而並不隨流水以俱逝的緣故，而梅蕊之倒影則是白色的，故曰「當心白」，此三字正寫梅花倒映在水中所呈現在波心之一片白色的搖動的光影。以上只不過是把本句的文字及其所寫的景物略作說明而已，其實此句真正之好處乃在於寫景之外所表現之由此景物所喚起及所象喻著的一種內心之境界。試想一片白色的光影動搖在波心的水中，白色的淒寒與光影的動蕩迷茫，其所喚起及所象喻著的詩人內心中之淒寒迷惘的感覺該是何等深切，因此說「波搖梅蕊當心白」，明明寫出「當心」二字來，正足以表現此搖動之白色之自波心直動蕩到詩人之內心，是詩人之心中亦正復有此迷惘淒寒的動搖之一片白色也。這是極有神致的一句好詞，所寫正不僅眼前景物而已，而是由眼前景物所喚起和象喻的一種內心之境界，這正是正中詞的獨到之處。王氏四印齋刻本《陽春集》於「當」字下注云：「別作傷」、「傷心白」三字，也未始不好，一則「傷心」二字雙聲，恰好與下一句「貼體」二字之雙聲相對，再則「波搖梅蕊」「白」五字都是寫景，加上「傷心」二字寫情，一如世所傳李白之〈菩薩蠻〉詞「平林漠漠」一首之「寒山一帶傷心碧」，使人讀之大有情景交融之感，所以作「傷心白」似亦原無不可。惟是除四印齋本有此注語外，其他諸本及選本仍以作「當心白」者為多，而且「傷心白」三字之好處，乃是容易講出來的，而「當心白」三字之好處則是不容易講出來的，「當心白」三字雖不明言「傷心」，而自彼波心映入詩人心目中之一片光影的搖動，似乎卻更富於惝怳迷離之感，這是我之所以選取了「當心白」三字，而且不惜辭費來加以解說的緣故。至於下一句「風入羅衣貼體寒」表面上也只是寫橋上之風寒直透人衣而已，然而試看這一句所用的「風入」的「入」字，及「貼體」的「貼」字，都是用得何等有力而深切的字樣，而且「羅衣」的「羅」字所顯示的又是何等不能禦風的單寒，總之此句所表現的乃是無可抵禦的全身的寒冷之感，而這種全身的寒冷之感也是有著某種象喻的意味的。也就是說這種寒冷之感並非全由於外界之因素，而是由於詩人之內心中本來就有著這一種為寒冷所浸透的感覺的，所以此句所寫的實在不僅只是身體之寒冷，而實在也是心靈的淒寒之感。至於如何來判斷一般詩人所寫的寒冷之感是僅屬於身體的現實的寒冷，抑或更有著象喻意味的屬於心靈的淒寒之感，我想這該是從詩人敘述的口吻中可以體味得到的。如以杜甫〈月夜〉一詩之「香霧雲鬟濕，清輝玉臂寒」二句，與杜甫另一首〈佳人〉詩之「天寒翠袖薄，日暮倚修竹」二句相較，則前二句杜甫所寫的乃是遙想他的妻子於月夜懷念良人之時在月光與霧氣之下的肌膚的寒冷，雖然言外也有著淒清寂寞的意味，但那仍不過只是屬於環境所造成的一時的淒清而已；至於後二句則是遙想一位亂離之後家人死喪又為良人所拋棄的佳人之單寒翠袖倚竹伶仃的情境，這二句的天寒袖薄，就儼然有著某種象喻的意味，而不僅只是寫現實的肌膚之寒而已了。再如李義山〈端居〉一詩之「遠書歸夢兩悠悠，只有空床敵素秋」二句，雖然在句中並未言明寒字，然而「素秋」二字所暗示的蕭索寒冷之感是極為明顯的，再加之上句所寫的「遠書」「歸夢」兩俱「悠悠」，是心靈與感情之全無依傍可知，所以素秋一句乃說「只有空床」來「敵」素秋了，「敵」字乃是抵禦之意，是則義山所用以抵禦此蕭索寒冷之素秋的只剩有一張「空床」而已，「床」而著一「空」字，是極言其絲毫無可用以抵禦之物也，義山所寫的無可抵禦的蕭索寒冷之感，就也不僅只是現實身體之寒冷而已，而乃是有著象喻意味的屬於心靈的某種為寒冷所侵襲而無法抵禦的感覺。正中此句「風入羅衣貼體寒」就是把這種屬於內心中之寒冷無法抵禦的感覺寫得極深切的一句詞。如果把此句與上一句之「波搖梅蕊當心白」合看，纔更可體味出正中所寫的內心中之一片迷惘淒寒，是何等「當心」「貼體」的悲涼無奈。而在這二句小橋流水的盤桓所喚起的悲涼無奈之感以後，正中卻忽然掉轉筆來重寫對歡樂的追尋，而且極執著地寫下了「且莫思歸去，須盡笙歌此夕歡」的句子。遙遙與開端之「酒罷歌餘興未闌」七字更相呼應，不僅筆法有頓挫往復之致，而且用字也用得極為曲折沉鬱，如上一句「且莫思歸去」之「且莫」二字，與下一句「須盡笙歌此夕歡」

的「須盡」二字，可以說都是經過感情的掙扎然後盤鬱而出的。「且莫」者，暫且不要之意也，說「暫時」不要歸去是明知其終必要歸去也，而猶作此「且莫」之掙扎，豈不因歸去以後之孤寂悲淒，較之此際小橋流水之波搖風入的迷惘淒寒有更為難耐者在，這是第一層盤鬱，至於「須盡」則是一定要做到終盡之意，至其所欲盡者則是笙歌之歡樂，然而此詞開端卻又明明已先寫出過「酒罷歌餘」的字樣，而且中間曾經過一段小橋流水的波搖風入的盤桓，則結尾之所謂「須盡」「歡」者，其為悲苦孤寂中強欲尋歡之心境分明可知，而卻仍以「須盡」字樣，說是一定要做到盡歡，這種掙扎乃是第二層盤鬱。這正是正中一貫用情和用筆的態度，如前所舉第一首〈鵲踏枝〉詞之自「拋棄閒情」之轉入「惆悵依舊」，第二首〈鵲踏枝〉詞之自「梅落繁花」之轉入「猶自多情」，便都是表現的這一種頓挫纏綿惝怳抑鬱的境界。讀正中詞雖不能使讀者確知其情事之究竟何指，而讀之者卻自然會興起一種難以自解的無可奈何的悵惘哀傷之感，其意蘊之深厚曲折，確實是難以作明白之言說的。這正是正中詞之所以獨被《人間詞話》讚許為深美閎約的緣故。

從以上所舉的三首例證，我們已可明白看到，正中詞所表現的乃正如我在前面所說的，是一種「感情之境界」，而且正中之感情的境界乃是曾經過反省掙扎的熬苦以後的一種無法解脫的執著，這種熬苦的過程中，更充滿著寂寞的悲涼之感，而且以其執著的熱情時時流露出濃麗的色澤，又以其悲涼之寂寞表現為閒遠之風致，其內容是繁複而深美的，其過程是曲折而沉鬱的。所以正中詞使人讀之自然會別有一種纏綿頓挫幽咽惝怳之感，這正是正中詞最大的好處，也正是其特色之所在。如果以之與飛卿端己二家相較，則飛卿之難解乃在於其不相連貫的名物的跳接，端己之難解則在於其似達而鬱似直而曲的從勁直中見深切的筆法，而正中之難解則全在於其所含蘊的一種深美閎約的難以言說的感情之境界。前二種難解乃是屬於表現方式的難解，這畢竟乃是外表性的問題，是比較容易說明和掌握的，而且只要掌握住重點加以說明後，一切困難就都可以迎刃而解了。而正中詞則不然，正中詞之難解乃是完全屬於本質方面的難解，解說溫韋詞只要把字句方面的跳接轉折之處加以說明，就可以大致把他們的詞的好處介紹出來了。而正中詞之難解既不在於字句，所以僅作字句的說明，對於了解正中詞乃是全然無益的一件事。要想了解正中詞真正的好處，就一定要把其詞中深厚豐美的意蘊介紹出來纔可以，而正中詞之意蘊卻又表現得如此幽咽惝怳不可確指，這纔是最大的一個難題，昔陶淵明〈飲酒〉詩有「此中有真意，欲辯已忘言」之句，我對於解說正中詞，亦復正有此感。正中詞原是可以意會而並不易於言傳的，因此我在解說正中詞時乃不得不嘗試用多方面的比較陪襯，以期能烘托出正中詞之難以言傳的意境，也就為了這個緣故，所以本文選錄的正中詞雖然僅有三首，而所占的篇幅卻依然很多。

但願能自這三首詞中，使讀者能窺見正中詞意境之一斑。而且能因此而辨識出一條欣賞正中詞之門徑，那本文的浪費筆墨，就並非全然無益的了。總之飛卿詞乃是以客觀唯美的態度所寫的香豔的歌辭，端己乃是以主觀抒情的態度所寫的一己的情詩，而正中詞則是雖以主觀態度抒寫，而卻又超乎一己現實之情事以外的某一種對人生有綜合性體認的感情之境界，這種境界既不是現實的感情之事跡，也不是一時的感情之衝動，而是曾經過醞釀提煉後的一種境界，在主觀抒寫中帶有濃厚的象喻意味，是一種更具有普遍性和永恆性的觸及到某種悲哀之本體的境界。由飛卿的歌辭轉而為端己的情詩，再轉而為正中的如此深美閎約的境界，這當然是晚唐五代詞在意境方面的又一個重大的演進。

(四)李後主

我們所要看的第四位詞人乃是李後主，《人間詞話》對於李後主之評語，較重要者有以下四則，其一是說：

詞至李後主而眼界始大，感慨遂深，遂變伶工之詞而為士大夫之詞。周介存置諸溫韋之下可謂顛倒黑白矣。「自是人生長恨水長東」、「流水落花春去也，天上人間」，《金荃》《浣花》能有此氣象耶？

其二是說：

詞人者不失其赤子之心者也，故生於深宮之中，長於婦人之手，是後主為人君所短處，亦即為詞人所長處。

其三是說：

客觀之詩人不可不多閱世，閱世愈深則材料愈豐富愈變化，《水滸傳》、《紅樓夢》之作者是也；主觀之詩人不必多閱世，閱世愈淺則性情愈真，李後主是也。

其四是說：

尼采謂一切文學余愛以血書者，後主之詞，真所謂以血書者也。宋道君皇帝〈燕山亭〉詞亦略似之，然道君不過自道身世之戚，後主則儼有釋迦基督擔荷人類罪惡之意，其大小固不同矣。

上列四則評語中，有兩段枝節之言頗易引起讀者誤會，是先要辨明的。前舉第一則詞話曾引「周介存置諸溫韋之下」的話，按周濟《介存齋論詞雜著》曾云：「王嬙西施天下美婦人也，嚴妝佳，淡妝亦佳，麤服亂頭不掩國色，飛卿嚴妝也，端己淡妝也，後主則麤服亂頭矣」，如果只就這一段來看，則周介存對三位詞人實在並未明加軒輊，只不過是說明三家詞風格之不同而已，至其同為絕代之佳人則一也。因為一般說來，飛卿的風格乃是濃麗的，此周氏之所以用嚴妝為喻也；端己的風格則是清簡的，此周氏之所以用淡妝為喻也；而後主之風格則是真率自然的，此周氏之所以用麤服亂頭為喻也，但要緊的乃是周介存在麤服亂頭之下還加上了「不掩國色」四個字，麤服亂頭而能不掩國色，這纔更可以見出此一位佳人之麗質天成全無假乎容飾。周介存的評語原來亦自有其見地，只是「麤」與「亂」二字頗易引起人之誤會，因此《人間詞話》遂逕謂介存置後主於溫韋之下，這是需要辨明的第一點；再則前舉之第四則詞話謂「後主之詞，真所謂以血書者也」，又云「後主則儼有釋迦基督擔荷人類罪惡之意」，這一則詞話也頗易引起讀者之誤會，有人以為詞中之表現哀感，往往多用「淚」字而不用「血」字，因此以為《人間詞話》在讚美後主詞為「以血書者」，乃是不合適的評語，也有人以為就宗教言之，則後主亦為罪人，何能比之於釋迦基督之擔荷人類罪惡，因此這一則詞話乃是不當的。其實《人間詞話》的意思不過是一種借喻的說法而已。所謂「以血書」者，其實不過是說後主詞所表現的情感，其哀傷真摯有如血淚凝鑄而成，原非真指用「血」來書寫或者用「血」字來表現的意思。再則所謂「擔荷人類罪惡」亦不過喻言後主詞中所表現者雖為其個人一己之悲哀，然而卻足以包容了所有人類的悲哀，正如釋迦基督之以個人一己而擔荷了所有人類之罪惡，並非真謂後主有擔荷世人罪惡之意也，這是需要辨明的第二點。以上兩點既經辨明，現在我們就可以來看前面所舉的四則詞話之意義究竟何在了。這四則詞話實在可以分做兩方面來看，第一與第四兩則乃是說後主詞之眼界大感慨深，足以擔荷人類共有之悲哀，是就其意境包容之大而言；而第二與第三兩則，則是說後主不失赤子之心，生長於深宮之中，閱世甚淺，是就其經歷識見之淺而言。這兩點初看起來，似乎乃是互相矛盾的兩件事，因為一個人既然閱世淺何以又能眼界大呢？既然不失赤子之心何以又能感慨深呢？但對後主而言，則這兩方面乃是同樣真實可信的，而且這兩段話正恰好說出了後主詞之兩點最重要的好處。我們先從其閱世淺與不失赤子之心的一面來說，後主之為人與為詞的最大的好處原來就在於他的真純無偽飾。我嘗以為中國歷代詩人中最能以任真的態度與世人相見的，一個是陶淵明，另一個就是後主。不過淵明之「真」乃是閱世甚深以後有著一種哲理之了悟的智慧性的「真」，後主之「真」則是全無所謂閱歷，更無所謂理性的純情性的「真」，淵明在任真中，仍然有著他自己的某種反省與節制的持守，而後主之任真則是全無所謂反省與節制的任縱。淵明與後主之所以為「真」的內容雖然不同，然而他們之全然無所矯飾的以真純來與人相見的一點表現態度，在基本上卻是有著相似之處的。而且淵明在六朝詩之演進的文學史方面的成就，以及後主在五代詞之演進的文學史方面的成就，他們都是具有超時代的意義的，淵明的詩不是六朝詩所能拘限的，後主的詞也不是五代詞所能拘限的，他們之所以能有如此超越時代的成就，我以為他們之不假矯飾不計毀譽的任真的態度乃是極值得注意的一點因素。後主之純真與任縱我們可以從他的為人與為詞中得到證明，我們試看後主在亡國以前之耽溺於享樂；在亡國以後之耽溺於悲哀；在大周后疾篤時，後主雖然伉儷情深，卻依然不免與小周后有著「剗襪香階」的幽期密約；在亡國入宋以後，雖然自知身為階下囚安危不自保，然而為詞時既仍不免有「故國不堪回首」之句，在徐鉉奉太宗命來見時又不免有「悔殺潘佑李平」之語，凡此種種皆足以見後主為人之任縱與純真。至於就為詞言之，則後人往往將後主詞自亡國前後分為二期，以為亡國前的作品乃是香豔的，而亡國後的作品則是悲哀的，這從外表來看，原是不錯的，然而卻殊不知後主這兩種不同的風格，原來卻乃是同出於「任縱與純真」之一源。後主在亡國前寫閨情之直寫到「微露丁香顆」，「笑向檀郎唾」，寫幽會之直寫到「一晌偎人顫」，「教君恣意憐」，固然乃是「任縱與純真」之表現，而後主在亡國後寫悲愁之直寫到「一江春水向東流」，寫故國之直寫到「不堪回首月明中」，實在也同樣是「任縱與純真」之表現。我以前寫〈大晏詞的欣賞〉一文時，曾經將詩人試分為理性之詩人與純情之詩人二類，說理性之詩人其感情乃如「一面平湖」「雖然受風時亦復縠縐千疊，投石下亦復盤渦百轉，然而卻無論如何總也不能使之失去其『含斂靜止』『盈盈脈脈』的一份風度」，「此一類型之詩人，自以晏殊為代表」。而現在我們所討論的李後主則恰好是另一類型純情之詩人的一位最好的代表。這一類詩人之感情，不像盈盈脈脈的平湖而卻像滔滔滾滾的江水，一任其奔騰傾瀉而下，沒有平湖的邊岸的節制，也沒有平湖渟蓄不變的風度，這一條傾瀉的江水，其姿態乃是隨物賦形的，因四周環境之不同而時時有著變異，經過蜿蜒的澗曲，它自會發為撩人情意的潺湲，經過陡峭的山壁，它也自會發為震人心魄的長號，以最任縱最純真的反應來映現一切的遭遇，這原是純情詩人所具有的特色。後主亡國前與亡國後的作品，其內容與風格儘管有明顯的差異，而卻同樣是這一種任縱與純真的映現，這是欣賞後主詞所當具的最重要的一點認識。此外就後主詞之用字造句而言，他的基本態度也是全以任縱與純真為主的，擺落詞華，一空依傍，不避口語，慣用白描，無論其為亡國前之作品或亡國後之作品，無論其為歡樂之辭或愁苦之語，都是同樣以任縱與純真為其基本之表現方式的，像這樣一位表裡如一的任縱與純真的詩人，《人間詞話》稱其「不失其赤子之心」，「閱世愈淺」「性情愈真」，這當然乃是極有見地的評語。但另一方面《人間詞話》卻又評後主詞為「眼界大」「感慨深」，足以「擔荷人類所有的『悲哀』」，這段話初看來似與前一段話相矛盾，但卻是同樣真實有見的評語，後主就正是以他的赤子之心體認了人間最大的不幸，以他的閱世極淺的純真的性情領受了人生最深的悲慨。這看似相反的兩面，原來卻正出於相同的一原，這是極有意味的一件事。我一直以為一個人對人世的接觸和認識，可以有兩種不同的角度和方式，一種是外延的，一種是內入的。外延的一型，其對於人世所得的體認乃是由於博大周至的觀照；而內入的一型，其對於人世所得的體認，則乃是由於深刻真切的感受。理性詩人較近於前者，其詩之好處大半在於其所表現的一種圓融的觀照，而純情詩人則較近於後者，其詩之好處，乃大半在於其所具有的一種深銳的感受。李後主這一位詞人，當然乃是屬於後者的類型，所以他雖然閱世甚淺不失其赤子之心，但是他卻獨能以其任縱與純真的性情對一切遭遇都有特別深刻強銳的感受，他對人世的體認，全無假於對外延的普遍的認識，而卻是以其純真強銳的感受直透核心，惟其所掌握的乃是最深切的核心，所以表現於外，乃有著一種自核心遍及全體的趨勢，這正是後主之所以雖然閱世淺，而卻能表現為眼界大，雖然不失赤子之心，而卻能表現為感慨深的緣故。此外就字句而言，則我在前面論及後主之任縱與純真之時，已曾提到過他的白描的自然表現。其實後主晚期的作品，當他深入於悲苦之核心，而有著自核心掌握全體的眼界與感慨的時候，他在用字造句方面也往往以其直感使用出一些氣象極為闊大的字樣，如其〈相見歡〉詞之「人生長恨」，〈浪淘沙〉詞之「天上人間」諸句，便都有著包容人世整體的趨勢，這種氣象不僅是飛卿端己的《金荃》、《浣花》二集所沒有的，就是正中之超越於感情的事跡之上而獨能掌握某種深美閎約之境界的《陽春集》，也只是以近乎象喻的筆法來表現某種境界而已，而從來未曾真率自然的使用過如此博大而赤裸的普遍包舉的字樣，所以《人間詞話》評正中詞仍謂其「不失五代風格」，而評後主詞則認為《金荃》、《浣花》豈能有此氣象，而獨推許後主為自伶工之詞為士大夫之詞的一個開山人物，那就因為端己與正中在意境方面雖有演進，而外表則一直並未能完全擺脫伶工之詞的範疇的緣故。只是有一點我以為仍要說明的，那就是後主晚期作品之在字面上具有了博大遍舉的外表，這對於後主而言，乃是並無反省自覺而只是全出於本能的一種表現。後主之詞經常有著表裡如一聲情一致的表現，如其〈清平樂〉詞結尾之「離恨恰如春草，更行更遠還生」二句，寫寸寸芳草之遠接天涯，而纏綿宛轉之致，便與兩個六字句的，每二字為一頓挫的一波三折的音節，配合的恰好表裡如一，再如其〈虞美人〉詞結尾之「問君能有幾多愁，恰似一江春水向東流」二句，寫悲愁與春水之滾滾長流，其奔放傾瀉之勢，便與兩個七字與九字的長句的流轉奔放的語勢，也是配合得恰好表裡如一。而後主這種聲情合一的表現，其自然率真之處，又使人足可見其決非出於有心的造作安排。有人說一個天才的作者，自會找到他自己的語言，因為天才有一種特別銳感的本能，他自然會以其本能掌握住他所要使用的字句，而後主的感覺原是特別純真而敏銳的，因此他不僅經常表現為表裡如一聲情一致，而且更在他晚期作品中，當內容上有了自核心掌握全體的趨勢時，在外表上也同為以其銳感的本能掌握了博大遍舉的字樣。後主真是一位純情詩人的最好的代表，他無論在內容上與外表上，都以其純真與任縱的本性，有著發揮到了達於極致的成就。《人間詞話》的四則評語，雖看似有相矛盾之處，然而卻實在乃是對於後主最基本的質性與其最極致的成就，兩方面都有極深切之體認的話，是極值得我們玩味的。下面就讓我們舉後主的幾首詞來嘗試一加研析：

玉樓春

晚妝初了明肌雪，春殿嬪娥魚貫列。鳳簫吹斷水雲閒，重按〈霓裳〉歌遍徹。
臨風誰更飄香屑，醉拍闌干情味切。歸時休放燭花紅，待踏馬蹄清夜月。

虞美人

春花秋月何時了，往事知多少。小樓昨夜又東風，故國不堪回首月明中。
雕欄玉砌應猶在，只是朱顏改。問君能有幾多愁，恰似一江春水向東流。

相見歡

林花謝了春紅，太匆匆，無奈朝來寒雨晚來風。

胭脂淚，相留醉，幾時重，自是人生長恨水長東。

我們先看第一首〈玉樓春〉，這一首無疑的乃是後主在亡國以前的作品，通篇寫夜晚宮中的歌舞宴樂之盛，其間並沒有什麼高遠深刻的思致情意可求，然而其純真任縱的本質，奔放自然的筆法，所表現的俊逸神飛之致，則仍然是無人可及的，《人間詞話》另一段評語說：「溫飛卿之詞，句秀也；韋端己之詞，骨秀也；李重光之詞，神秀也」，這段評語也是極為切當的。飛卿之詞精豔絕人，其美全在於辭藻字句之間，所以說是「句秀也」；端己則字句不似飛卿之濃麗照人，而其勁健深切足以移人之處乃全在於一種潛在的骨力，所以說是「骨秀也」；至於後主則不假辭藻之美，不見著力之跡，全以奔放自然之筆寫純真任縱之情，卻自然表現有一種俊逸神飛之致，所以說是「神秀也」，這一首〈玉樓春〉就是寫得極為俊逸神飛的一首小詞。先看第一句「晚妝初了明肌雪」，此七字不僅寫出了晚妝初罷的宮娥之明麗，也寫出了後主面對這些明豔照人之宮娥的一片飛揚的意興。先說「晚妝」，有的本子或作「曉妝」，然而如果作「曉妝」則與下半闋踏月而歸的時間景色不合，而且「曉妝」實在不及「晚妝」之更為動人，一則「曉妝」乃是為了適合白晝的光線而作的化妝，雖然也染黛施朱，然而一般說來則大多是以較為淡雅的色調為主的。而「晚妝」則是為了適合燈燭的光線而作的化妝，朱唇黛眉的描繪都不免較之「曉妝」要更為色澤濃麗，所以只用「晚妝」二字，已可令人想見其光豔之照人。再則「曉妝」之後或者尚不免有一些人間俗務之有待料理，而「晚妝」則往往乃是專為飲宴歌舞而作的化妝，所以用「晚妝」二字，乃又足可令人聯想到宴樂之盛況，是則僅此二字已足透露後主飛揚之意興矣。再繼之以「初了」二字，「初了」者，是化妝初罷之意，乃是女子化妝之後最為勻整明麗的時刻，所以乃更繼之以「明肌雪」三字，則是說其如雪之肌膚乃更為光采明豔矣，看後主此七字之愈寫愈健，其意興乃一發而不可遏。繼之以次句之「春殿嬪娥魚貫列」，則寫宮娥之眾，「春殿」二字足見時節與地點之美，「魚貫列」三字則不僅寫出了嬪娥之眾多，而且寫出了嬪娥隊伍之整齊，舞隊之行列已是儼然可想。再加之以下面「鳳簫吹斷水雲閒，重按〈霓裳〉歌遍徹」兩句，歌舞乃正式登場矣。「鳳簫」一作「笙簫」，笙簫是分別為二種樂器，鳳簫則是一種樂器，按簫有名鳳凰簫者，比竹為之參差如鳳翼，鳳簫或當指此。總之鳳簫二字所予人之直覺感受乃是精美而奢麗的樂器，與本詞所寫之耽溺奢靡之享樂生活，其情調恰相吻合，如作「笙簫」反不免駁雜之感，再則如作「笙」字，則此句前三句「笙」「簫」「吹」皆為平聲，音調上便不免過於平直無變化，如作「鳳簫」，則「鳳」字仄，「簫」字平，「吹」字平，

「斷」字仄，在本句平仄之格律中雖然第二與第四兩字必須守律，然而第一與第三兩字之平仄則不必完全守律者也，後主以平仄間用，極得抑揚之致，且「仄平平仄」乃詞曲中常用之句式，故私意以為作「鳳簫」較佳。「鳳簫」下繼言吹斷，「斷」字據張相《詩詞曲語辭滙釋》云：「斷猶盡也、煞也」，是「吹斷」乃盡興吹至極致之意。再繼之以「水雲閒」，「閒」一作「閑」，又作「間」，「閑」字自當為「閒」字之通假，至於「間」字則如果認為乃「閒」字之同義字，似亦原無不可，但「間」字又有中間之意，則「水雲間」乃指鳳簫之聲吹斷，其音飄蕩於水雲之間之義，似亦有可取者，至於「閒」字則有悠閒之意，作「水雲閒」則一方面寫所見之雲水閒揚之致，一方面又與前面之「鳳簫吹斷」相應，是簫聲乃直欲與水雲同其飄蕩閒揚矣，故私意以為作「閒」字更佳。再繼之以「重按〈霓裳〉歌遍徹」，「按」者乃按奏之意，「重按」者乃「重奏」「更奏」「再奏」之意，是不僅吹斷鳳簫，且更重奏〈霓裳〉之曲也。「吹」而曰「吹斷」，「按」而曰「重按」，此等用字皆可見後主之任縱與耽溺，而且據馬令《南唐書》載「唐之盛時，〈霓裳羽衣〉最為大曲，罹亂，瞽師曠職，其音遂絕，後主獨得其譜，樂工曹生亦善琵琶，按譜粗得其聲，而未盡善也，大周后，輒變易訛謬，頗去淫哇，繁手新聲清越可聽」。後主與大周后皆精音律，情愛復篤，何況〈霓裳羽衣〉又是唐玄宗時代最著名的大曲，又經過後主與大周后的發現和親自整理，則當日後主於宮中演奏此曲之時，其歡愉耽樂之情，當然更非一般尋常歌舞宴樂之比，故不僅「按」之不足而曰「重按」，且更繼之以「歌遍徹」也，「遍徹」皆為大曲名目，按大曲有所謂排遍、正遍、袞遍、延遍諸曲，其長者可有數十遍之多，至於「徹」則《宋元戲曲史》云：「徹者入破之末一遍也。」曲至入破則高亢而急促，《六一詞．玉樓春》有「重頭歌韻響錚鏦，入破舞腰紅亂旋」之句，可見入破以後曲調之亢急，則後主此句所云「歌遍徹」者，其歌曲之長之久，以及其音調之高亢急促皆在此三字表露無遺，而後主之耽享縱逸之情亦可想見矣。下半闋首句「臨風誰更飄香屑」，據傳後主宮中設有主香宮女，掌焚香及飄香之事，「焚香」易解，至於此句所云「飄香屑」者，著宮女持香料之粉屑散佈各處，則宮中處處有香氣之彌漫矣。至於「臨風」二字，一作「臨春」，鄭因百先生《詞選》云：「臨春，南唐宮中閣名，然作『臨風』則與『飄』字有呼應，似可併存」，可是鄭先生所選用的卻仍然是「風」字，作「臨風」實更為活潑有致，且臨風而飄香則香氣之飄散乃更為廣遠彌漫，不見飄香之宮女，而已遙聞香氣噴鼻，故後主乃於此句中更著以「誰更」二字，曰「誰」者，正是聞其香而不見其人的口吻，恰好把臨風飄散的意味寫出，至於「誰」字下又著以一「更」字，則乃是「更加」之意，當與上半闋合看，著後主於此詞之上半闋，已曾寫出其所享樂者：有目所見之「明肌雪」「魚貫列」的宮娥，有耳所聽之「吹斷」的「鳳簫」和「重按」的「霓裳」，而此處乃「更」有鼻所聞之「臨風」的「飄香」，故著一「更」字，正極力寫出耳目五官之多方面的享受，何況繼之還有下面的「醉拍闌干情味切」一句，「醉」字又寫出了口所飲之另一種享樂的受用，真所謂極色聲香味之娛，其意興之飛揚，一節較之一節更為高起，遂不覺其神馳心醉手拍闌干，完全耽溺於如此深切的情味之中矣。至於最後二句「歸時休放燭花紅，待踏馬蹄清夜月」則明明乃是歌罷酒闌之後歸去時的情景，而後主卻依然寫得如此意味盎然餘興未已。「休放燭花紅」者，是不許從者點燃紅燭之意，以「紅燭」之光燄的美好，而卻不許從者點燃，只因為「待踏馬蹄清夜月」的緣故，「待」者，要也，只是為了要以馬蹄踏著滿街的月色歸去，所以連美麗的紅燭也不許點燃了，後主真是一個最懂得生活之情趣的善於享樂的人，而且「踏馬蹄」三個字寫得極為傳神，一則「踏」字無論在聲音或意義上都可以使人聯想到馬蹄得得的聲音，再則不曰「馬蹄踏」而曰「踏馬蹄」，則可以予讀者以雙重之感受，是不僅用馬蹄去踏，而且踏在馬蹄之下的乃是如此清夜的一片月色，且恍聞有得得之蹄聲入耳矣，這種純真任縱的抒寫，帶給了讀者極其真切的感受。通篇以奔放自然之筆表現一種全無反省和節制的完全耽溺於享樂中的遄飛的意興，既沒有艱深的字面需要解說，也沒有深微的情意可供闡述，其佳處極難以話語言傳，而卻是寫得極為俊逸神飛的一首小詞，這一首詞可以作為後主亡國以前早期作品的一篇代表。

第二首我們所要看的乃是〈虞美人〉，這是後主最為人所熟知的一首詞，但也是最為難以解說的一首詞，而其難以解說也就正因其過於為人所熟知的緣故，我這樣說，聽起來似乎頗為矛盾，而其實卻是非常真實的。第一，凡是為人所熟知的作品，一定沒有什麼生澀艱難的辭字，因之要想解說這類作品，就往往會使人有無從著力之感，這是其難於解說的原因之一；再則凡是為人所熟知的作品，一般讀者往往會反而因其過於熟悉而對之產生了一種近於痲木的鈍感，因此在解說時就不容易再給予讀者以新鮮強銳的感動了，這是其難於解說的原因之二。而後主的這一首小詞就正是屬於這一類的作品。俞平伯《讀詞偶得》評後主此詞之開端，曾云：「奇語劈空而下，以傳誦久，視若恆言矣。」這確實是一句深辨個中甘苦的話。這首詞開端「春花秋月何時了，往事知多少」二句，如果不以恆言視之就會發現這真是把天下人全都「一網打盡」的兩句好詞。「春花秋月」僅僅四個字就同時寫出了宇宙的永恆與無常的兩種基本的形態。套一句東坡的話，「自其變者而觀之」，則花之開落，月之圓缺，與夫春秋之來往，真是「不能以一瞬」的變化無常；可是「自其不變者而觀之」，則年年春至，歲歲秋來，年年有花開，歲歲有月圓，卻又是如此之長存無盡。包容著如此深廣的情意，而後主所用的卻僅僅不過只是「春花」「秋月」短短兩個名詞而已。即此一端，我們就可以體會出後主詞極可注意的一點特色，那就是後主對一切事物之感受與表現的態度之全出於直覺之感受。如果試將後主與東坡一作比較，就會發現東坡在〈赤壁賦〉中提到天地之變與不變的兩種現象時，曾經發出洋洋灑灑的高論，這當然一方面乃是因為賦之為體，原來就以鋪敘為主，與五代小令之以精鍊簡潔為美的風格，根本就不相同的緣故。然而除此以外，還有一點我們不能不承認的，那就是東坡對事物之感受與表現的態度，原來就與後主也有所不同的緣故，東坡乃是以高才健筆表現其曠達超邁的襟懷，他在感受與表現的態度上，都是一方面既不免有著逞才弄筆之心，一方面又不免有著分辨說明之念的；而後主則根本沒有什麼逞現或分辨的意念，後主只是純真如實地寫下他自己的直覺感受而已。可是也就正是這種純真的直感，纔更能觸及到宇宙一切事物的核心。所以後主所寫的雖然只是他個人一己對此「春花秋月」的直覺感受，然而卻把普天下之人面對此永恆與無常之對比，所具有的一份悲哀無可奈何的共感都表現出來了。下面的「何時了」三個字，就恰好一方面寫出了此種無可奈何的共感，一方面也寫出了「春花秋月」的無盡無休，面對此春花秋月的無盡無休，而人的生命卻隨著每一度的花落月缺，而長逝不返了，所以下一句就以「往事知多少」五個字寫出了人世無常之足以動魄驚心，曰「知多少」，其實只是去日苦多之意，並非真欲問其多少也。這五個字在表面上乃是與上一句相對比的，上一句之「春花秋月何時了」乃是寫宇宙之運轉無窮，是來日之茫茫無盡，而此句之「往事知多少」乃是寫人生之短暫無常，是去者之不可復返。可是另一方面「何時了」三字卻又早已透露出了負荷著無常之深悲的人，面對此無窮盡的宇宙之運轉的深深的無奈，在對比中有承應，於自然中見章法，而且這種對比的章法，還不僅首二句為然，試看下一句之「小樓昨夜又東風」，豈不恰好是翻回頭來再與首句之「春花秋月何時了」相呼應，著一「又」字正寫出了「何時了」的無盡無休，何況「東風」又恰好是屬於「春花」的季節，其相呼應的章法，豈不明白可見。只是首句的「春花秋月」所寫的乃是一般人都可以有的共感，而此句之「小樓昨夜」則把時間和地點都加上了更切近的指述。後主之能寫出一般人所同具的共感，正由於他個人一己之深切的感受，所以下一句乃完全以一個亡國之君的一己的口吻寫下了「故國不堪回首月明中」的一句深悲極恨的苦語，這一句與上一句乃是又一個鮮明的對比，上句之「又東風」乃是與首句之「何時了」一致的，同樣寫宇宙之運轉無盡的一面，而此句之「不堪回首」則與第二句之「往事知多少」是一致的，同樣寫人生之變化無常的一面，除去這兩層對比之外，此句後三字之「月明中」又隱然與首句之「秋月」相遙應，雖然此句承上句「東風」來看，應該乃是「春月」，然而無論其為春月或秋月，其為「月明」則一也，而「月明」則是最容易引起人的思鄉懷舊之情的，因為「月明」乃是屬於恆久不變的，故鄉之明月既同樣的臨照他鄉，今宵之月色正復大似當年，則此日為階下囚的後主，如果看到天邊的一輪明月而想到當年「待踏馬蹄清夜月」的豪興，則故國已經傾覆敗亡，何處是當年的春殿，何處是當日的笙歌，何處能再重溫當時「醉拍闌干」的一份情味，凡此種種都已成為永不復返的往事，故曰「故國不堪回首月明中」也。說是「不堪回首」，卻並非是「不回首」，「不堪」者正是由於「回首」，纔知其難於堪忍此回首之悲也，是則正足以證明其曾經「回首」也。所以下半闋開端之「雕欄玉砌應猶在」就全寫的是回首中的故國情事，「應猶在」的「應」字，正是一片追懷懸想的口吻。所謂「雕欄」，其所追懷者莫非是自己當年曾經親手醉拍的闌干，所謂「玉砌」，其所追懷者莫非是當年曾經有人剗襪偷步的階砌，雕欄與玉砌無知，不解亡國之痛，必當依然尚在，只是當年曾經在闌邊砌下流連歡樂的有情之人，卻已非復當年之神韻手采了，故曰「只是朱顏改」也。這兩句詞的上句之「應猶在」乃是與第三句之「又東風」及首句之「何時了」相承而下的，全從宇宙之恆久不變的一面下筆，而下一句之「朱顏改」則是與第四句之「不堪回首」及第二句之「往事」相承而下的，全從人生之短暫無常的一面下筆，這樣一看就會發現原來這一首詞的前面六句乃是恆久不變與短暫無常的兩種現象的三度對比，在如此強烈的三度對比之下，所表現的「往事」「故國」與「朱顏」都已經一列長逝不返的哀痛，當然乃一發而不可遏了，於是後主乃以其奔放之筆，寫出了最後二句之「問君能有幾多愁」的對人生徹底的究詰，與「恰似一江春水向東流」的徹底的答覆，寫詞至此，則人生所有的只剩下了一片滔滔滾滾永無窮盡的哀愁而已。後主寫哀愁之任縱奔放，亦正如其前一首〈玉樓春〉詞寫歡樂之任縱奔放，惟有能以全心去享受歡樂的人，纔真正能以全心去感受哀愁，而也惟有能以全心去感受哀愁的人，纔能以其深情銳感探觸到宇宙人生的某些最基本的真理和至情，所以後主此詞乃能從一己回首故國之悲，寫出了千古人世的無常之痛，而且更表現為「春花秋月」之超越古今的口吻，與「一江春水」之滔滔無盡的氣象。這種直探核心而又包舉外延的成就，當然不是宋朝道君皇帝〈燕山亭〉北行見杏花一詞之「裁剪冰綃，輕疊數重，淡著胭脂勻注」之描頭畫腳的對外表的刻劃所能相比的，所以《人間詞話》說道君皇帝「不過自道身世之戚」，後主則儼若「釋迦基督」可以透過一己擔荷起全人類的悲哀，其意境與氣象之博大開闊，乃是顯然可見的。最後我還要說明一點，就是我在前面曾經論及這一首詞前六句之對比，與隔句相承的章法，這六句雖然層層呼應章法分明，而在後主而言，卻又並非出於有心之造作安排，後主只是純真而任縱地寫他從極樂到沉哀的一份直覺感受而已。他的章法之周密，與他的氣象之博大，都並非出於有心，他只是全憑純真與任縱為其感受與表現的基本態度，而卻使得各方面的成就，都能本然地達到了極致，這正是後主詞之最不可及的一點過人之處。

第三首我們所要看的乃是一首〈相見歡〉，這是篇幅極短，而包容卻極深廣的一首小詞，通篇只從「林花」著筆，卻寫盡了天下有生之物所共有的一種生命的悲哀，如果以這一首詞與前一首相較，則前一首詞後主乃是以個人一己的悲哀包舉了全人類，而這一首詞卻是以一處林花的零落包舉了所有有生之生物，主題益小，篇幅愈短，而所包容的悲慨卻極為博大，而且表現得如此真純自然，全不見用心著力之跡，這是惟有像後主這樣純情的詩人，纔能以心靈的直感，寫出這樣神來之筆的小詞。我們先看開端的第一句「林花謝了春紅」，僅只短短的六個字，卻已把生命凋謝之可悲哀與生命美好之可珍惜，完全表現出來了。在這一句詞中，最有感人之力的乃是「謝了」兩個字的動詞，與「春紅」兩個字的形容詞，「謝」字下面加上一個「了」字，「了」字這個語詞，有完成與加重的口吻。一方面表現出「林花」之謝已經零落全休，一方面也表現出了詩人對此林花之謝的無限悼惜哀傷，所以用一個可以使口氣更為沉重的「了」字，表現出深長的嘆惋。

僅此四字便已寫出零落全休的生命之可惋惜悲嘆。而後主卻更在此四字之後加上了「春紅」兩個形容字，試想「春」字代表的乃是何等美好的季節，「紅」字所代表的乃是何等美好的顏色，一個生命，有著如此美好的顏色，生在如此美好的季節，而卻竟然落到「謝了」的零落全休的下場，則其可嘆惋孰甚於此。如果試把後主這一句詞拿來與晏殊〈破陣子〉詞的「荷花落盡紅英」一句相比較，則這兩句詞都是六個字，首二字都各有一個「花」字，雖然有「林花」與「荷花」之不同，而其同為可以凋落的「花」，則是一樣的，次二字「謝了」與「落盡」之為意，亦正復相似，凋「謝」即是零「落」，「了」與「盡」都是表示「完了」的口氣，而末二字「紅英」與「春紅」則都是寫落下的紅色的花瓣，不過因為荷花不是開在春天，所以不能說是「春紅」而已，然其為「紅」之顏色則一也。可是儘管這兩句詞有如此多的相似之處，可是它們的口氣與情意卻是迴不相同的，晏殊的六個字景勝於情，而後主的六個字卻是情勝於景，「紅英」只是客觀的寫紅色的花瓣，而「春紅」卻是由詩人主觀所掌握的一種對於美好之事物的特別鮮銳的感受。「落盡」近於平實的敘述口吻，而「謝了」卻有著沉重的惋嘆之情。讀中國舊詩詞一定要從這些細微的地方，分辨出一些作品的相似之中的不同，纔能對每一位作者不同之風格個性有較深切的體認，也纔能觸探到一首詩歌之真正的靈魂命脈之所在。我在國外曾擔任講授中國舊詩詞有兩年之久，我深深感到困難的一點，就是這些微妙的聲情口吻，在翻譯為另一種語文時之難於傳達保留，因此「林花謝了春紅」與「荷花落盡紅英」，在都譯成英文之後，就難於再分辨後主與晏殊的個別面目了，這是極為可惜的一件事，因此有時要從譯文去分辨不同作者的不同風格，就必須要從通篇的情意敘述去體會，而不能只從一句的聲調口吻去辨識了。而後主在通篇的敘述中也是有其特色的，那就是他的純情的直敘式抒情，所以如果不能從「林花謝了春紅」一句體會出他的嘆惋之情，那麼只要接下去看，則下面的「太匆匆」三字的嘆惋之情就顯然可見了。「太匆匆」三字正是前一句「林花謝了春紅」所表現的對於美好之生命落到如此無常之下場所引起的嘆惋的延長和加重，「太」字乃是何等淺俗的口語，上一句的「了」字也是何等淺俗的口語，而後主用來卻予人以何等自然而深切的哀感，這當然也是這一位純情之詩人的另一特色，他全以純真的直感去掌握一切，所以纔能把最淺俗的口語，運用得如此傳神入妙。「太匆匆」三字，已是把生命的短暫無常之可悲寫到極致的三個字。然而生命之可悲不僅只是「無常」而已，於是後主遂又接寫了下面的「無奈朝來寒雨晚來風」一個九字的長句，更表現了在無常之生命中所遭受的摧毀挫傷的痛苦。稼軒〈水龍吟〉詞說得好「可惜流年，憂愁風雨」，人生在一世的流年中有多少哀愁憂患的摧傷，正如好花之不免於有朝暮風雨的侵襲，只是稼軒所寫的乃是以流年之憂愁為主，把「風雨」接在下面，不過是憂愁的象喻而已，而後主的「朝來寒雨晚來風」則乃是對眼前真實情事的直覺感受，只是後主之感覺特別敏銳，感情特別深摯，而且是用如此單純直入的方式，所以乃能因宇宙生物之任何一種現象，而直透生命的核心，因此乃能自花落風雨的外表現象，而直入地體驗了生命之無常與挫傷的悲苦。既然有了如此深廣的體驗，則花便已經完全浸染在人所感受的生命之悲苦中了，所以下面乃把花與人泯合為一體寫下了「胭脂淚，相留醉，幾時重」的三句極迫切的悲慨的問句，「胭脂淚」三字便已是花與人泯合的開始，「胭脂」二字原當是承首句之「春紅」而來，我在前面已曾說過這兩個字所代表的乃是生命中何等美好的季節與顏色，如今既然以人面之胭脂擬比春紅之花，則「胭脂」二字便已同時是花之美好生命之象喻，也同時是人之美好生命之象喻了，下面的「淚」字就花而言自是指朝暮風雨侵襲的雨滴，而就人而言則又豈非流年憂患哀傷的淚點，下面又接以「相留醉」三字，後主寫得真是繾綣多情，「相留」一本作「留人」，私意以為把「人」字明白寫出，反不如「相留」二字的含蓄而宛轉。「相留」者是寫如彼之有胭脂之美，有淚點之哀的一個對象之相留勸醉之意，承上文而言自當指著雨之零落春紅，恍如有相留勸醉之意，然而就後主所感受之深廣而言，則人世間豈不正有過多少如花一樣美好的對象，也曾使人不免為之癡迷沉醉，而這些對象原來也是如花之短暫無常，如花之有著風雨挫傷的，面對這樣無常憂患之生活而有癡迷沉醉的留戀，這是何等可哀的一件事，以其雖有沉醉之情而終不能長相保有也，所以繼之乃以極悲慨的口吻提出了「幾時重」一句問話，然而花落不會重開，事往不能重返，則亦惟有空抱此終天難補之長恨而已，故結尾一句乃以一往無還的口吻，寫下了「自是人生長恨水長東」的另一個九字的長句，這一句在音節上及意義上都與前面一個九字句遙遙相應，前面九個字，乃是從「花」寫起的「花」之無常與悲苦的一句總結，這一句的九個字，則是從「花」轉到「人」以後，「人」之無常與悲苦的一句總結，而中間的三個字短句，則正是從花到人的一個轉折，表面上仍是以花為主，而其實花之悲苦與人之悲苦卻早已泯合為一了。「胭脂淚」是所有無常之生命的美好與悲苦之總合的象徵；「相留醉」則是對此無常與悲苦之生命的不免於沉醉癡迷的情意；「幾時重」則是對上一句之沉醉癡迷的「當頭棒喝」，於是「無常」乃如一面巨大的陰影無情地籠罩下來，於是而「胭脂淚」所象喻的生命，「相留醉」所表現的情意，遂都為這一面陰影所吞沒，只剩下一片滔滔滾滾的無盡無休的長恨而已。前三句短句的緊迫急促的轉折，逼出來了最後一句的一縱難收的傾瀉。我在前面曾經論到過後主詞之聲情的合一，與後主詞之章法的完整，說他全非出於有心的造作安排，而只是全由於天才銳感的本質，以純真自然的態度來掌握一切，這首詞在這方面也是一個很好的例證。後主對於這一首〈相見歡〉的幾個三字短句和兩個九字長句，又作了一次聲情合一恰如其分的掌握，而由花到人的轉折承應也寫得如此的流轉無痕，而其全篇之進行，則完全乃是由於看到林花之凋謝於風雨的一種純情的感受發展而來的，絲毫沒有雕飾和安排，而卻把意境表現得如此深廣，把形式和內容也配合得如此完整，後主這一位純情的詩人他以直感所達到的極致的成就真是無人可及的。關於這首〈相見歡〉詞另一點值得注意之處，是其結尾之「自是人生長恨水長東」九個字與前首〈虞美人〉詞結尾之「恰似一江春水向東流」九個字之非常相似。但是如果把這二句仔細一作比較，就會發現它們雖有相似之處卻也有著相異之點。相似之處乃在於後主都是以東流的逝水來表現悲愁和長恨，從這種相似，一則可以看出後主亡國以後的心情，乃是經常懷著深長無盡之愁恨的；再則可以看出後主所取之象喻的純任自然，至於此二象喻之是否相似，好像完全並不在後主的顧慮之內，他只是全心耽溺於愁恨之中，因此就只管純真任縱地表現他這一份愁恨而已，這是這二句詞之所以相似的緣故。至於就其相異之點而言，則是在於二句所表現之聲吻之並不盡同，〈虞美人〉的「恰似一江春水向東流」九個字，乃是承接著上句的「問君能有幾多愁」而來的，把「愁」比作「水」，而「愁」在上一句，

「水」在下一句，因此下一句就只是一個單純的象喻而已，九個字一氣而下，中間更無頓挫轉折之處。而這一首〈相見歡〉的末一句之把「恨」比作「水」，則是「恨」與「水」同在一句之內，前六個字寫「恨」，後三個字寫「水」，因此這一句之「自是人生長恨水長東」九個字乃形成了一種二、四、三之頓挫的音節，有一波三折之感。如果以自然奔放而言，則〈虞美人〉之結句似較勝，但如果以奔放中仍有沉鬱頓挫之致而言，則〈相見歡〉之結句似較勝，至於究竟以何者為美，則見仁見智，就要看讀者個人的喜愛如何了。

綜觀以上所論的溫韋馮李四家詞，我們已經可以清楚地看到他們的風格確實有著明顯的不同之處，也可以清楚地看到《人間詞話》對於他們的評語雖極簡短卻確實有著非常精到的見解。飛卿之詞全以辭藻之精美以及對於這辭藻之排列組合的錯綜變化取勝，沒有鮮明的個性和感情。欣賞飛卿的詞最好只站在純美的角度作完全藝術性的欣賞，如此就會發現其音節與意象之跳接的精美微妙，確有其過人之處。至於在內容方面，則讀者雖然有時可以自這些純美之意象產生若干聯想，然而卻並不可便指實為作者之用心，張皐文的《詞選》與王國維的《人間詞話》對於飛卿之所以有不同的評價，便因為張皐文往往把自己偶然之聯想便指為作者之用心，因此便不免有牽強附會之處，而王國維則只從飛卿詞之純藝術性之成就立論，因此只評飛卿詞為「句秀」，稱其「精豔絕人」，又以「畫屏金鷓鴣」來比擬飛卿的詞品，「畫屏金鷓鴣」原來就是一種不具生命和個性的，徒以其精美之外型供人賞玩的藝術品而已。而中國詩中有一部分作品，如南朝的宮體詩，晚唐五代的豔詞，它們的性質就很像這種徒然供人賞玩而並無鮮明之個性的畫屏上的金色的鷓鴣鳥。飛卿詞在這一類作品中，雖然乃是表現之藝術最為精美，予人之聯想最為豐富的一位作者，然而在風格上言之，他畢竟仍然是屬於晚唐五代徒供歌唱賞玩的豔詞之作者，不過，他確實乃是所有的「金鷓鴣」中最精美的一隻「金鷓鴣」，而且是美到具有著某種象喻意味的。至於端己的成就，則在於他能把個人之生命感情帶到了不具個性的徒供歌唱的豔詞之內，寫成了真正屬於一己抒情的詩篇，他的好處第一在於感情之深摯真切，其辭藻雖不及飛卿之精豔絕人，然而清新勁健，別具活潑之生命的，即使那乃是人所彈奏出來的如「黃鶯語」一樣的絃音，這一份流利生動的絃音中也是充滿著彈奏之人的感情與生命的，而這種鮮明真切的個性的表現便正是端己詞的特色。從不具個性的豔曲，到具有鮮明個性的情詩，這是晚唐五代詞在意境方面第一度的演進。至馮正中的詞，則獨以意境之深美閎約見長。我在前面已曾把正中與端己做過比較，說端己所寫的乃是感情之事跡，是有拘限的，正中所寫的則是感情之境界，是沒有拘限的，斯固然矣，但是我卻未曾把正中與飛卿在這方面做過比較，其實飛卿詞之易於引起人豐富之聯想，從表面看來似乎也是不為現實所拘限的，與端己之寫現實情事者當然不同，而與正中之不為現實所拘限者反若有相似之處，我想這也許正是張惠言《詞選》之所以把「深美閎約」四字的評語歸給飛卿，而《人間詞話》卻要將這四個字的評語歸給正中的緣故。其實飛卿之不為現實所拘與正中之不為現實所拘，雖看似相似，其實乃大有不同之處，飛卿之不為現實所拘，乃因其根本不做主觀現實之敘寫，飛卿詞往往只是一些純美的意象的組合，他的詞之所以能引起讀者某一種深美閎約之感受，可能只是由於讀者對那些純美的意象所生的一種聯想，而並不能因此就指為作者一定有此深美閎約之意蘊，張惠言一類的讀者就是因為把自己的聯想便認為是作者的意蘊，所以乃把「深美閎約」四字的評語歸給了飛卿，而王國維卻因為飛卿詞除了精美的辭藻外並不能證明其確實有如張惠言所說之意蘊，因乃認為飛卿不足以當此四字之評語，而把這四個字的評語歸給了正中，因為正中之不為現實所拘限，纔確實乃是因其本身具有深美閎約之意蘊而非僅只是由於讀者之聯想而已。正如我在前面所言，正中詞所表現的乃是一種經過醞釀提煉以後的有著綜合性體認的感情之境界，他的情意雖不為現實所拘限，然而卻是確實有著某種主觀深摯之情意的，也就是說如果以作者真正具有的意蘊而言，正中纔是當得起「深美閎約」四個字評語的一個作者。由飛卿之客觀唯美的香豔的歌詞，到端己之主觀抒情的戀愛的詩篇，再轉而為正中之表現為經過綜合醞釀以後的一種感情之境界，使得原以唯美與言情為主的豔詞染上了一種理想化和象喻化的色彩，而且深深地影響了北宋初年如大晏歐陽等一些重要的作者，這是晚唐五代詞在意境方面極可注意的一大演進。至於後主之成就則可以分為兩方面來看，其一是內容方面的，由於一己真純的感受而直探人生核心所形成的深廣的意境；其二是由於他所使用之字面的明朗開闊所形成的博大的氣象，這二種成就，就詞之演進的歷史性而言，我以為第二點實較第一點為更可注意，因為其第一點成就乃正如我在前面所言，後主與淵明在這一方面都是超時代的作者，因為他們的成就乃在於他們真純之本性所獨具的一點「任真」的特色，這種特色乃是屬於「天」而並不屬於「人」的。如果以後主與正中在詞境方面所表現的有著綜合性體認的感情之境界相較，則正中詞境的形成乃是由於一種持守與醞釀的結果，這種成就是有著屬於「人」的某種修養和工力之因素在的，是縱然不可以學而能，或者尚可以養而致的；而後主之以純真任縱之感受直探人生核心的意境，則不僅不是可以學而能，也不是可以養而致的，後主之成就乃是純屬於天生的某一類型之天才所特有的成就。因此談到晚唐五代詞在意境方面之演進，如果就「史」的意義而言，我以為實在應當推正中為承先啟後的最有成就的作者，因為他在意境方面的成就是可以繼承的。而後主在意境方面的成就則是不屬於歷史演進過程的一種天才的突現，乃是可遇而不可求的，所以後主成就雖高，然而就詞之演進而言，實在反不及正中之更為重要。可是另外一面，後主在用字方面所開拓出的博大開朗的氣象則又是正中所沒有的，正中詞的意境雖然有「深美閎約」的含蘊，可是字面上實在仍「不失五代風格」，而後主的開朗博大的字面與氣象，則有令人耳目一新之感，後人稱東坡詞「逸懷豪氣」，「指出向上一路」，後主實在乃是一位為之濫觴的人物，這種開拓當然對於詞之演進有極重要的影響，然而就後主而言，卻仍然只是屬於天才之自然的表現與偶然的成就，而並非詞在演進階段的一個屬於演進的階次，所以他的開拓對於詞之演進雖有影響，而卻並不代表演進的一個階段，這是需要分辨清楚的。

大晏詞的欣賞

大晏乃是一個理性的詩人，他的「圓融平靜」的風格與他的「富貴顯達」的身世，正是一位理性的詩人的「同株異幹」的兩種成就。

談到文學的欣賞，原是頗為主觀的一件事。譬如「口舌」之於「五味」，滋味既異，嗜好亦別，「強人同己」固屬無謂的多事，然而「美芹」「獻曝」，略述個人品味之所得，或者也尚不失「推己」的一份誠意，因此我想略談一談關於大晏詞的欣賞。

在北宋初年的詞壇上，晏殊晏幾道父子和歐陽修是並稱的三位作者。而一般讀者對這三位作者的愛好，則以小晏為最，歐陽次之，而愛好大晏者則最少。大晏之所以不易得人欣賞的原因，我以為有兩點：其一是因為大晏詞的風格過於圓融平靜，沒有激情，也沒有烈響，既不能以色澤使人眩迷，又不能以氣勢使人震懾。大晏的詞正如他的集名「珠玉」二字，只是一奩溫潤的珠玉，雖然澄明純淨秀傑晶瑩，然而自有些人看來，卻會覺得它遠不及一些光怪陸離五色繽紛的瓊瑰更足以使人目迷心動，這是大晏詞之不易得人欣賞的第一個原因；至於另一個原因，則是由於大晏的「富貴顯達」的身世，在一般人心目中，似乎都根深蒂固的存在著一種「窮而後工」的觀念，而大晏在這方面卻不能滿足一般人對詩人之「窮」的預期，和對詩人之「窮」寄以同情的「快感」，這是大晏詞之不易得人欣賞的第二個原因。宛敏灝君在《二晏及其詞》一書中對大晏的一些詞作甚至譏之為「富貴得意之餘」的「無病呻吟」。宛君於二晏之身世作品，搜羅考訂極詳，對小晏亦讚揚備至。而獨於大晏的一些詞作不能欣賞，因而頗有微詞。昔蔣弱六之評杜甫〈陪鄭廣文遊何將軍山林〉「萬里戎王子」一首云：「見遺於無意搜羅之人不足怪，遺於搜羅已盡之人為可恨耳」，看到宛君「無病呻吟」的話，我真不得不為大晏仕途之「幸」而嘆息其「不幸」了。

我以為想要欣賞大晏的詞，第一該先認識的就是——大晏乃是一個理性的詩人，他的「圓融平靜」的風格與他的「富貴顯達」的身世，正是一位理性的詩人的「同株異幹」的兩種成就。詩人的「窮」與「達」，原來並沒有什麼「文章憎命達」「才命兩相妨」的必然性，而大半乃是決定於詩人所稟賦的不同的性格。一般說來，詩人的性格約可大別分為兩種：一種是屬於成功的類型，而另一種則是屬於失敗的類型。屬於成功的一型，就性格而言，可以目之為「理性的詩人」，而屬於失敗的一型，則可目之為「純情的詩人」。《人間詞話》之評李後主詞云：「詞人者不失其赤子之心者也，故生於深宮之中，長於婦人之手，是後主為人君所短處，亦即為詞人所長處。」又說：「主觀之詩人不必多閱世，閱世愈淺，則性情愈真。」這一段話，就純情的詩人而言，是不錯的。因為純情的詩人其感情往往如流水之一瀉千里，對一切事物，他們都但以「純情」去感受，無反省、無節制、無考慮、無計較。「赤子之心」對此種詩人而言，豈止是「不失」而已，在現實的「成敗利害」的生活中，他們簡直就是個未成熟的「赤子」。此一類型之詩人，李後主自是一位最好的代表。而「破國亡家」也正為此一類型之詩人的典型的下場。「天以百凶成就一詞人」，對此一類型的詩人而言，其「百凶」之遭遇，與其「純情」之作風，也正為「同株異幹」的兩種必然之結果。至於理性的詩人則不然，他們的感情不似流水，而卻似一面平湖，雖然受風時亦復縠縐千疊，投石下亦復盤渦百轉，然而卻無論如何總也不能使之失去其「含斂靜止」「盈盈脈脈」的一份風度。對一切事物，他們都有著思考和明辨，也有著反省和節制。他們已養成了成年人的權衡與操持，然而卻仍保有著一顆真情銳感的詩心，此一類型之詩人，自以晏殊為代表。《宋史・晏殊傳》記載云：「仁宗即位，章獻明肅太后奉遺詔權聽政，宰相丁謂樞密使曹利用各欲獨見奏事，無敢決其議者，殊建言群臣奏事太后者，垂簾聽之，皆毋得見，議遂定。」又載元昊寇邊時「陝西用兵，殊請罷內臣監兵，不以陣圖授諸將，使得應敵為攻守，及募弓箭手教之以備戰鬥，又請出宮中長物助邊費，凡他司之領財利者悉罷還度支」。從這些事，我們都可以看出晏殊的明決的理性，他的識見與謀慮，都可說得上是「將相之才」，而絕不僅是一個「長於婦人之手」，未經閱世的「赤子」而已。然而自其詞集「珠玉」來看，晏殊又確實是一個資質極高的詩人，由此可知事功方面的成就原無害於一個理性的詩人之為真正的詩人，而「珠玉」一集的價值，也絕不該因其富貴顯達的身世而稍有減損。我將「理性」二字加諸於「詩人」之上也許會有人頗不謂然，因為詩歌原該是「緣情」之作，而「情感」與「理性」則又似乎有著釐然迥異的差別。這就一般人而言也許是對的，因為一般人的理性乃但出於一己頭腦之思索，但用於人我利害之辨別，此種理性之為狹隘與堅硬，而與感情之格格不能相容，自是顯然而且必然的事。然而詩人之理性則有不同於此者，詩人之理性該只是對情感加以節制，和使情感淨化昇華的一種操持的力量，此種理性不得之於頭腦之思索，而得之於對人生之體驗與修養。它與情感不但並非相敵對立，而且完全浸潤於情感之中，譬若水乳之交融，沆瀣之一氣。其發之於心亦原無此彼之異與後先之別。是「理性」既可以與「情感」相成而非盡相反，則詩歌雖為「緣情」之作，而詩人則固可以有「理性之詩人」了。

做為一個理性的詩人，我以為大晏的詞有著幾點特色。而第一點該提出來說明的則是大晏《珠玉詞》中所表現的一種「情中有思」的意境。如前所述，「理性」既可以與「情感」如水乳之交融，則《珠玉詞》的「情中有思」的意境，便正為此種「交融」了的理性與情感的同時湧現。在一般人的詩作與詞作中雖然也不乏表現「思致」的作品，但大晏與他們不同的則是一般人所表現的「思致」多出於有心，而大晏則完全出於無意，譬如酌水於海，其味自鹹，這和有心要泡一杯鹽水的人，自然有著顯著的差異。如大晏最有名的一首〈浣溪沙〉詞之「滿目山河空念遠，落花風雨更傷春，不如憐取眼前人」，這三句詞從表面看來，他所抒寫的只不過是「傷春念遠」的一份情感，絲毫也看不出有什麼「思致」在其間，而大晏也確實未嘗有心於表現什麼「思致」，只是讀這三句詞的人，卻自然可以感受到它所給予讀者的，除去情感上的感動外，另外還有著一種足以觸發人思致的啟迪，這種啟迪和觸發，便正是大晏的「情中有思」的特色之所在。即以這三句詞而言，如「滿目」一句，除「念遠」之情外，它更使讀者想到人生對一切不可獲得的事物的嚮往之無益；「落花」一句，除「傷春」之情外，則更使人想到人生對一切不可挽回的事物的傷感之徒勞。至於「不如憐取眼前人」一句，它所使人想到的也不僅是「眼前」的一個「人」而已，而是所該珍惜把握的「現在的一切」。而大晏在另一首〈玉樓春〉詞中也曾有句云：「不如憐取眼前人，免使勞魂兼役夢」，由此一句之重複使用，我們更可以體認出來大晏之所屢次提到的「眼前人」，實在只是表現了大晏的一種明決的面對現實的理性。這種種聯想與體認，在讀者亦並不需深思苦想而後得，而是當讀者感受詞句中的一份「情感」之時，便已同時感受到其中的一份「思致」了。那便因為如前文所言，這一份「思致」乃是由大晏對人生感受體驗而得，而並非由頭腦思索而得，它原即在情感之中，而並非在情感之外。所以其表現於詞亦全屬無心，而絕非有意。因之這一份思致也就只宜於吟味和感受，而並不宜於辨察和說明。如我之所解釋，自不免有牽藤附葛墜坑落塹之嫌，不過，大晏詞之易於引起讀者一些有關人生的哲想，則是不可否認的事實。王國維先生在《人間詞話》中，對大晏的〈蝶戀花〉詞之「昨夜西風凋碧樹，獨上高樓，望盡天涯路」三句，便也曾經既許之為「詩人憂生之詞」，復喻之為「古今成大事業大學問者之第一境」，這兩段話本文不暇詳說，我不過引之以證明以「哲想」解說大晏詞並非自我作古。而其所以易於使讀者生此種聯想的緣故，便正因為大晏的詞有著一種「情中有思」的特色。這種特色加深也加廣了大晏詞的意境。如果以大晏與他的兒子小山相較，那麼像小山的一些名句，如「當時明月在，曾照彩雲歸」，「今宵剩把銀釭照，猶恐相逢是夢中」，「舞低楊柳樓心月，歌盡桃花扇底風」諸句，雖然其「精壯頓挫」、「動搖人心」（黃庭堅〈小山詞序〉）之處，大晏自有所不及，然而如只就「情中有思」這一點而言，則小山詞之意境，實在遠較乃父為狹隘而淺薄。其原因便在於小晏所表現的「悲歡今昔」之感，與「歌酒狎邪」之詞，乃但為人生之一面，而其所觸動者亦但為讀者之感情而已；至於大晏，則其所觸動者已不僅為讀者之感情，而且更觸動了讀者有關整個人生的一種哲想，因此大晏詞乃超越了其表面所寫的人生之一面，而更暗示著人生之整體。宛敏灝君在《二晏及其詞》一書中，曾舉大晏〈憾庭秋〉詞之「念蘭堂紅燭，心長焰短，向人垂淚」三句，與小晏〈破陣子〉詞之「絳蠟等閒陪淚」，及〈蝶戀花〉詞之「紅燭自憐無好計，夜寒空替人垂淚」三句相比較，以為「向」字尚不及「陪」字之深，更不敢望「替」字矣，殊不知小晏，「陪」字「替」字雖佳，然而其「陪」人「替」人垂淚者，仍不過只是一支「蠟燭」而已，而大晏之「心長焰短，向人垂淚」二句，則它使讀者所感受的實在已不復僅是一支「蠟燭」，而同時聯想到的還有「心餘力絀」的整個的人生。雖然這在大晏也許未嘗「有此意」，而其特色卻正在使讀者能「生此想」。故就情感言，小晏自較大晏為穠摯，然而如就思致言，則小晏實不及大晏之深廣。而此種差別也正是理性的詩人與純情的詩人的主要區別之所在，大抵純情的詩人對於人生只有入乎其內的真切的感受，而理性的詩人則除感受外，更有著一份出乎其外的澄明的觀照。唯其為「入」，故所失在狹，唯其能「出」，故所長在廣。唯其但得之於「感受」，故其所表現者有情而乏思，而其意境亦較淺薄；唯其能得之於「觀照」，故其所表現者情中乃更復有思，而其意境亦較深刻。除以上所舉各例證外，他如大晏另一首〈浣溪沙〉詞之「無可奈何花落去，似曾相識燕歸來」；〈喜遷鶯〉詞之「花不盡，柳無窮，應與我情同」；〈少年遊〉詞之「莫將瓊萼等閒分，留贈意中人」，諸作或者表現了圓融的觀照，或者表現了理性的操持。這種特色，正為大晏之所獨具。欣賞大晏詞，如果不能從他的「情中有思」的意境著眼，那真將有「如入寶山空手回」的遺憾了。

至於大晏詞的第二點特色，我以為則該說是他所特有的一份「閒雅」的情調。《漢書・司馬相如傳》云：「相如時從車騎，雍容閒雅，甚都。」大晏的「閒雅」就正有著這一份雍容富貴的風度。而這一份風度，在我國詩人的作品中，是極為罕見的。其所以罕見的緣故，當然是因為一般詩人們都未嘗有過如大晏的顯達的身世，因之也未曾有過如大晏的雍容閒適的生活。而有大晏之身世與生活者，則又未必有如大晏的詩人的資質，這種「美具難並」的機會既不多，因此大晏的「閒雅」的風格，乃成了他所獨有的一種「特美」。大晏生當北宋真仁兩朝的太平盛世，自十四歲以神童應試擢祕書省正字，仕至宰相，其顯達之身世，已具見史傳的記載，本文對此不擬再加詳述；至於大晏的詩人的資質，則可從他的詞作中所表現的「銳感」與「善感」得到證明。如其〈破陣子〉詞寫少女神情之「疑怪昨宵春夢好，元是今朝鬥草贏，笑從雙臉生」（按此詞見《唐宋諸賢絕妙詞選》，《珠玉集》不載），及〈菩薩蠻〉詞寫黃葵之「高梧葉下秋光晚，珍叢化出黃金盞」，「擎作女真冠，試伊嬌面看」。這些詞句都具有著極鮮明的意象，也給予讀者極強力的感染，這是唯有一個「銳感」的詩人才能「具有」，才能「給予」的。又如其〈玉樓春〉詞之「隴頭嗚咽水聲繁，葉上間關鶯語近」，〈踏莎行〉詞之「春風不解禁楊花，濛濛亂撲行人面」諸句，則凡耳目所及，寫得萬物都若有情，這更是唯有一個「銳感」的詩人才能「感受」，才能「抒寫」的。以這種「銳感」「善感」的資質，無論其所遭之境遇之為「窮」為「達」，都無疑地該不失為一個真正的詩人，只是因境遇之影響而形成的風格或者不免將要有所不同而已。大晏的境遇是富貴顯達的，因之懷著「窮而後工」的成見，想要在大晏的詞中尋找「孤臣孽子」，「落魄江湖」的深悲幽怨的人，當然不免要感到失望。但大晏的詩人的資質卻毫不曾因此而減損。他的「閒雅」的風格，就正是他的顯達的身世與他的詩人的資質所相渾融相調劑而結成的佳果。這一類風格閒雅的作品，在他的詞集中最可舉為代表的是那一首〈清平樂〉，現在把這一首詞抄在後面：

金風細細，葉葉梧桐墜，綠酒初嘗人易醉，一枕小窗濃睡。
紫薇朱槿花殘，斜陽卻照欄干，雙燕欲歸時節，銀屏昨夜微寒。

在這一首詞中，我們既找不到我國詩人所一貫共有的「傷離怨別嘆老悲窮」的感傷，甚至也找不到前面第一點所談到的大晏所特有的「情中有思」的思致。在這一首詞中，它所表現的只是在閒適的生活中的一種優美而纖細的詩人的感覺。對於這種詞，我們不當以「情」求，也不當以「意」想，而只當單純地去體會那一份美而純的詩感，《莊子・逍遙遊》云「無用之為用大矣」，想在詩歌中尋找「情感」和「意義」的人，在大晏這種閒雅的作品中，自將無所收穫。然而譬之醇醪甘醴，飲之者原不必要求得「解渴」之功用，更不可抱有「解飢」之目的。醇醪甘醴的好處，原只在它所給予人的一股甘美芳醇的味道，同樣的，大晏的此種作品，其佳處亦僅只在於它所給人的一種閒靜優美的「詩意的感覺」而已。

大晏詞的第三點特色，我以為該說是他的詞中所表現的傷感中的曠達的懷抱。陸機〈文賦〉有云「遵四時以嘆逝，瞻萬物而思紛」，對於任何一個人來說，當「日月逝於上，體貌衰於下」的時候，都或多或少的免不了會產生「時移事去」「樂往哀來」的傷感，更何況是一個銳感善感的詩人？所以詩人們都或多或少的有著傷感的作品。大晏對此當然也並不能例外，雖然宛敏灝君曾經以為大晏的一些傷感之作只是「無病呻吟」，但我卻並不這樣想，因為「傷感」之產生，原不必定要有什麼人事上的劇變大故，而僅只自然界的盛衰代序，便已足可令人體會到「無常」的威脅了，至於其所感受的深淺，實在並不在其身世之「窮」「達」而只在其感覺之「銳」「鈍」。而大晏正是一個銳感的詩人，所以他的身世雖「達」，而他在詞中所流露的一份「無常」的傷感，卻是與其他「不達」的詩人同樣真實也同樣深切的。只是詩人之「傷感」雖同，而其傷感的情調則不盡同，即以與大晏的作風最相近的馮歐兩家來與之相較，其間也頗有不同之處。我以為在正中的傷感中，有著執著的熱情；在六一的傷感中，有著豪宕的意興；而在大晏的傷感中，所有的則是一種曠達的懷抱。我們現在試舉大晏的幾首詞來看：

采桑子

時光只解催人老，不信多情，長恨離亭，滴淚春衫酒易醒。
梧桐昨夜西風急，淡月朧明，好夢頻驚，何處高樓雁一聲。

謁金門

秋露墜，滴盡楚蘭紅淚，往事舊歡何限意，思量如夢寐。
人貌老于前歲，風月宛然無異，座有嘉賓樽有桂，莫辭終夕醉。

破陣子

湖上西風斜日，荷花落盡紅英，金菊滿叢珠顆細，海燕辭巢翅羽輕，年年歲歲情。
美酒一杯新熟，高歌數闋堪聽，不向尊前同一醉，可奈光陰似水聲，迢迢去未停。

在這幾首詞中，〈采桑子〉的「時光只解催人老」、「滴淚春衫酒易醒」，與〈謁金門〉的「往事舊歡何限意，思量如夢寐」，這幾句所表現的自然都是傷感之情，然而〈采桑子〉的末一句「何處高樓雁一聲」卻結得如此其超脫高遠，〈謁金門〉的末二句「座有嘉賓樽有桂，莫辭終夕醉」則又結得如此其通達放曠。至於〈破陣子〉一詞之「湖上西風斜日，荷花落盡紅英」，與「可奈光陰似水聲，迢迢去未停」，所表現的自然更是極真切的「無常」的哀感，然而大晏卻偏偏在中間加上了「美酒一杯新熟，高歌數闋堪聽」的慰安。由這些詞句，我們可以看出大晏在現實的「無常」的悲哀中，雖然不免於傷感，然而他卻既有著安於現實的達觀，也有著面對現實的勇氣。若以之與馮歐二家相比，則正中所表現的「執著」，如其「一晌憑欄人不見，鮫綃掩淚思量遍」，「日日花前常病酒，不辭鏡裡朱顏瘦」諸句，對悲苦的現實只不過有擔荷的熱情；六一所表現的「豪宕」，如其「尊前百計得春歸，莫為傷春眉黛蹙」，「直須看盡洛城花，始共春風容易別」諸句，對悲苦的現實只不過有遺玩的意興；而大晏在曠達的情懷中，卻隱然有著處置的辦法，這一種傷感中的曠達的懷抱，是大晏這一位理性詩人的性格與修養的最好表現。所以大晏的「傷感」，在他的詞作中，既沒有形成悽厲之音，也沒有出為決絕之詞。「傷感」在他的《珠玉詞》中，只是給那些溫潤的珠玉染上了一種淡淡的悽清的情調。這一份悽清的情調，使得他的溫潤的珠玉更加了一份纖柔婉秀，因而教人看了也更加覺得眩目憐心，這正是《珠玉詞》的風格上的又一種「特美」。

至於大晏詞第四點特色，則是昭昭在人耳目盡人皆知的兩種好處，這就是寫富貴而不鄙俗，寫豔情而不纖佻。關於這兩種好處，前人述及之者甚多，我現在隨便摘錄兩條做為佐證：

宋吳處厚《青箱雜記》云：晏元獻公雖起田里，而文章富貴出於天然。嘗覽李慶孫〈富貴曲〉云：「軸裝曲譜金書字，樹記花名玉篆牌。」公曰：「此乃乞兒相，未嘗諳富貴。」故余每吟詠富貴，不言金玉錦繡，而惟說其氣象。若『樓臺側畔楊花過，簾幕中間燕子飛』，『梨花院落溶溶月，柳絮池塘淡淡風』之類是也。」故公自以此句語人曰：「窮兒家有這景致也無。」

宋張舜民《畫墁錄》云：柳三變既以詞忤仁廟，吏部不放改官，三變不能堪，詣政府。晏公曰：「賢俊作曲子麼?」三變曰：「祇如相公亦作曲子。」公曰：「殊雖作曲子，不曾（一作會）道『綵線慵拈伴伊坐』。」柳遂退。

以上兩則，分別說明了大晏「不鄙俗」和「不纖佻」的兩種好處，這兩種好處雖是截然不同的兩件事，但我以為它們卻是出於一個共同的原因，那就是寫其「精神」而不寫其「形跡」。一般說來，人們對事物感受的態度，約可分為兩種，一種是以感官去感受的，而另一種則是以心靈去感受的。以感官去感受的人，所得的大多是事物的形體跡象；而以心靈去感受的人，則所得的大多是事物的氣象神情。即以「富貴」而言，譬如現在有兩個人，一同進入了「金張之第」，則以感官去感受的一個人，其所見者乃但為「金玉錦繡」諸富貴之物質；而以心靈去感受的一個人，則其所見者乃為博大高華的「富貴之氣象」。又如以「豔情」而言，方二人「攜手並肩」之際，以感官去感受的一人，則其所感者但為相攜相並之雙手與雙肩；而以心靈去感受的一人，則其所感受者，實在已不復是身體上的相並相攜，而乃是精神上的深合密契。也許那一種氣象上的博大高華之感，也是經由物質上的金玉錦繡而來；而那一種精神上的深合密契之感，也是經由形體上的相並相攜而得，只是對於以「心靈」去感受的人而言，那些感官上的感受，實在只是一些無足輕重的接觸的媒介而已。所謂「得意忘言，得魚忘筌」，既然已經得到了心靈上的感受，則那些感官上的物質與形體，便已被遺忘而不復存在了，這其間的取捨，絲毫沒有勉強與造作，而純出於自然。大晏之不用「金玉」之字，不為「纖佻」之語，那正因為大晏的天性是近於後者的緣故。現在我們試舉他一些寫富貴與寫豔情的詞作為例，寫富貴者，如其〈浣溪沙〉之「小閣重簾有燕過，晚花紅片落庭莎，曲欄干影入涼波」。〈踏莎行〉之「翠葉藏鶯，朱簾隔燕，爐香靜逐遊絲轉」。〈玉樓春〉之「朱簾半下香銷印，二月東風催柳信，琵琶旁畔且尋思，鸚鵡前頭休借問」。這些詞句，皆所謂「不言金玉」，而「自有富貴氣象」者，正如晁無咎所云：「知此人不住三家村也。」至於寫豔情者如其〈訴衷情〉之「此時拚作，千尺游絲，惹住朝雲」。〈踏莎行〉之「樽中綠醑意中人，花朝月下常相見」。〈破陣子〉之「多少襟懷言不盡，寫向蠻牋曲調中，此情十萬重」。若以這些詞句與柳永〈定風波〉之「綠線慵拈伴伊坐」，〈菊花新〉之「欲掩香幃論繾綣」諸作相較，則大晏正所謂「雖作豔語，終有品格」。那便是因大晏所喚起人的只是一份深摯的情意，而此一份情意雖或者乃因「兒女之情」而發，然而卻並不為「兒女之情」所限，較之一些言外無物的淺露淫褻之作，自然有著高下雅鄙的分別。而其形成此一差別的緣故，則正是因為一者是寫其心靈上的感受，而一者則是寫其感官上的感受的緣故。所以大晏之不屑於瑣瑣記金玉錦繡，喋喋敘狎暱溫柔，大部分該是由於他的天性使然。至於他的富貴顯達的身世和環境，當然也有著頗大的影響，但如果以為他之寫豔情而不纖佻，乃是如宛敏灝君所說的，只是由於「觀瞻所繫」的有心的規避，那就未免淺之乎視大晏了。

除以上四點特色外，我還想作兩點補充的說明。其一是《珠玉集》中有一部分祝頌之詞，這是最為不滿大晏的人所據為口實，而對之加以詆毀的。祝頌之詞之易流於俗惡，自是不可諱言的事實。大晏位居臺閣，應制唱酬之間當然免不了有一些祝頌之作。這些詞在《珠玉集》中自非佳作。然而我卻以為若以大晏之此類作品，與其他一般人的祝頌之作相較，則大晏仍有著他的可喜之處。如前文所言，大晏所寫之事物及情感多以氣象神情為主，而不沾滯於形跡，所以大晏所寫的祝頌之詞，也絕沒有明言專指的淺俗卑下之言。他只是平淡然而卻誠摯地寫他個人的一份祝願，且多以大自然界之景物為陪襯，而大晏對自然界之景物又自有其一份「詩人之感覺」，所以大晏所寫的祝頌之詞，不但間雅富麗，而且更有著一份清新之致，如其祝壽詞〈蝶戀花〉之「紫菊初生朱槿墜，月好風清，漸有中秋意，更漏乍長天似水，銀屏展盡遙山翠。繡幕卷波香引穗，急管繁絃，共愛人間瑞，滿酌玉盃縈舞袂，南春祝壽千千歲」。其歌頌天子者如〈拂霓裳〉之「笑秋天，晚荷花綴露珠圓，風日好，數行新雁貼寒煙，銀黃調脆管，瓊柱撥清絃，捧觥船，一聲聲齊唱太平年」。這些詞雖然並沒有什麼深遠的涵義，然而在感覺與情致方面也並非全無可取之處。何況在人之一生中有些和樂美好的日子和生活，原也是值得歌頌的，我們又何可一概詆之為俗惡。這是我對大晏詞要補充說明的第一點。

至於另一點我要補充說明的，則是在《珠玉詞》中有著一首風格頗為例外的作品，那就是大晏題為「贈歌者」的一首〈山亭柳〉詞。現在把這首詞抄在後面：

山亭柳　贈歌者

家住西秦，賭博藝隨身，花柳上，鬥尖新，偶學念奴聲調，有時高遏行雲，蜀錦纏頭無數，不負辛勤。

數年來往咸京道，殘杯冷炙謾消魂，衷腸事，託何人，若有知音見採，不辭徧唱

〈陽春〉，一曲當筵落淚，重掩羅巾。

大晏詞的風格，一向都表現得圓融平靜，而這首詞卻偏偏寫得聲情激越感慨悲涼；大晏詞一向都不曾加冠標題，而這首詞卻偏偏有個「贈歌者」的題目。這兩種例外的情形，同時發生於一首詞之上，這是頗可玩味的一件事。要想解答此一問題，我想我們該對大晏的性格和生平有更進一步的認識。大晏在詞作中所表現的「閒雅」的風格和「曠達」的懷抱，確實顯示出了他的一份理性的修養——平靜而有操持。然而在史傳中，對他的性格卻有著另一面的記載，《宋史・晏殊傳》云：「殊性剛簡，……累典州，吏民頗畏其悁急。」又歐陽修之〈晏元獻公神道碑〉亦云：「公為人剛簡。」而《四庫提要》評其《珠玉詞》則云：「殊賦性剛峻，而語特婉麗。」大晏確實有著理性的操持，這是不錯的；大晏也確實有著剛峻的個性，這也是不錯的。而他在詞中所表現的「婉麗」，就正是他的剛峻的個性，透過了理性的操持，所達到的一種「矛盾的統一」「複雜的調合」的境界。所以他的詞有澄明之美，而無單調之失；有圓融之美，而無顢頇之病，正如日光七色之融為一白，這正是大晏詞的一貫的風格。惟是日光若經折射，則仍可見其七彩的本色，同樣的，大晏在遇到拂逆挫折時，也往往會表現出他的另一面的剛峻的性格，而且極為激動。如《宋史・晏殊傳》載其為樞密副使時，曾「上疏論張耆不可為樞密使，忤太后旨。坐從幸玉清昭應宮，從者持笏後至，殊怒，以笏撞之，折齒」。又《畫墁錄》云：「張先議事府中，再三未答，同叔作色，操楚首曰：『本為辟賢會道「無物似情濃」，今日卻來此事公事。』」我們對大晏這一面剛峻激動的性格有了認識後，再來看這一首〈山亭柳〉詞，就會覺得這首詞中所表現的感慨激越，不但並非例外，而且正是必然的意中之事。這首詞雖然題名為「贈歌者」，然而鄭因百先生卻認為它乃是「借他人酒杯，澆胸中塊壘」之作，又說：「此詞云『西秦』『咸京』，當是知永興軍時作，時同叔年逾六十，去國已久，難免抑鬱。」這是一段極有見地的話。大晏自十四歲以神童擢祕書省正字，至五十四歲罷相以前，在仕途上都可說是順利而且得意的。但自五十四歲罷相後，則出知外郡將近十年之久，而以永興為最遠。又據《宋史・晏殊傳》云其罷相乃由於「孫甫蔡襄上言，宸妃生聖躬，為天下主，而殊嘗被詔誌宸妃墓，沒而不言。又奏論殊役官兵治僦舍以規利，坐是降工部尚書，知潁州。然殊以章獻太后方臨朝，故誌不敢斥言。而所役兵乃輔臣例宣借者，時以謂非殊罪」。是晏殊既以「非其罪」的罪名被罷相，又出知外郡既久，這種種拂逆挫折，使他在詞作中露出了剛勁激動的另一面性格，原該是極自然的一件事。只是這一首〈山亭柳〉詞，還有著另一點值得我們注意的地方，那就是它還被加著一個「贈歌者」的題目。從大晏晚年的遭遇與這首詞中所表現的感情來看，謂為「澆自己胸中塊壘」之作，當是無可置疑的事，只是為什麼他一定要「借他人之酒杯」，找一個「贈歌者」的題目呢？關於這一點，我以為則該是仍然由大晏一貫的「理性的修養」所使然。王國維《人間詞話》云：「尼采謂一切文學余愛以血書者。」同樣是滴滿鮮血的作品，有些人則喜歡將自己血淋淋的傷口顯示給別人看；但有些人則不然，他們寧願將自己的傷口隱藏起來，而把他們所滴的鮮血，所受的傷害，都只藉著一件不相干的故事，做間接的敘述。這正是做為一個理性的詩人的特色。他們常想保有一份感情上的餘裕，因此大晏也藉著「贈歌者」的題目，先把感情的距離推遠了，然後才能無忌地將他的感慨抑鬱藉著別人的故事而發洩出來。同時我還以為這首詞的題目並不是由臆想加上去的，而該是確有一位歌者，而此歌者之身世，則曾喚起了大晏的深切的共鳴，於是鬱積已久的情懷，乃因之一洩而出，這種機會正是可遇而不可求的，因此我們在大晏其他的詞作中，並不容易看到這一種感慨激越的情調，這正因為大晏不容易遇到這樣可以借端發揮的「好題目」的緣故。而毫無假借的揭露自己的創口，則又是大晏所斷乎不肯做的，明乎此，我們就可以知道這首風格例外的作品不但不能使大晏的「理性的詩人」的基礎動搖，而且反更多了一層有力的證明。這是我所要補充說明的第二點。

最後我想模倣王國維先生引詞人自己的詞句評詞的辦法，為此文作一結束。大晏的詞圓融平靜之中別有淒清之致，有春日之和婉，有秋日之明澈，而意象復極鮮明真切，這使我想起了大晏〈少年遊〉的幾句詞，因倣王國維先生之言曰：「霜前月下，斜紅淡蕊，明媚欲回春」，同叔語也，其詞品似之。

拆碎七寶樓臺

——談夢窗詞之現代觀

夢窗詞之遺棄傳統而近於現代化的地方，最重要的乃是他完全擺脫了傳統上理性的羈束，因之在他的詞作中，就表現了兩點特色，其一是他的敘述往往使時間與空間為交錯之雜揉；其二是他的修辭往往但憑一己之感性所得而不依循理性所慣見習知的方法。

一、夢窗詞的傳統評價及其兩點現代化的特色

吳夢窗的詞，以數量而言，有將近三百五十首之多。在南宋諸詞人中，除了首屈一指的大家稼軒以外，幾乎沒有人可以與之相比的。而且即使以北宋之大家周邦彥與之相較，則清真詞尚不滿兩百首，在數量上，也不及夢窗遠甚，所以僅以數量言，夢窗的詞在兩宋詞人中也已經應該占有一席相當重要的地位了。更何況如以意境工力而言，則夢窗意境之深遠，工力之精至，更皆有其迥然非常人可及之處。然而不幸的是，夢窗詞流傳既不及周辛之廣，而所得的評價則更是毀譽參半。幾乎自南宋以後，夢窗的詞就有一直被人誤解或甚至不解之中。對夢窗詞之評語流傳得最廣也最久的，就是張炎《詞源》所說的：

> 夢窗詞如七寶樓臺眩人眼目，拆碎下來不成片段。

直到近世有些講文學批評的人，仍往往引用這一段話來訾議詆毀夢窗。如胡適先生在其所編《詞選》一書中，就曾經說：

《夢窗四稿》中的詞，幾乎無一首不是靠古典與套語堆砌起來的，張炎說「吳夢窗詞如七寶樓臺……不成片段」這話真不錯。

而胡雲翼則更在其《宋詞研究》一書中，引申發揮張炎之說云：

夢窗詞有最大的一個缺點，就是太講究用事，太講求字面了，這種缺點本也是宋詞人的通病，但以夢窗陷溺最深。唯其專在用事與字面上講求，不注意詞的全部的脈絡，縱然字面修飾得很好看，字句運用得很巧妙，也還不過是一些破碎的美麗辭句，決不能成功整個的情緒之流的文藝作品，此所以夢窗受玉田「吳夢窗詞如七寶樓臺……不成片段」之譏也。

又云：

南宋到了吳夢窗，則已經是詞的劫運到了。

如果只從他們的這些評語來看，則夢窗詞果然竟似一無可取了。所以胡適先生在其《詞選》一書中就僅選了夢窗的兩首小令——〈玉樓春〉與〈醉桃源〉，而後來胡先生重新校定時還又刪去了一首，僅存〈玉樓春〉一首小令了。至於胡雲翼則在他後來所編的《唐宋詞一百首》中，對於夢窗的詞乃竟然一首都沒有選。以一位擁有三百多首作品，在兩宋詞人中占比重極大的作者，而選者竟然對之一字不錄或只選一首，則夢窗詞之不為人所欣賞了解也可以想見了。

當然另一方面對夢窗詞備致推崇讚美的人也並非沒有，如周濟《宋四家詞選》即曾稱：

夢窗立意高，取徑遠，皆非餘子所及。

又云：

夢窗奇思壯采，騰天潛淵，返南宋之清泚為北宋之穠摯。

其《介存齋論詞雜著》更稱：

夢窗每於空際轉身，非具大神力不能。

又云：

其佳者，天光雲影，搖蕩綠波，撫玩無斁，追尋已遠。

而戈載《宋七家詞選》亦稱夢窗詞：

以綿麗為尚，運意深遠，用筆幽邃，鍊字鍊句，迥不猶人，貌觀之雕繢滿眼，而實有靈氣行乎其間，細心吟繹，覺味美方回，引人入勝，既不病其晦澀，亦不見其堆垛，……猶之玉溪生之詩，藻采組織，而神韻流轉，旨趣永長，未可妄譏其獺祭也。

近人吳梅先生《詞學通論》評夢窗詞，曾引戈載之言，又益之曰：

其實夢窗才情超逸，何嘗沉晦，夢窗長處，正在超逸之中見沉鬱之思，烏得轉以沉鬱為晦耶？若叔夏七寶樓臺之喻，亦所未解，……至夢窗詞合觀通篇固多警策，即分摘數語亦自入妙，何嘗不成片段耶？

像這些批評讚美的話，當然都是吟味有得之言，只是可惜這些話都說得過於空泛，只是一些籠統的概念，而並不能給予不了解夢窗詞的人以任何幫助或實證，所以不懂夢窗詞好處的人，讀了這些話，不但依然不懂，而且反而更發出了相反的譏議。如胡雲翼在其《宋詞研究》一書中，即曾經說：

介存評夢窗說：「其佳者天光雲影……追尋已遠」，這是評白石，不是評夢窗。

又說：

周濟選四家詞……列夢窗為四家之一……以領袖一系統，並稱「夢窗奇思壯采，……為北宋之穠摯」這真是誇張而又誇張了。夢窗詞本缺乏「奇思」更無「壯采」，那裡能夠「騰天潛淵」呢？

而薛礪若在其《宋詞通論》一書中亦云：

他的天才並不高曠，故辭華亦不能奔放勁健。他既不能望塵稼軒亦不能追摹白石……瞿庵先生謂其「才情超逸」實在是適得其反。

此外朱彊村先生雖曾經窮二十餘年之力，四校夢窗詞，並寫為《夢窗詞集小箋》；而陳洵則更欲抉夢窗詞之精微幽隱寫為《海綃說詞》。只是可惜朱氏之《小箋》除箋注人名地名一些出處故實外，對詞之意境內容並無解說；而陳氏之說又復既簡且奧，對初學讀詞的人而言，仍然是不易了解和接受。

我在早歲讀詞的時候就並不能欣賞夢窗詞，然而近年來，為了要給學生講授的緣故，不得不把夢窗詞重新取讀，如戈載之所云：「細心吟繹」了一番，於是乃於夢窗詞中發現一種極高遠之致，窮幽豔之美的新境界，而後乃覺前人對夢窗所有讚美之詞都為有得之言，而非誇張過譽；而所有前人對夢窗詆毀之詞乃不免如樊增祥氏之所云：

世人無真見解，惑於樂笑翁七寶樓臺之論，……真聾談耳。（見樊評彊村氏稿本）

此外我還更有一個發現，就是夢窗詞之運筆修辭，竟然與一些現代文藝作品之所謂現代化的作風頗有暗合之處，於是乃恍然有悟夢窗之所以不能得古人之欣賞與了解者，乃是因其運筆修辭皆大有不合於古人之傳統的緣故；而其亦復不能為現代人所欣賞了解者，則是因為他所穿著的乃是一件被現代人目為殮衣的古典的衣裳，於是一般現代的人乃遠遠地就對之望而卻步，而不得一睹其山輝川媚之姿，一探其蘊玉藏珠之富了。是夢窗雖兼有古典與現代之美，而卻不幸地落入了古典與現代二者的夾縫之中。東隅已失，桑榆又晚，讀夢窗詞，真不得不令人興「昔君好武臣好文，君今愛壯臣已老」的悲慨了。

夢窗詞之遺棄傳統而近於現代化的地方，最重要的乃是他完全擺脫了傳統上理性的羈束，因之在他的詞作中，就表現了兩點特色，其一是他的敘述往往使時間與空間為交錯之雜揉；其二是他的修辭往往但憑一己之感性所得而不依循理性所慣見習知的方法。茲先從夢窗詞第一點特色時空之雜揉而論：中國文學之傳統中，雖然也重視感性之感受，而其寫作之方法，則無論為敘事、抒情或寫景，卻大多以合於理性之層次與解說為主。長篇敘事之作如蔡琰的〈悲憤詩〉，樂府的〈孔雀東南飛〉，以迄於杜甫的〈北征〉、〈詠懷〉，白居易的〈長恨歌〉、〈琵琶行〉，其敘述的方法，可以說莫不是有始有終層次分明的；至於抒情之作，如〈古詩十九首〉之「思君令人老」、「空牀難獨守」、「泣涕零如雨」、「愁多知夜長」、「徙倚懷感傷」諸語，也莫不是真摯坦率明白易解的；至於寫景之作更是早自〈詩品序〉就已經說過：

「思君如流水」既是即目；「高臺多悲風」亦惟所見；「清晨登隴首」羌無故實；

「明月照積雪」詎出經史：觀古今勝語，多非補假，皆由直尋。

而王國維先生《人間詞話》亦曾云：

詞忌用替代字，美成〈解語花〉之「桂華流瓦」境界極妙，惜以桂華二字代用耳。

又云：

「采菊東籬下，悠然見南山。山氣日夕佳，飛鳥相與還。」「天似穹廬，籠蓋四野。天蒼蒼，野茫茫，風吹草低見牛羊。」寫景如此，方為不隔。

可見中國之詩歌，無論其為敘事、抒情或寫景，皆以可在理性上明白直接地理會或解說者為佳作。

然而夢窗之表現，卻恰好與此種作風完全相反，所以胡適先生在其《詞選》一書中談到夢窗時，就曾經舉其詠玉蘭的一首〈瑣窗寒〉❶為例，而大加譏議說：

一大串的套語與古典堆砌起來，中間又沒有什麼詩的情緒或詩的意境作個綱領，我們只見他時而說人，時而說花；一會兒說蠻腥和吳苑，一會兒又在咸陽送客了。

而劉大杰的《中國文學發展史》則一方面引用胡先生的話，對夢窗的〈瑣窗寒〉詠玉蘭一詞也大加譏議說：

吳文英的詠物，大半都是詞謎。

---

❶ 瑣窗寒（詠玉蘭）

紺縷堆雲，清顋潤玉，氾人初見。蠻腥未洗，海客一懷悽惋。渺征槎去乘閬風，占香上國幽心展。□（原缺一字）遺芳掩色，真姿凝澹，返魂騷畹。

一盼。千金換。又笑伴鴟夷，共歸吳苑。離煙恨水，夢杳南天秋晚。比來時瘦肌更銷，冷薰沁骨悲鄉遠。最傷情，送客咸陽，佩結西風怨。

一方面更舉夢窗〈高陽臺〉詠落梅❷一詞為例，批評說：

外面真是美麗非凡，真是眩人眼目的七寶樓臺，但仔細一讀便發現兩句一節，三句一節，可以分成六七節，前後的意思不連貫，前後的環境情感也不融合，好像是各自獨立的東西，不是一首折不開的詞，他在這裡失卻了文學的整體性與聯繫性，這正是張炎所說的，只有外形而無連貫的弊病。

可見夢窗詞的這種將時間與空間，現實與假想錯綜雜揉起來敘述的方法，正是使一般讀者對之不能了解接受的一大原因。如文學批評界之名人胡氏與劉氏尚不免於如此，那麼一般初學的青年既對夢窗詞外表之古典艱深望而卻步於前，又依據諸名家對夢窗詞譏議

❷ 高陽臺（詠落梅）

宮粉雕痕，仙雲墮影，無人野水荒灣。古石埋香，金沙鎖骨連環。南樓不恨吹橫笛，恨曉風千里關山。半飄零，庭上黃昏，月冷闌干。

壽陽空理愁鸞。問誰調玉髓，暗補香瘢。細雨歸鴻，孤山無限春寒。離魂難倩招清些，夢縞衣解佩溪邊。最愁人，啼鳥清明，葉低青圓。

之批評而有所憑恃於後，則夢窗詞之沉晦日甚，知者日尠，幾乎是命定的趨勢了。

而其實對夢窗詞如果換一種眼光來看，不以理性去解說，而以感性去體認，就可探觸到他蘊蓄的豐美了。就以被胡適先生所譏議的〈瑣窗寒〉詠玉蘭一詞來看，楊鐵夫在其《夢窗詞選箋釋》一書中就曾經說：

題標玉蘭，實指去姬，詩之比體；上闋映合花，下闋直說人，又詩之興體。

又云：

夢窗一生恨事全見。

而吳梅在其《詞學通論》一書中也曾讚美為劉大杰氏所譏議的〈高陽臺〉詠落梅諸作云：

俱能超妙入神。

可見如果從比興之觸發聯想及其神致之超妙來看，這兩首詞原都自有其大可吟味玩賞之處。只是在中國文學中之所謂比興，雖然早自《詩經》時代便已有之，然而數千年來卻一直被拘限在一個較狹隘較現實的域限中，而未曾給予感性之觸發與聯想以更大的馳騁飛躍的機會。如《詩經》之〈桃夭〉與〈關雎〉，所謂比興之作也。然而，一則〈桃夭〉、〈關雎〉所寫的「宜室宜家」與「鍾鼓樂之」的感情，都是極為現實的感情（我曾將感情試分為現實的感情與意象化之感情。參看拙作《迦陵談詩》〈論杜甫七律之演進〉與〈幾首詠花的詩〉二文）；再則「桃之夭夭」與「關關雎鳩」，其所取喻的事物，也都是極為現實的事物；三則自「桃之夭夭，灼灼其華」轉到「之子于歸，宜其室家」，或者自「關關雎鳩，在河之洲」轉到「窈窕淑女，君子好逑」其間也都有一個顯明的比興的段落可見。這種觸發及聯想實在是較為現實而拘狹的，然而《詩經》乃是大約三千年以前的作品了，《詩經》所敘寫的內容以及其所用以敘寫的方法，在當時而言，可能是極為新穎而美好的。然而如果千年以後的人，仍把千年以前的人篳路藍縷所開闢出來的一條徑路，竟然認為是通往天下四方的唯一大道，就未免過於自限自封了。更何況《詩經》自被尊為經典以後，說詩者更專以〈詩序〉詩教為說，於是中國詩中的比興，就由《詩經》時代之作者的雖然簡單卻極自由的聯想觸發，更套上了一個愈加狹隘的不自由的枷鎖，那就是君國忠愛與夫感遇傷時的託意。而夢窗的詞，一則在他的身世方面，我們既找不到什麼忠愛的事蹟或高卓的名節可以給予人們以解說的資料或尊重的條件。再則夢窗詞中的感發聯想，又往往絲毫沒有理性的層次途徑可以作為明確的段落或呼應的線索，於是人們既先從夢窗品節之無足稱抹煞了對他的詞探尋的價值；復又因夢窗字句的不易懂，自絕了向他的詞探尋的途徑，遂不免以為他的詞晦澀不通一無可取了。於是胡適先生乃譏其〈瑣窗寒〉一詞為「時而說人，時而說花；一會兒說鑾腥和吳苑，一會兒又在咸陽送客了」。

其實就詩人之感發與聯想而言，方其對花懷人之際，在其意念中，花之與人原來就是合一而不可分的，則夢窗自然大可以時而說花時而說人了。至於「鑾腥」和「吳苑」乃是暗指江南花所產之地；「咸陽送客」則是用李賀詩「衰蘭送客咸陽道」的典故，寫花所觸引感發的一段哀怨的離思，「咸陽」原不必指陝西之「咸陽」，而「吳苑」亦不必指夫差之宮苑，則又何怪乎夢窗「一會兒說鑾腥和吳苑，一會兒又在咸陽送客」呢？

如此等例證，夢窗尚非將現實之空間與時間混淆，不過全為借喻而已，胡適先生已以為不可解喻；至如夢窗之另一首〈霜葉飛〉重九詞❸之「彩扇咽寒蟬，倦夢不知蠻素」二句，夢窗乃竟將今日實有之寒蟬，與昔日實有之彩扇作現實的時空的混淆，而將原屬於「寒蟬」的動詞「咽」，移到「彩扇」之下，使時空作無可理喻之結合，而次句之「倦夢」則今日寒蟬聲中之所感，「蠻素」則昔日持彩扇之佳人，兩句神理融為一片，而全不作理性之說明，而也就在這種無可理喻的結合中，當年蠻素之彩扇遂成為今日之一場倦夢而嗚咽於寒蟬之斷續聲中矣。

又如夢窗之〈齊天樂〉與馮深居登禹陵詞：「寂寥西窗坐久，故人慳會遇，同翦鐙語，積蘚殘碑，零圭斷璧，重拂人間塵土」數句，如果僅從字面來看，則地在西窗，何有殘碑？事為翦燈，何緣拂土？此種空間與時間之錯綜亦非理性可以接受，然而乃竟由於此一錯綜之結合，而白晝登禹陵時所感到的三千年往事之興亡悲慨，乃於深宵翦燈共語之際，而一一湧現燈前，且與故人今昔睽隔之人世無常的悲慨，渾然結合而成為一體了（參看後所附詞說）。

❸ 霜葉飛（重九）

斷煙離緒關心事，斜陽紅隱霜樹。半壺秋水薦黃花，香噀西風雨。縱玉勒輕飛迅羽。淒涼誰弔荒臺古。記醉蹋南屏，綵扇咽寒蟬，倦夢不知蠻素。

聊對舊節傳杯，塵牋蠹管，斷闋經歲慵賦。小蟾斜影轉東籬，夜冷殘蛩語。早白髮緣愁萬縷。驚飆從捲烏紗去。漫細將茱萸看，但約明年，翠微高處。

這種時空錯綜的敘寫方法，在中國舊文學中，當然是極為新異而背棄傳統的，然而在今日現代化之電影、小說及詩歌中，如法國亞倫勒奈 (Alain Resnais) 所導演的電影《廣島之戀》(*Hiroshima Mon Amour*) 及《去年在馬倫巴》(*L'Année Derniére à Marienbad*)；美國威廉福克納 (William Faulkner) 的小說《聲音與憤怒》(*The Sound and the Fury*)；艾略特 (T. S. Eliot) 的詩歌〈荒原〉(The Waste Land)，這種時空錯綜的表現手法，竟然可以說已經是極為習見的了。然則夢窗詞昔日所為人譏議的缺點，豈不正成為了這一位詞人所獨具的超越時代的深思敏悟的創作精神之證明，這是我所說的夢窗詞的第一點特色。

至於夢窗詞的第二點特色，也就是我前面所說到的他的修辭乃往往但憑一己之感性所得，而並不一定依循理性所慣見習知的方法，我試簡稱之為感性的修辭。在中國舊文學之傳統中，修辭方面所最為講求的，就是「用典」與「出處」，此二者看似相近，而實在卻並不全同。先從涵義上講，「用典」是說某一個辭語中包含有若干故實，而詩人用此一辭語時，其所取義又必多少與其中所蘊含之故實有相關連之處。如義山詩之「賈氏窺簾韓掾少，宓妃留枕魏王才」二句，上一句是用晉賈充的女兒賈午與司空掾韓壽因偷窺而相愛悅的故事，見於《晉書・賈充傳》及《世說新語》。下一句是用曹子建與甄后的一段戀愛的傳說，見於《文選・洛神賦》注。而義山用這兩個典故乃正是用以寫一份相思戀愛的春心，所以接下去便說：「春心莫共花爭發，一寸相思一寸灰」，這種用法是所謂「用典」。至於「出處」，則如杜甫〈秋興〉八首之一的「江間波浪兼天湧，塞上風雲接地陰」。這兩句之中原無任何故實，而僅是杜甫當時在夔州所見江峽中的眼前景物而已。但仇兆鰲注這兩句詩時卻引了虞炎詩的「三山波浪高」，《莊子》的「道兼於天」，庾信詩的「秋氣風雲高」，漢武帝諭淮南王書的「際天接地」等許多古書，來作注解。其實杜甫的詩句與這些人的作品可以說毫不相干，不引注這些古書，我們讀起來，也許反而更覺得簡單容易些；然而仇兆鰲竟然要引的緣故，他的目的只是要證明杜甫詩的「無一字無來歷」，每個辭彙，都有它的「出處」，而非杜甫所杜撰妄用。

以上是簡單說明「用典」與「出處」二者在涵義上的不同。至於如何運用「典故」與「出處」，在中國舊文學中，也有一個傳統的觀念，那就是「用典」要妥貼習見使讀者易於接受，而不可過於冷僻生澀；而「出處」則要使每個辭語都有來歷，而不可妄自杜撰新辭。如義山詩所用的兩個典故，一出於《晉書》與《世說》，一出於《文選》李善注，這些書既都是讀書人所必讀和習見的書，這些故事更是極其膾炙人口的故事，像這樣的用典就不是冷僻生澀了（義山亦往往有用僻典之詩，非今所論，故從略）。至於杜甫的兩句詩，則幾乎真是「無一字無來歷」，如此種用字修辭，一則可以見作者之博學，一則可以使讀者易於接受，這正是屬於中國文學傳統上的正統作法。而夢窗之為詞，卻往往與這兩種情形完全相反，他在用典方面喜用冷僻之典，而在用字方面則更喜歡自創新辭。沈義父《樂府指迷》評夢窗詞就曾經說：

其失在用事下語太晦處，人不可曉。

鄭文焯〈夢窗詞跋〉亦云：

詞意固宜清空，而舉典尤忌冷僻，夢窗詞高雋處固足矯一時放浪通脫之弊，而晦澀終不免焉。至其隸事雖亦淵雅可觀，然鍛鍊之工，驟難索解，淺人或以意改竄，轉不能通，此近世刻本譌變之甚於諸家，當時流傳所為不廣也。

胡雲翼《詞學概論》也引沈義父的話，以為夢窗詞「用事下語太晦」，而且更加上按語說：

他的長調幾乎沒有一首可讀的。

可見夢窗詞舉典之冷僻，與其用事下語之晦，是早已為人所訾病的了。

我們現在就從夢窗詞中舉幾個例證來看一看。如胡適先生所譏的〈瑣窗寒〉詠玉蘭一詞，開端第三句有「汜人初見」之語，毛本「汜」字作「記」字，胡適先生《詞選》從毛本作「記」。表面看來，好像「記人初見」四字更為清楚明白，然而杜文瀾《曼陀羅華閣叢書》本《夢窗詞》校此句云：「『記人』疑『汜人』之誤。」朱氏《彊村叢書》本從杜校作「汜」而誤刻寫「氾」，當從杜本作「汜」為是。蓋「汜人」二字，原有一故實，唐沈亞之〈湘中怨解〉云：

湘中怨者，事本怪媚，為學者未嘗有述……垂拱（武后）年中，……太學進士鄭生晨發銅駝里，乘曉月渡洛橋，聞橋下有哭甚哀，生下馬，尋聲索之。見豔女翳然蒙袖曰：「我孤，養於兄，嫂惡，常苦我。今欲赴水，故留哀須臾。」生曰：「能遂我歸之乎？」應曰：「婢御無悔。」遂與居，號曰汜人。能誦楚人〈九歌〉、〈招魂〉、〈九辯〉之書。亦常擬其調，賦為怨句。其詞麗絕，世莫有屬者。……居數歲，生遊長安，是夕謂生曰：「我湘中蛟宮之娣也，謫而從君，今歲滿，無以久留君所，欲為訣耳。」即相持涕泣，生留之不能，竟去。後十餘年生之兄為岳州刺史，會上巳日與家徒登岳陽樓。望鄂渚，張宴樂酣，生愁吟曰：「情無垠兮蕩洋洋，懷佳期兮屬三湘。」聲未終，有畫艫浮漾而來，中為綵樓，高百餘尺，……其中一人起舞，含嚬淒怨，形類汜人……須臾，風濤崩怒，遂迷所往（《四部叢刊・沈下賢集》卷二雜著頁十四〈湘中怨解〉）。

夢窗此詞，乃藉詠玉蘭懷其去姬之作。自以用「汜人」之典為更有深意。「汜人初見」者，意謂我今日之見此如人之花，恍如我當日初見彼如花之人，而彼人者乃如「汜人」之豔美多情，亦如「汜人」之分離睽隔矣。人與花既於此四字中交融為一，而無限纏綿淒怨之情，又更復盡在於言外。毛本誤「汜人」為「記人」，變深曲之情，為淺直之語。且「汜人」一詞，不直指人，因之乃更可作為花之象徵代語。而「記人初見」則但指人事，自無怪胡先生以為此詞「時而說花，時而說人」，而不見其融會貫通之妙了。

此外又如夢窗〈齊天樂〉與馮深居登禹陵一首中有「翠蓱溼空梁，夜深飛去」二句，「蓱」字惟杜校本及彊村校本作「蓱」，他本皆作「萍」，近人編錄此詞更有誤作「屏」

字者。蓋夢窗此二句詞中所包含之當地的許多神話傳說，則更加不為一般人士所知（詳後所附詞說）。是以歷代箋注夢窗詞者，乃多將此句略去，不加注釋。不注，不是因其易解，而正是因其難解。近日我為了要解說此詞，檢閱《大明一統志》及其所引之《四明圖經》，始知禹廟之梁，舊傳有「張僧繇畫龍於其上，夜或風雨，飛入鏡湖」之事（詳後所附詞說）。而楊鐵夫《箋釋》因不知此一故實，乃竟欲改「蓱」字為「蕅」字，以為乃苔蘚之意。然而如果為苔蘚，則梁上之苔蘚如何能「溼」？又如何能「飛去」？如此等例證，正為鄭文焯氏所云：「淺人或以意改竄，轉不能通，此近世刻本譌變之甚於諸家」者也。

就刻本之譌與讀者之不易了解而言，此固為讀夢窗詞之一大病，然其責任乃大部在於刻本與讀者之荒疏淺薄。至於以作者而言，則未可妄譏其用事下語之晦也。蓋以每人讀書時所擇取之標準及其所接觸之範疇各有不同，在此一些人以為是生澀冷僻的典故，安知在彼一些人不竟以為是熟知習見呢？即如前所舉之二例：「氾人」之典出於沈亞之《湘中怨解》，此一典故雖然不似前所舉義山詩所用之《晉書》、《世說》、《文選》諸書之典故為一般讀書人所熟悉，然而以一位詩人詞人而言，則沈亞之的《沈下賢集》也不能算是僻書（《四部叢刊》影印所據即為宋哲宗元祐年間刊本）。而且更何況與夢窗同時代的周草窗，在其集中題趙子固淩波圖〈國香慢〉一詞，即亦有「經年汜人再見」之語。則「汜人」一辭，在當時詞人作品中之並非僻典，於此可見。至於「翠蓱溼空梁」一句，則夢窗四明人，即用四明當地之神話傳說，就地取材，當然更不能說是僻典。

而且以詩人之用典而言，我以為即使其所用者真是僻典，也並不能說是詩人之大病。因為詩人之所表現者原當以內容之情意境界為主。如果有一個辭語，詩人以為用之可以有更恰當，或更豐美的涵義，那麼當然就可以用這一個辭語，而不必為了要適合世俗的讀者而去削足適履更換一個淺俗而狹隘的辭語來用。即以近世西方著名的詩人艾略特而言，他用英語寫詩，然而在他的〈荒原〉一詩中，他所用的字彙與典故，就竟然不限於英語的文字。其用典與下字不可不謂之生澀冷僻，然而在他的詩中，其氣氛感人之濃烈，意境蘊蓄之深廣，則凡是具眼的讀者，卻是莫不眾口一辭的加以讚賞和稱譽的。

固然我們也決不能說一個詩人的作品，因使用僻典而使讀者覺得不易懂是他的長處。但只要在他的作品中，果然有真正的內容和感受；而他的用辭，不論其為生澀或淺易，也確實忠於作品的內容，忠實於作者自己的感受，則雖有晦澀之病，我以為也比一些為取悅於世而自欺欺人的作品要好得多了。更何況每人所生長的身世環境不同，性情資質各異，如中國的李賀，西方的愛倫坡 (Edgar Allan Poe)，他們作品中所有的一種陰森神祕的氣氛，在常人看來，以為怪異難解的，而在他們自己說來，卻也許這才正是他們的本色。試想如果要李賀去學白居易，愛倫坡去學弗洛斯特 (Robert Frost)，那豈非反而驅使他們去作偽？而且又安見得白居易與弗洛斯特之必賢於李賀與愛倫坡呢？夢窗詞善用僻典，這一點我們縱然不能說是他的長處，但至少夢窗之用典，絕非如一般人所云的只是「古典與套語的堆砌」或「破碎的美麗詞句」而已；而是其中確有夢窗所特有的一種境界，也確有夢窗一份自我的真實的感受。只是他不大肯遵循一般人理性上所慣見習知的傳統而已。

以上是談夢窗詞之用典；其次，我們再談夢窗詞之用字：如其〈高陽臺〉豐樂樓❹一首，其中有「飛紅若到西湖底，攪翠瀾總是愁魚」之句，其「愁魚」一詞就是一個毫無出處的生詞。因為在中國文學的傳統觀念中，游魚似乎一直是象徵著悠游自在的生活

---

❹ 高陽臺（豐樂樓）

修竹凝妝，垂楊駐馬，憑闌淺畫成圖。山色誰題，樓前有雁斜書。東風緊送斜陽下，弄舊寒晚酒醒餘。自銷凝，能幾花前，頓老相如。

傷春不在高樓上，在鐙前欹枕，雨外熏鑪。怕艤遊船，臨流可奈清臞。飛紅若到西湖底，攪翠瀾總是愁魚。莫重來，吹盡香緜，淚滿平蕪。

的。從《詩經》的「鳶飛魚躍」，莊子的「濠上魚樂」；到陶淵明的「臨水愧游魚」，杜工部的「細雨魚兒出」；以迄蘇東坡的「曲港跳魚」，姜白石的「老魚吹浪」；無論其為魚是「躍」，是「樂」，是「游」，是「出」，是「跳」，是「老」，總之魚所暗示的，乃是一種自得的無憂的情意。而今夢窗竟爾自出新意，創造了「愁魚」一辭，則其不被讀者目以為杜撰湊韻者幾希。然而我們試從這首詞所寫的「東風緊送斜陽下」的無常之哀感；及「鐙前欹枕，雨外熏鑪」的寂寞之生活，與「臨流可奈清臞」的衰病的形容來看，則以如此悲哀、寂寞、衰病的詩人，面對春歸的處處飛花，其中心所懷的一份哀愁的情意當然可想而知。昔李賀有詩句云：「天若有情天亦老」；義山亦有詩句云：「絮亂絲繁天亦迷。」蓋自有情之詩人視之，以彼亙古長存之無生命無知覺之「天」，尚可能因有情而不免有衰老之日，迷惘之時；然則當無數飄飛之落紅，沉入西湖底的時候，那些在湖水的碧波中，與眾生一樣擾攘生活著的有生命有知覺的群魚，豈不亦當有春歸花落的無常之哀感乎？故曰：「飛紅若到西湖底，攪翠瀾總是愁魚。」此種將無情之物視為有情，無愁之物視為有愁之寫法，如長吉、義山、夢窗之所為，我以為正是屬於此一類型的善感之詩人的特色。何況豐樂樓在杭州，夢窗在杭州有不少悼他的一位亡妾之作，則此一「魚」字豈非更可能有悼亡的「鰥魚」之涵義，則更不能目之為杜撰湊韻了。

此外又如夢窗〈八聲甘州〉靈巖陪庾幕諸公遊一首，其中有「箭徑酸風射眼，膩水染花腥」之句。在這二句中「酸風」一辭雖非夢窗所自創，而是襲用李賀〈金銅仙人辭漢歌〉中「東關酸風射眸子」之句；然此二字實在仍能予人以極強烈新鮮之感受。蓋「風」所予人之感受，原為屬於身體上之觸覺，如「暖風」、「寒風」；「酸」則為屬於口舌之味覺，如「酸梅」、「酸醋」。然而當吾人嘗味酸的食物之時，牙根口舌之間，自會有一種酸軟難以支持的感覺；此種感覺亦可發生於身體之各部，如腰、腿、眼、鼻之間。今者寒風撲面，乃使人眼鼻之間有酸而欲泣之感；然則此種之風，豈不正可稱之為「酸風」。這種新辭之創造，正由於詩人之一份銳敏的聯想與感受。在這一點上，夢窗與李賀同為最善於以感性修辭的詩人。所以鄭文焯〈夢窗詞跋〉稿本即曾評夢窗云：

> 其取字多從長吉詩中得來，故造語奇麗。世士罕尋其源，輒疑太晦，過矣！

夢窗之喜用長吉詩句，正因其在以感性修辭脫棄傳統的一點上有相似之處的緣故。

在此二句詞中，夢窗不僅襲用了長吉詩的「酸風」一辭，而且夢窗自己更是也用這種方法來自創新詞。如次句之「花腥」就是夢窗所自創的新詞。因為在傳統上，詩人談到花的氣味，總是用「芬」、「芳」、「馨」、「香」等字來描寫形容，而談到魚、肉、蝦、蟹等腥臭之物時，纔會用「腥」字，而現在夢窗居然用了「花腥」二字；這種用字當然不合於理性上慣見習知的用法。然而試想，文英此詞所憑弔之地乃是當日之吳宮舊址，想像中此地流水之中固猶有當日美人所棄之脂水也。則此地之花香，固已不為單純之花香，故於「花腥」二字之上，著以「膩水染」三字。夫為殘脂剩粉所汙染者，自然別具一種刺鼻之氣味，而非單純之花香矣；故曰「腥」也。再則此吳宮舊址，曾幾經戰亂興亡；則今日憑弔之人，聞花香之氣，而別具興亡之感；則在詩人之感覺中，此地之花香亦已不僅為單純之花香而已；此所以曰「腥」之又一因也。故於花下著一「腥」字，則美人當日之脂膩，詩人今日之深悲，皆於此一字中以強烈而新鮮之感受，向人撲面襲來。這種用字修辭的方法，雖然不盡合於理性上慣見習知之途徑，然而其間卻確實有作者一份真切的感受與內容，而絕非妄自標新立異。更何況「腥」字在中國傳統詩歌中，一方面雖不用於單純形容花之氣味，然而另一方面則又確實可用以形容植物草木之氣味，此在南宋詩人尤喜用之。如陸游詩即曾有「雷塘風吹草木腥」之句，汪元量詩亦曾有「西望神州草木腥」之句。是「腥」字不但可用以形容草木之氣味，而且言外更別有戰亂血腥之悲慨。則夢窗之用「花腥」二字，亦不但非湊韻妄用，其出人意外入人意中之妙，與其感受之鮮明，涵義之深遠，更直使千古亂亡之血腥與今日水邊之花香揉為一體。則讀者又豈可以之為晦澀生硬，而將夢窗極富有創造力的銳敏的感受，與豐富的聯想，全部抹煞，而妄加訾議。

而且如西方之艾略特在其〈普魯佛克底戀歌〉(Love Song of Alfred Prufock) 一詩的開端就曾用一隻慵懶的貓的揉摩腰背的動作來描寫慵倦的暮靄。以理性來說，則暮靄何嘗會有腰與背？然而透過了描寫貓的動作的字樣，我們卻對暮靄中那一種奄奄然慵倦無奈的感覺，有了更親切鮮明的感受。可見夢窗這種背棄傳統理性，而純以感性修辭的方法，被昔人所指為「用事下語太晦處，人不可曉」之處，原來卻正大有合於現代化之寫作途徑，這是夢窗詞之第二點特色。

關於夢窗之為人及其詞作之內容，值得分析研究的地方還有許多。本章只想以現代人的觀點標舉出夢窗詞之兩點特色，欲使讀夢窗詞之讀者能於被傳統所訾議的堆垛晦澀中，以較新的觀點看出其結構組織之神奇精密，及其所包含蘊蓄的幽微精美；然後知夢窗詞之七寶樓臺拆碎下來，不僅不是「不成片段」，而是每一片段與每一片段之間都有著鉤連鎖接之妙。而且更可讚賞的乃是我們可以窺見，在這座七寶樓臺之中，原來還深隱著有一位倩盼淑姿的絕世佳人。然後始能不為張炎之說所誤，而對夢窗詞有更進一步的欣賞和了解。因命題曰：拆碎七寶樓臺——談夢窗詞之現代觀。

二、夢窗詞釋例

(一)齊天樂　與馮深居登禹陵

三千年事殘鴉外，無言倦憑秋樹。逝水移川，高陵變谷，那識當時神禹？幽雲怪雨，翠蓱溼空梁，夜深飛去。雁起青天，數行書似舊藏處。寂寥西窗坐久，故人慳會遇，同翦鐙語。積蘚殘碑，零圭斷璧，重拂人間塵土。霜紅罷舞，漫山色青青，霧朝煙暮。岸鎖春船，畫旗喧賽鼓。

此詞題云：「與馮深居登禹陵」。據朱孝臧《夢窗詞集小箋》引《宋史》列傳云：

馮去非，字可遷，南康都昌人。淳祐元年進士。幹辦淮東轉運司。寶祐元年召為宗學諭。

又引《絕妙好詞箋》云：

馮去非，號深居。

按夢窗詞中馮氏之名凡兩見。一為此詞題，又一則為〈燭影搖紅〉詞題云：

餞馮深居，翼日其初度。

夢窗在此詞中既有「故人」之言，在〈燭影搖紅〉一詞中亦有「暗淒涼東風舊事……十載吳宮會」之語。知二人必為多年舊交。而據《宋史‧馮去非傳》所載云：

馮去非……寶祐四年召為宗學。丁大全為左諫議大夫，三學諸生叩閽言不可。帝為下詔禁戒，召立石三學，去非獨不肯書名碑之下。……未幾，大全簽書樞密院事。……去非以言罷歸。

又載其去官後曾有言曰：

今歸吾廬山，不復仕矣。

夫丁大全於理宗之世，夤緣取寵，諂事內侍，貪縱淫惡之行，具見《宋史》，而馮氏獨能介然有以自守，則其人之志節自可想見。夢窗之為人，雖無詳細之史實可徵。然觀夫此詞所寫，則託意深遠，慼慨蒼茫，固隱然有時世之慨存乎其間者也。

禹陵者，夏禹之陵也。在浙江省紹興縣東南會稽山。《越絕書》云：

禹始也，憂民救水，到大越，上茅山，大會計。……更名茅山曰會稽。及其王也，巡狩大越。因病亡死，葬會稽，葦槨桐棺，穿壙七尺，……壇高三尺，土階三等，延袤一畝。

《大明一統志．紹興府志》載：

夏禹王陵在會稽山禹廟側，宋乾德中嘗復會稽縣五戶，奉禹陵，禁樵採。

此詞為登禹陵而作，故一起便云：「三千年事。」蓋據史書所載，則夏禹之世約當紀元前二二〇五至二一九七年，而夢窗則生當南宋寧宗理宗之世，約當西元一二〇〇至一二六〇年（據夏承燾〈吳夢窗繫年〉之說），是就年數計之則夢窗之時上距夏禹之世固已實有三千三四百年之久。而況「三千」二字所予人之感受，實在又不僅只為一科學上之數字而已。蓋在我國傳統之意念中，「三」字固原有多數之意，凡一二之所不能盡者，皆可約之以三（參看清汪中〈釋三九〉之說），故「三」字予人之感受已有極眾多之意。而「千」字之為多數之意，則較之「三」字尤為顯明真切，如云「千古」、「千秋」、「千年」、「千歲」，皆為極久遠之意，而不必以「千」之數目為限者也。今此詞一起便云：「三千年事」，則遠古荒茫，悠忽遼遠，此在時間上固早予讀者以一極沉重而悠久之負荷；而全詞所蘊含之無窮千古之慨，乃亦大有觸緒紛來之勢。而又繼之以「殘鴉外」三字，就「殘鴉」而言，固當是登臨時之所見。昔杜牧〈登樂遊原〉詩有句云：

長空澹澹孤鳥沒，萬古銷沉向此中。

此正為「殘鴉」二字，所予人之景象與感受。至於「外」字，則歐陽修〈踏莎行〉有句云：

平蕪盡處是春山，行人更在春山外。

就夢窗此詞而言，則是殘鴉蹤影之沒固已在長空澹澹之盡頭，而三千年往事之銷沉，則更在此已消逝之殘鴉影外，於是時間與空間，往古與今日乃於七字中結成一片，此無際之荒遠寥漠之感，向讀者侵逼包籠而來。其所以彌深此無可追尋之荒遠之感者，蓋因夢窗當日曾抱有無限追懷之一念耳。然則夢窗當日所登臨者何地？則禹陵也；所追懷者何人？則禹王也。蓋在我國遠古帝王之中，就史書之所載，固以夏禹之功績最為卓偉，而其用力亦最為勤勞。昔辛棄疾〈生查子〉題京口郡治塵表亭詞云：

悠悠萬世功，矻矻當年苦。魚自入深淵，人自居平土。

紅日又西沉，白浪長東去。不是望金山，我自思量禹。

是禹王固正有其可以引人懷思追念者在也。蓋在夏禹當世，人民之所患者，厥惟洪水猛獸而已。而禹王之所致力者，即正在消滅此一人類之大患。「魚自入深淵」，是鳥獸各歸其藪，則人得「平土」而居。此在禹王當日之意，固自以為人類之大患既除，則自茲而後千年萬世，人類固當可以長享安樂之生活矣。此所以其「功」固足以「悠悠萬世」，而其致力之「苦」亦正復不辭「矻矻當年」者也。而今則「白浪」之「東去」依然，「紅日」之「西沉」如故，而人世之戰亂流離，憂患苦難，乃有千百倍於當年之洪水猛獸者。然則今日之世，豈復能更有一人，如當日禹王之具有拯拔人類消滅大患之宏願偉力者乎？此稼軒之所以對金山而思量夏禹，夢窗之所以望殘鴉而追懷三千年之往事者也。

然而禹王不復作，前功不可尋，所見者惟殘鴉影沒，天地蒼茫，則何地可為託身之所乎？故繼之則云：「無言倦憑秋樹」也。語有之云：「予欲無言」；又曰「夫復何言」，其所以「無言」者，正自有無窮「不忍明言」「不能盡言」之痛也。然則今日之登臨，於追懷感慨之餘，其所能為者，亦惟「倦憑秋樹」而已。此處著一「倦」字，其疲倦之感，自可由登臨之勞倦而來，此楊鐵夫《箋釋》之所以云：「次句落到『登』字」

也。然而此句緊承於首句「三千年事」之下，則其所負荷者，固隱然亦正有千古人類於此憂患勞生中所感受之苶然疲役之悲在也。是則於此心身交憊之餘，豈不欲得一依倚棲傍之所？而其所憑倚者，則惟有此一蕭瑟凋零之秋樹而已。人生至此，更復何言，故曰「無言」也。其下繼云：「逝水移川，高陵變谷，那識當時神禹」乃與首一句之「三千年事」遙遙相應，故知其「倦憑秋樹」之時，必正兼有此三千年之滄桑深慨在也。曰「逝水移川」，則東流之逝水其水道固已幾經遷移；曰「高陵變谷」，則聳拔之高山乃竟淪為深谷。是禹王之宏願偉力，雖有足以使千百世下仰若神人者，然而其當年孜孜矻矻所疏鑿，欲以垂悠悠萬世之功者，其往跡乃竟谷變川移一毫而不可識矣，故曰：「那識當時神禹」也。三千年事，無限滄桑，而河清難俟，世變如斯，則夢窗之所慨者，又何止逝水高陵而已哉。

以下陡接「幽雲怪雨，翠蓱溼空梁，夜深飛去」三句，「貌觀之」，此等句固正不免於「雕繢滿眼」「堆垜」「晦澀」之譏，然而細味之，則知此數句運筆之神奇幻變，乃正有如周濟《宋四家詞選》之所云：

奇思壯采，騰天潛淵。

及其《介存齋論詞雜著》之所云：

空際轉身，非具大神力不能。

在此數句中，最難索解者，厥惟「翠蓱溼空梁」一句。夫「梁」者，固當為禹廟之梁。《大明一統志・紹興府志》載云：

禹廟在會稽山禹陵側。

又云：

梅梁，在禹廟。梁時修廟，忽風雨飄一梁至，乃梅梁也。

又按《四明圖經》：

鄞縣大梅山頂有梅木，伐為會稽禹廟之梁。張僧繇畫龍於其上，夜或風雨，飛入鏡湖與龍鬥，後人見梁上水淋漓，始駭異之，以鐵索鎖於柱。然今所存乃他木，猶絆以鐵索，存故事耳。（嘉瑩按《爾雅・釋木》：「梅，柟。」郝懿行《義疏》云：「梅或作楳，《詩正義》引孫炎曰：『荊州曰梅，揚州曰柟。』《一切經音義》廿一引樊光曰：『荊州曰梅，揚州曰柟，益州曰赤楩，葉似豫樟，無子。』蓋皆以梅柟為大木非酸果之梅。」今所傳梅梁或當為柟木之屬。）

夫禹廟既在禹陵側，則夢窗當日登臨足跡之所至，或瞻望之所及，必曾及於此廟，所可斷言者也。至於禹廟之梅梁及張僧繇畫龍於風雨中飛去之說，則以生為四明人之夢窗，必當極熟悉於此種種有關四明之神話及傳說。故此詞乃有「幽雲怪雨，翠蓱溼空梁，夜深飛去」之言。至於「翠蓱」之「蓱」字，前於第一節論夢窗詞之特色時已曾論及楊鐵夫欲改「蓱」字為「落」字，以為乃指梁上苔蘚之說，為不可信。然而此句除楊鐵夫之說外，又別無其他注釋可資採擇。其實「蓱」字原與「萍」字相通，然而「萍」乃水中植物，梁上何得有「萍」？是以多年前我初讀夢窗此詞時，原以為「萍」字乃指梁上所畫之藻飾，蓋中國古代建築之天花板與梁柱之間往往多繪有萍藻之花紋，梁間短柱既可稱曰「藻梲」，屋上承塵亦可曰「藻井」，而「翠蓱溼空梁」五字，不過寫繪有彩藻翠蓱之梁柱為雨所溼而已。及見《一統志》及《四明圖經》所載，然後乃知此句必非泛指，原來禹廟之梁乃有如許神怪之傳聞在也，然則另一最可能之解釋則當為梁上果然有水中之蓱藻，而此蓱藻則為飛入鏡湖之梁上之神龍所沾帶之鏡湖之蓱藻，然而此一說法必須有充足之根據始得成立。蓋以就中國詩詞中一般用事之習慣而言，皆必須謹守本事，不可妄自增改。據《一統志》及《四明圖經》所載，則此神話之傳聞中並無梁上有蓱藻之記載，是則夢窗不得於此妄以「蓱」字為指梁間有鏡湖之蓱藻，讀者更不得以個人之想像謂禹廟之梁間竟有鏡湖之蓱藻，此所以我當時雖曾有此一想而不敢妄自依以立說之故。然而近日偶於哈佛燕京圖書館中得一極珍貴之資料，即嘉慶戊辰重鐫采鞠軒藏版之陸游序本南宋嘉泰《會稽志》，其卷六禹廟一條竟載有禹廟梁上有水草之記載，云：「禹廟在縣東南一十二里，……梁時修廟，唯欠一梁，俄風雨大至，湖中得一木，取以為梁，即梅梁也，夜或大雷雨梁輒失去，比復歸，水草被其上，人以為神，縻以大鐵繩，然猶時一失之。」此條所敘，《大明一統志》、《大清一統志》、康熙《會稽志》並皆不載，然而欲以梁上有水草說此詞，則必須得此一根據方為可信。然而嘉泰《會稽志》則又不載張僧繇畫龍事，故必須以嘉泰《會稽志》與《四明圖經》合看，然後方知夢窗此詞之「翠蓱溼空梁，夜深飛去」數語乃真可謂無一字無來歷矣，是此數句乃正寫禹廟梁上神龍於風雨中飛入鏡湖與龍鬥，比復歸，水草被其上之一段神話傳聞也。而夢窗之用字造句則極恍惚幽怪之能事。蓋「翠蓱溼空梁」一句，原當為神梁化龍飛返以後之現象，而次句「夜深飛去」方為此現象發生之原因，是神梁先飛去入鏡湖與龍鬥，飛返時始有湖中水藻沾帶於梁上也，而夢窗卻將時間因果顛倒，先置「翠蓱溼空梁」一句突兀怪異之現象於前，又用一不常見之「蓱」字以代習用之「萍」字，夫「蓱」與「萍」二字雖通用，然而一則用險僻之字始更增幽怪之感，再則「蓱」字又可使人聯想及於《楚辭・天問》之「蓱號起雨」一句，乃大有幽雲怪雨，一時驚起之意，彊村先生於《夢窗詞》校勘最精，且曾獲睹明萬曆年間太原張廷璋氏舊鈔本，其校本之獨取「蓱」字，自非無見，總之此三句所予人之一片恍惚幽怪之感及渺茫懷古之思固極為真切鮮明，讀者正可自此數句中對此充滿神話色彩之古廟生無窮之想像。蓋夢窗之詞所予人者往往但重感受，而不重說明，神理意味極活潑而深切，惟不作明言確指耳。此正詆夢窗者之所以譏之為晦澀，譽夢窗者之所以稱其詞為「天光雲影，搖蕩綠波，撫玩無斁，追尋已遠」者也（見鄭文焯〈夢窗詞跋〉及周濟《介存齋論詞雜著》）。

後二句，則又就眼前景物寄慨，曰「雁起青天」形象色彩均極鮮明，知此景必為白畫而非黑夜所見，然後知前三句「夜深」云云者，全為作者懸空想像憑弔之言，並非實有也。此正前三句之運筆之所以出之以如許幻變神奇之故。而此句「雁起青天」四字，乃又就眼前景物以興發無限今古蒼茫之慨，故繼之云「數行書似舊藏處」也。據《大明一統志・紹興府志》載：

石匱山，在府城東南一十五里，山形如匱。相傳禹治水畢，藏書於此。

又《大清一統志・紹興府志》載：

宛委山，在會稽縣東南十五里。上有石匱，壁立干雲，升者累梯而上。《十道志》：「石匱山，一名宛委，一名玉笥，一名天柱，昔禹得金簡玉字于此。」《遁甲開山圖》云：「禹治水，至會稽宿衡嶺，宛委之神奏玉匱書十二卷，禹開之得赤珪如日，碧珪如月，是也。」

是會稽之宛委石匱山，固舊傳有藏書之說；雖然所傳者有夏禹於此得書或於此藏書二說之不同，然而要之此地之傳有藏書則一也。然而遠古荒忽，傳聞悠邈，惟於青天雁起之處，想像其藏書之地耳。而雁行之飛，其排列又正有如書上之文字，此在夢窗〈高陽臺〉豐樂樓一詞中，即有「山色誰題，樓前有雁斜書」之句可以為證。是則三千年前當日所傳之藏書固已渺不可尋；今日所見者，惟青天外之斜飛雁陣彷彿猶作當年書中之文字而已。時移世往，遼闊蒼茫，無限滄桑之慨，正與開端「三千年事殘鴉外」及「那識當時神禹」諸句遙遙相應，而予讀者以無窮悵惘追尋之深痛，以上前半闋全以登禹陵之所慨為主。

後半闋「寂寥西窗坐久，故人慳會遇，同翦鐙語」始寫入馮深居，呼應題面「與馮深居」四字。以章法言，固屬用筆周至；而以意境言，則以下數句，乃合三千餘年歷史滄桑之感，與個人一己離合今昔之悲，融為一體，錯綜並舉，而與前半闋之登臨遙遙相應，於是而馮深居遂與吳夢窗同在此登臨之深慨之中，而三千年往事乃亦倏然而來至此西窗鐙下矣。此三句詞，乃用李義山〈夜雨寄北〉「何當共翦西窗燭，卻話巴山夜雨時」之詩句，自無可疑。夫西窗翦燭共話，原當為何等溫馨之人事，而夢窗乃於開端即著以「寂寥」二字；又接以「坐久」二字，其所以久坐不寐之故，正緣於此一片寂寥之慼耳。昔杜甫〈羌村〉詩有句云：「夜闌更秉燭，相對如夢寐」；其〈贈衛八處士〉又有句云：

「人生不相見，動如參與商。今夕復何夕？共此鐙燭光。少壯能幾時？鬢髮各已蒼」，其「如夢」「參商」之感，其「少壯幾時」之悲，正皆為足以令人興寂寥之感者也。故夢窗於「寂寥西窗坐久」之下，乃接云：「故人慳會遇，同翦鐙語」；此情此景，豈非與杜詩所云：「人生不相見」及「夜闌更秉燭」之情景，正復相似乎？此三句，一氣貫下，全寫寂寥人世今昔離別之悲。

以下陡接「積蘚殘碑，零圭斷璧，重拂人間塵土」三句，初觀之，此三句似與前三句全然不相銜接，然而此種常人以為晦澀不通之處，實正為夢窗詞之特色所在。蓋夢窗詞往往但以感性為其連貫之脈絡，而極難以理性為明白之界劃及說明。此種特色原為長於觸發及聯想之一類詩人之所獨具。惟是在中國之傳統中，於詩歌之評說往往好出之以理性之分解。於其不可解者，則加之以晦澀堆砌之誚。詩人中之義山，詞人中之夢窗，皆嘗備受此厄。《四庫全書提要》論夢窗詞，即曾引沈義父《樂府指迷》及張炎《詞源》，謂夢窗「太晦」、「不成片段」，而歸結之云：「詞家之有文英，亦如詩家之有李商隱也」，而義山與夢窗，則為我國詩人詞人中最善於以感性為抒寫表現者也。此詞「積蘚殘碑，零圭斷璧」諸句一方面固全就感性抒寫予人以一片時空錯綜之感；一方面則又以靈氣運轉使無數故實翩翩起舞生姿。茲就其所用之故實而言，所謂「積蘚殘碑」者，楊鐵夫《箋釋》以為：「碑指窆石言」，引《金石萃編圖經》云：

禹葬會稽，取石為窆石，石本無字，高五尺，形如秤錘。蓋禹葬時下棺之豐碑。

據《大明一統志・紹興府志》載：

窆石，在禹陵。舊經云：禹葬會稽山，取此石為窆，上有古隸，不可讀，今以亭覆之。

知楊氏《箋釋》以碑指窆石之說為可信。昔李白〈襄陽歌〉云：

君不見晉朝羊公，一片古碑材，龜頭剝落生莓苔。

自晉之羊祜迄唐之李白不過四百餘年而已，而太白所見羊公碑下之石龜，則固已剝落而生莓苔矣。然則自夏禹以迄於夢窗，其為時既已有三千餘年之久，則其窆石之早已莓苔滿佈，斷裂斑剝，因屬事之當然者矣。著一「積」字足見苔蘚之厚，令人慨歷年之久；著一「殘」字又足見其圮毀之甚，令人興覽物之悲。而其發人悲慨者，尚不僅此也，因又繼之以「零圭斷璧」云云。前釋「數行書似舊藏處」一句時，已曾引《大清一統志》，知有「宛委之神奏玉匱……得赤珪如日，碧珪如月」之說；又據《大明一統志》載：

宋紹興間，廟前一夕忽光焰閃爍，即其處劚之，得古珪璧佩環藏於廟。然今所存，非其真矣。

按「珪」古「圭」字。是關於夏禹之陵廟既早有圭璧之傳說，而在南宋當時，或者廟藏之中果然亦尚留有圭璧之遺物。夫圭璧者，原為古代侯王朝會祭祀之所用；而今著一「零」字，著一「斷」字，則零落斷裂，無限荒涼，然則禹王之功績無尋，英靈何在？徒只古物殘存，供人憑弔而已；故繼之云：「重拂人間塵土。」於是前所舉之積蘚之殘碑，與夫零斷之圭璧，乃盡在夢窗親手摩挲拂拭之憑弔中矣。「拂」字上更著一「重」字，有無限低徊往復多情憑弔之意，其滿腹懷思，一腔深慨，固已盡在言外。

然而此句之尤妙者，則在夢窗於「塵土」之上所著之「人間」二字。夫古物之為土網塵封，此原為人所盡知之事，然而何必曰「人間」？若云塵土之為物原存在於「人間」，則此亦自然之事，又何必更著此二字，為明白之標舉？詳味詞意，然後知此「人間」二字實具有無窮深意，不可輕忽讀過。蓋有此二字然後此三句之「積蘚殘碑」數語，始與前三句之「寂寥西窗坐久」數語，泯然消滅其時空上之隔閡，而融為一體，此正前所云夢窗最善於表現時空錯綜之感之又一證。茲先就其淺者言之，則前半闋自「三千年事」迄「舊藏處」，全寫日間登臨之所見所感；後半闋開端「寂寥西窗坐久」三句，則全寫夜間故人鐙下之晤對；然後陡接「積蘚殘碑」三句，又回至日間之登臨；若但視此三句為故人翦鐙夜話之內容，固亦原無不可；然而夢窗之妙處，則在其全不作此層次分明之敘述與交代，於是忽而為西窗之翦鐙共語，忽而為禹廟之斷壁殘碑；忽而為黑夜，忽而為白晝；忽而為人事之離合，忽而為歷史之今古。而夢窗之所以不為之作明白之劃分者，正緣在夢窗之感覺中，此時空之隔閡固早經泯滅而融為一體矣。蓋殘碑斷壁之實物，雖在白晝登臨之陵廟之上，而殘碑斷壁之哀感，則正在深宵共語者之深心之內也。夫以「慳」於「會遇」之故人於「翦鐙」夜「語」之際，念及年華之不返，往事之難尋，其心中固已早有此一份類似斷壁殘碑之哀感在也。故其下乃接云：「重拂人間塵土。」「塵土」而曰「人間」者，正以其並不但指物質上之塵土而已；同時乃兼指人事間之種種塵勞之汙染而言者也。夫人之一生，固曾有多少往事，多少舊夢，多少理想與熱情，然而年去歲來，塵勞汙染，乃漸漸磨損消亡，於今在記憶之中，亦不過一一皆如塵封之斷壁殘碑而已。而當故人話舊之際，此久經塵埋之種種，乃復依稀重現；然則豈非翦鐙共語之際，亦復正即為拂拭塵土之時？是則「積蘚殘碑」三句，雖為日間登臨之所見，然實亦正為夜語時心中之所感。此正所以夢窗乃以此三句陡接上三句，而全不作劃分說明之故。於是而一己之人事乃因此而融會於三千年歷史之中，而更加深廣；而三千年之歷史亦因其融會於一己人事之中，而更加切近：此種時空交揉之寫法，正為夢窗特長之所在，未可遽以晦澀目之也。

其後「霜紅罷舞，漫山色青青，霧朝煙暮」三句，又以飛揚之筆，另開出一新境界。自情事之中跳出，別從景物著筆，而以「霜紅」句，隱隱與開端次句之「秋樹」相呼應。然此三句之妙，尚不僅在其承轉呼應之陡峻靈活而已，而更在其意境所包籠之深遠高妙。昔東坡〈赤壁賦〉有云：「自其變者而觀之，則天地曾不能以一瞬；自其不變者而觀之，則物與我皆無盡也。」夢窗此二句之意境實與之大為相似。然而東坡仍只是理性之說明，而夢窗則全為意象之表現：「霜紅罷舞」其變者也；「山色青青」其不變者也。彼經霜之葉，其生命固已無多，而竟仍能飾以紅之色，弄以舞之姿。而此紅而舞者，亦何能更為久長；而瞬臨罷舞之時，是則雖有無限留連愛戀之意，而亦終歸於空滅無有而已；故曰「霜紅罷舞」。此一無常變滅之悲，而夢窗竟寫得如此哀豔淒迷。又繼之云「山色青青，霧朝煙暮」，則其不變者也。是無論其為霧之晨，為煙之夕，而此青青之山色，則亙古不變者也。又於其上著一「漫」字，「漫」字有任隨枉自之口氣；其意若謂霜紅罷舞之後，惟有任隨山色之枉自青青於霧朝煙暮之中而已。逝者已矣，而人世長存；其間原已有無窮今古滄桑之慼；而此二句，乃又正為禹陵所見之景色；而此景色又並不限於登臨時當日之所見而已。霜紅有一朝罷舞之時；山色無改其青青之日，其情意之深廣，乃有包容千古興亡之悲，而又躍出於千古興亡之外之慼。夢窗運筆之妙，託意之遠，於此可見。

結二句「岸鎖春船，畫旗喧賽鼓」，初觀之，亦不免有突兀之慼。蓋前此所言，如「秋樹」，如「霜紅」，明明皆為秋日之景色；而此句竟然於承接時，突然著一「春」字，若此等處，惟大作者始能不為硜硜瑣瑣但知拘守之小家態，而後能有此騰躍籠罩之筆。如杜甫之〈秋興〉八首，前七首皆從秋景著筆，而於第八首乃突然湧現一「佳人拾翠春相問」之句；翁方綱評杜甫此句曾有「神光離合……一彈三嘆」之言（見拙著《杜甫秋興八首集說》引翁方綱手批鈔本杜詩）。夢窗此句之妙，庶幾近之。蓋開端之「倦憑秋樹」乃是當日之實景，至於「霜紅罷舞」則已不僅當日之所見而已，而乃包容秋季之全部變化於其中，至於「山色青青」，則更於其中透出暮往朝來，時移節替之意。於是而秋去冬來；於是而冬殘春至；則年年春日之時，於此山前當可見岸鎖舟船，處處有晝旗之招展，時時聞賽鼓之喧嘩。然則此何事也，據《紹興府志・祠祀志》載：

禹廟之建，起於無餘祀禹之日。《吳越春秋》：「無餘從民所居，春秋祀禹於會稽。」……宋建隆（太祖）二年，詔先代帝王陵寢令所屬州縣遣近戶守視，其陵墓有隳毀者亦加修葺。乾德（太祖）四年，詔吳越立禹廟於會稽，置守陵五戶，長吏春秋奉祀。紹興（高宗）元年，詔祀禹於越州。紹熙（光宗）三年，十月修大禹陵廟。

又《大清一統志・紹興府志》大禹廟條載：

宋元以來，皆祀禹於此。

然則此詞之「畫旗」「賽鼓」必當指祀禹之祭神賽會也。蓋我國舊稱祭神之會曰賽會；而於賽會中多有簫鼓雜戲等之表演，故曰「畫旗喧賽鼓」。「畫旗」當指舟船儀仗之盛。「喧」字當指「賽鼓」之喧嘩。然而夢窗乃將原屬於「鼓」字之動詞「喧」字置於「畫旗」二字之下，作「畫旗」與「賽鼓」中間一連繫結合之字面，則畫旗招展於喧嘩之賽鼓聲中，乃彌增其盛美之感，旗之色與鼓之聲遂結合而為一矣。

至於必曰「岸鎖『春』船」者，雖然據《大清一統志》所載，歷代之祀禹多有春秋二次之祠祀，然而一則可能今歲秋祠之期已過，則繼之而來者自當為明春之春祠，故曰「春船」；此最淺拙之解釋也。而且根據嘉泰《會稽志》卷十三節序條，記載云：「三月五日俗傳禹生之日，禹廟遊人最盛，無貧富貴賤傾城俱出，士民皆乘畫舫，丹堊鮮明，酒樽食具甚盛，賓主列坐，前設歌舞，小民尤相矜尚，雖非富饒，亦終歲儲蓄以為下湖之行（原注：下湖，蓋鄉語也）。」是則年年春日禹廟前歌舞賽會之盛，猶可想見。此正所以上一句「岸鎖春船」之必著一「春」字也。再則此詞通首以秋日為主，其情調全屬於寥落淒涼之感，曰「殘鴉」，曰「秋樹」，曰「寂寥」，曰「霜紅」。今於結尾之處突然著一「春」字，而且以「旗」「鼓」之美盛喧嘩，為全篇寥落淒涼之反襯；餘波蕩漾，用筆悠閒，一若果然可以春日之美盛移代而忘懷此秋日之淒涼者；然而細味詞意，則前所云「霧朝煙暮」句，已有無限節序推移之意，則春日之美盛豈不仍復有歸於秋日淒涼之時；則此處之一「春」字，夢窗固於其中隱有無限盛衰更迭之感也。抑且更有言者，則今年於「秋樹」「霜紅」之時，夢窗固曾來此登臨憑弔；然而明年春日之時，縱有旗鼓之盛，而此日登臨之夢窗乃或者竟不知何往矣。故爾蕩開筆墨遙遙著一「春」字，無限哀感盡寄託於遙想之中，則年去歲來春秋代序，此盛衰今古之悲乃層出而不窮，因之夢窗之所慨乃亦不限於此一日之登臨而已矣。夫禹王不作，往跡難尋，而人世之陵夷遷替，乃正復如春秋節序之無常，此二句出語極閒遠，一若悠然有忘愁之意，然而涵義則極深切，足以包籠歷史與人事種種之盛衰成敗於其中，昔周濟《介存齋論詞雜著》稱夢窗詞云：「意思甚感慨，而寄情閒散，使人不易測其中所有」，觀夫此詞之結尾二句，其信然矣。

(二)八聲甘州　陪庾幕諸公遊靈巖

渺空煙四遠、是何年，青天墜長星。幻蒼厓雲樹，名娃金屋，殘霸宮城。箭徑酸風射眼，膩水染花腥。時靸雙鴛響，廊葉秋聲。

宮裡吳王沉醉，倩五湖倦客，獨釣醒醒。問蒼波無語，華髮奈山青。水涵空、闌干高處，送亂鴉斜日落漁汀。連呼酒，上琴臺去，秋與雲平。

此詞乃夢窗陪庾幕諸公遊靈巖之作。據夏承燾〈吳夢窗繫年〉以為夢窗曾於理宗紹定五年左右，三十餘歲時在蘇州為倉臺幕僚，引夢窗〈聲聲慢〉詞陪幕中餞孫無懷於郭希道池亭閏重九前一日一首，及〈木蘭花慢〉詞虎丘陪倉幕遊一首，與〈祝英臺近〉詞餞陳少逸被倉臺檄行部一首為證。又引《吳郡圖經續記》倉務條釋倉臺及倉幕云：

南倉在子城西，北倉在閶門側，每歲輸稅於南，和糴於北。

按庾，《說文》云：「水漕，倉也」，段注云：「謂水轉穀至而倉之也。」宋時轉運使正司此事，鄭因百先生《詞選》注此詞云：「庾幕，蓋指轉運使之僚屬」，所言極是。至於靈巖，則為山名。《吳郡志》載：

靈巖山，即古石鼓山，又名硯石山，……按《吳越春秋》及《吳地記》等書云：

「闔閭城西有山，號硯石山。高三百六十丈，去人煙三里，在吳縣西三十里。上有吳館娃宮、琴臺、響屧廊。」

是靈巖山原是為吳館娃宮舊址所在。

夢窗居吳最久，其〈惜秋華〉詞有「十載寄吳苑」之語。然則夢窗之詳熟於吳地之古蹟舊聞，所可斷言者也。夫吳越兩國之興亡史蹟，其可供人感慨憑弔者固極多。夢窗生當南宋寧宗理宗之世，據夏承燾〈繫年〉其生年上距北宋之亡約為七十餘年，而其卒年下距南宋之亡則尚不及二十年。夢窗在世之數十年中，外則強敵為患，內則權臣誤國；以一善感之詞人，生當亂亡之衰世，則夢窗縱非以忠義自命之士，而其觸目傷懷，撫事興悲，必油然有不能自已者。觀其〈木蘭花慢〉虎丘陪倉幕遊一首之「千古興亡舊恨，半丘殘日孤雲」，及「開尊重弔吳魂」諸語，知夢窗當日陪幕中諸公遊宴之際，固正所謂孤懷獨抱別有深慨者也。而況此詞乃遊靈巖之作；而靈巖則正為館娃舊址，古蹟叢然；故夢窗於此詞中所流露之弔古傷近之悲慨，亦較在蘇州其他登臨之作為獨多。而此詞之更有異於他作者，則其用筆之幻變與夫設想之神奇也。

此詞開端「渺空煙四遠、是何年，青天墜長星」二句，真所謂劈空而起，大有奇想自天外飛來之意。「渺空煙四遠」五字，已極高遠荒忽寥落蒼茫之致，令人興天外茫茫，不知人生何所從來？不知此身何所歸往之感，無始無極、無依無託。然後以「是何年」三字之問語，陡然喚起下句之「青天墜長星」五字。夫青天所墜之長星為何物？則此一靈巖山是也。夢窗之所以面對靈巖生此奇想者，一則蓋因此山之形勢使然。據《大清一統志・蘇州府志》靈巖山條載：

登其巔，俛瞰具區洞庭，煙濤浩渺，一目千里。

又前引《吳郡志》亦有山「高三百六十丈，去人煙三里」之言；則此山形勢之高迴，瞻望之遙遠概可想見。然則若非長星之自天隕落，若何而能有此突兀迴絕之高山？然而此山之真為自青天隕落者，則其隕落又自何年而有乎？故曰：「是何年，青天墜長星」也；此但就其寫山勢之孤迴而言，其設辭狀物固已極神奇工緻之妙。再則蓋因夢窗面對吳宮之舊址，感古傷今，其胸中原不免別具滄桑之深痛。夫千年興廢，一片殘基，則此盛衰無常之人世，其價值何在？意義何存？來源何自？豈但為無知覺無感情之一塊隕石之偶然拋墜而已乎？故曰：「是何年，青天墜長星」；此二句中固正有夢窗之無窮大惑與深悲在也。

繼之云：「幻蒼厓雲樹，名娃金屋，殘霸宮城。」多少繁華成敗，全自一「幻」字領下。夫大地既不過為一偶然隕落之長星，而乃竟自此無情無識之隕石之上幻現如許盛衰興亡之事。其始也，由無而有，於是乎有「蒼厓」焉，有「雲樹」焉，此尚不過但為大自然之景物而已。其後乃有無窮盛衰之人事繼之而起，於是而有「名娃」焉，有「金屋」焉，而儼然為一代「霸」主之「宮城」焉。然而夢窗乃於「霸」字之上又輕輕著一「殘」字，則此一代之霸業亦已終歸於殘滅無常。則前所云之「名娃」、「金屋」之種種繁華乃亦隨無常之霸業而盡歸於烏有矣。如此由無而有，更復自有而無，則凡此興滅盛衰之無窮人事，其非此「長星」隕石上之一片幻象而何？故夢窗乃於「墜長星」一句之下，「名娃」、「金屋」諸句之上，緊承以一「幻」字，則大地為隕石之飄墜，人生如幻象之銷亡，世事無憑，而悲惑難已；夢窗此詞一起，便於空煙四遠之中，予人以一片莫可究詰之深痛。

所云「金屋」者，自係借漢武帝金屋藏嬌之語，以指西施所居之館娃宮。《吳郡圖經續記》卷中研石山條載：

《越絕書》云吳人於研石山置館娃宮。揚雄《方言》謂吳人呼美女為娃，蓋以西子得名耳，……山上舊傳有琴臺。又有響屧廊，以楩梓藉其地，西子行則有聲，故以名云。

然則館娃宮當日之繁華富麗概可想見。吳王當日之歌舞宴樂之盛，亦可想見。而夫差乃於美人歌舞之餘，更頗有圖霸之野心。據《史記・吳世家》載：

吳王夫差，……伐越，敗之夫椒。……七年，北伐齊，敗齊師於艾陵。……九年，為騶伐魯。十三年，召魯衛之君會於橐皐。……十四年春，吳王北會諸侯於黃池，欲霸中國以全周室。

是吳王夫差固隱然亦頗有一代霸主之形勢。而夢窗乃稱之曰「殘霸」者，一則以春秋時代諸侯之稱霸者而言，則前有齊桓、晉文、宋襄、秦穆、楚莊諸人在，夫差之聲名業績，較之自有弗如；再則夫差稱霸之時期較晚，其時已為春秋之末期；三則夫差於黃池一會之後，未幾即為越王句踐所敗，身死國滅，為天下笑；霸而若此，其為霸也，非殘霸而何？然而今日登臨所起「蒼厓」「雲樹」間之館娃舊址，則正為此一代殘霸之宮城焉。曰「宮城」，令人想見當日興建之美；曰「殘霸」，令人想見其當日敗亡之速，倏興倏滅，都不通為長星隕石上之一段幻影而已。夫弔古興悲原為人世之恆情，而夢窗此詞開端之妙，則在其能忽發天外奇想，以疑問之筆從一己深悲之中，寫出一片千古人生之大惑。其下繼曰「箭徑酸風射眼，膩水染花腥。時靸雙鴛響，廊葉秋聲」。此數句接寫山前處處之淒涼古蹟，而夢窗更以其特殊用筆之法，曲曲傳出其胸中之一片銳感深悲。箭徑者，採香逕也。《吳郡志・古蹟》云：

採香逕，在香山之旁小溪也。吳王種香於香山，使美人泛舟於溪以採香。今日靈巖山望之，一水直如矢，故俗又名箭涇。

按《說文》段注：「《莊子》『涇流之大』，司馬彪云：『涇，通也』，今蘇州嘉興溝瀆曰某涇某涇，亦謂其可徑通。」故箭涇亦作箭徑。膩水者，指香水溪也。《吳郡志》卷八〈古蹟〉又載云：

香水溪在吳故宮中，俗云西施浴處；人呼為脂粉塘，吳王宮人濯妝於此。溪上源至今馨香。

然則是箭徑與膩水原皆為吳館娃宮附近之名勝古蹟。

夢窗曰：「箭徑酸風射眼」，「酸風」二字出於李賀詩〈金銅仙人辭漢歌〉「東關酸風射眸子」句。夢窗此處用之，尚不僅如我在〈談夢窗詞之現代觀〉一節中所言，但取其以感性修辭之一份新穎銳敏之感覺而已，此中蓋更有無限難言之悲慨在。李賀詩有序云：

魏明帝青龍元年八月，詔宮官牽車，西取漢孝武捧露盤仙人，欲立置前殿。宮官既拆盤；仙人臨載，乃潸然淚下。

姚文燮《昌谷集注》云：

憲宗將浚龍首池；修麟德、承暉二殿。賀蓋謂創建甚難，安能保其久而不移易也。

又云：

魏官牽車蹂踐，悲風東來，惟堪拭目。

是金銅仙人為魏官牽車蹂踐之時，道出東關，固曾因悲風之酸鼻而潸然淚下。而其淚下實又不僅因悲風之酸鼻而已，而更復深蘊有無窮興亡故主之悲。李賀〈金銅仙人辭漢歌〉原借古喻今，以漢之亡慨唐代守成之不易。而夢窗之用此「酸風射眼」四字，是其當日登靈巖而遙望箭徑之時；於秋風拂面刺目酸鼻之中，當亦自有其無窮難言之深慨在也。一則面對此吳宮之蔓草荒煙固已不免有千古盛衰興廢之感；再則將古喻今，哀朝廷之岌危，懼國祚之不永，更不免有滿懷撫時傷世之悲。

接云：「膩水染花腥」，則指香水溪而言；以其為當日吳宮美人濯妝之水，想像中其中當不免曾有昔日美人之粉香脂膩，故曰「膩水」也。而其用「膩」字之妙，亦復不僅寫出此水之為濯妝之水而已。夢窗實暗用杜牧之〈阿房宮賦〉「渭流漲膩，棄脂水也」之句，以兼寓千古興亡之慨。蓋杜牧〈阿房宮賦〉於極寫阿房宮之盛以後，筆鋒一轉乃陡然跌入「楚人一炬，可憐焦土」之殘滅敗亡；而更復於結尾之際，深致其「後人哀之而不鑑之，亦使後人而復哀後人也」之悲慨。夢窗用杜牧〈阿房宮賦〉之「膩」字寫水，與其用李賀〈金銅仙人辭漢歌〉之「酸」字寫風同妙；皆於用字新穎工妙之外，別具感慨之深意。昔戈載稱夢窗「鍊字鍊句，迥不猶人」，又稱其「運意深遠，用筆幽邃」，此正為夢窗用筆獨到之處，讀者不可將之輕易放過也。

繼之以「染花腥」三字；「腥」字較之「酸」字「膩」字為尤妙：一則「酸」字與「膩」字之使用尚不免有古人在前，而「腥」字之使用則全為夢窗所獨創；再則「酸風」「膩水」所予人之悲慨尚不免有待於聯想及於李賀之詩與杜牧之賦以為之補足，而「腥」字所予人悲慨之強烈深切則全出於詩人之一份銳感直覺。關於用「腥」字以形容花之氣味違背傳統，以及「腥」之一字所予人之對古代美人濯妝之聯想，以及千古亂戰所殘留之一片血腥刺激之感，皆已於〈談夢窗詞之現代觀〉一節中言及，茲不具論。而由於夢窗用字之神奇工妙，於是乎箭徑之風，溪中之水，與夫水邊之花，遂於「酸」、「膩」字，與「腥」字三字中彙集有無窮古今盛衰之懷想悲慨，而不僅如一般作者對名勝古蹟陡然之鋪敘描寫而已。

其下復繼之以「時靸雙鴛響，廊葉秋聲」，則再進一步，不僅撫今懷古而已；而更大有將幻作真之意。「時靸雙鴛響」者，謂西施之步履聲也。夫「靸」字之為義，據《漢書・司馬相如傳》引〈哀二世賦〉云：「減靸以永逝兮」，注云：「靸然，輕舉意也」，王先謙補注云：「靸，《說文》：『小兒履也』，與水流無涉。《史記》『靸』作『噏』，下更有『習』字，案《廣韻》噏與吸同，此又借靸為吸耳。〈吳都賦〉『靸霅，謍捷』注：『靸霅，走疾貌』，借靸以狀水流之疾，於義亦通。」據此則「靸」字，原有二義，一為名詞，謂「小兒履也」；二為副詞，「狀水流之疾也」，或引申為「輕舉」之意。今茲夢窗之用此字，竊以為更有一新義，則合前二義而更有動詞以步履輕踏之意也。夫名詞之可借為動詞，在中國文學中時時可見。即以「履」字而言，即兼有名詞「鞋」及動詞「著鞋」，或動詞「以鞋踏踐」之意。夢窗此處用「靸」字則既引申名詞而為動詞，更以其兼有副詞「輕舉」、「疾流」之意，故私意以為乃輕踏疾行之意。然而夢窗不用習見之「履」字「踏」字，而用一極生僻之「靸」字者，一則以「履」字「踏」字，不若「靸」字之兼有輕疾之意，為義較狹；再則「履」字「踏」字過於平實拘板，不若「靸」字有恍惚迷離之致。「時靸」者，時時輕輕踏過之意也。

至於「雙鴛」，則指西施雙足所著之步屧也。夫以「雙鴛」二字指女子所著之鞋履，此在唐宋詩詞中屢屢見之。如夢窗另一首〈風入松〉詞「聽風聽雨過清明」闋，即有「惆悵雙鴛不到，幽階一夜苔生」之語；「雙鴛」正謂女子所著之雙履也。又據前引《吳郡圖經續記》知館娃宮舊有響屧廊，「以楩梓藉其地，西子行則有聲」；而今日夢窗於登臨懷古之際，乃竟惚惚真若時時可聞西子雙足步屧輕疾之聲響焉。故曰：「時靸雙鴛響」也。然而西施之世距夢窗之時則固已有一千六七百年之久，是則今日夢窗所聞西子步屧之聲，豈非將幻作真者乎？而此幻境何由而生，則由於廊中落葉隨風飄轉，所作弄之一片秋聲耳。故以「廊葉」一句，一筆兜轉，於是而萬境俱空，惟餘落葉聲中一片蕭瑟寂寥之感而已。此數句全自靈巖山前古蹟寫來，而或實或虛，時真時幻，有當前之景物，有千年之古史，有言外之深悲，夢窗感性之深銳，用筆之神奇，豈彼輩但知以平實為美者之所可望見。

下半闋「宮裡吳王沉醉，倩五湖倦客，獨釣醒醒」，更淩空以敘夾議之史筆，陡然接起。前半闋雖有真幻虛實之變而全以寫景為主；後半闋則更雜揉今古時空為一體，而全以慨世為主。陳洵《海綃說詞》曾推演此數句，以吳王夫差之亡國與當時南宋之岌危作明白之對比，云：

換頭三句，不過言山容水態如吳王范蠡之醉醒耳。蒼波承五湖；山青承宮裡。獨醒無語，沉醉奈何；是此詞最沉痛處。今更為推演之，蓋惜夫差之受欺越王也：

> 長頸之毒，蠡知之而王不知，則王醉而蠡醒矣。女真之猾，甚於句踐；北狩之辱，奇於甬東；五國城之崩，酷於卑猶位；遺民之憑弔，異於鴟夷之逍遙；而遊艮嶽，幸樊樓者，乃荒於吳宮之沉湎。北宋已矣；南渡宴安，又將岌岌；五湖倦客，今復何人？一倩字，有眾人皆醉意；不知當時庾幕諸公，何以對此？

陳氏所說，極有深義；所惜者：一則其所列舉之史實似嫌過於比附拘執，使讀者一時不能全信；再則其所敘寫之用筆又似嫌過於簡略含混，使讀者一時不能全解。先就其所言「換頭三句，不過言山容水態如吳王范蠡之醉醒」言之：夢窗「宮裡吳王」句，「宮」字所指正為眼前靈巖山上蒼厓雲樹間之館娃宮；「五湖倦客」句，「五湖」之所指則前引《蘇州府志》所云：「俛瞰具區……煙濤浩渺」之太湖，正陳洵所謂山容水態者也。而夢窗乃以其時空雜揉之健筆，直承以「吳王」與「倦客」遂使千年之古史，與眼前之山水泯然合而為一。吳王自當指夫差，曰「吳王沉醉」者，則致慨於夫差之溺於西施之歌舞宴樂，不知強鄰句踐之可懼，而終致身死國滅之堪悲；倦客則指范蠡，《史記・貨殖列傳・范蠡傳》正義引《國語》曰：

句踐滅吳，及至五湖，范蠡辭於王曰：「君王勉之！臣不復入國矣。」遂乘輕舟以入於五湖，莫知其所終極。

又《史記・越王句踐世家》云：

范蠡遂去。自齊遺大夫種書曰：「……越王為人長頸鳥喙，可與共患難，不可與共樂。」

曰「獨釣醒醒」者，謂當時惟范蠡為清醒之人，了然於一切盛衰安危之理。疊言「醒醒」二字，所以加重語氣，極言其清醒也。「獨釣」者，以一「釣」字指其泛舟五湖之生活，而又益以一「獨」字以加深其眾醉獨醒之一份寂寞孤獨之感。乃今日亦有如范蠡之獨醒者乎？然而生於眾人皆醉之世，則亦唯有倩其為五湖獨釣之倦客而已。倦字極寫其疲於人世盛衰之無常，與疲於人世生涯之悲苦。「倩」字則極寫生活於醉者之中，此醒者之無奈。更有言者，則宮裡沉醉之吳王與五湖獨釣之倦客，千餘年前雖分屬於相對立之二敵國，然而在今日夢窗筆下，則不過為一醉一醒之對比而已；此一對比中自有無限今古盛衰安危之慨。陳洵但言：「長頸之毒，螽知之而王不知」，立說尚不免過狹。

此二句，自眼前山容水態慨及千古興亡；而次二句之「問蒼波無語，華髮奈山青」，則又自千古興亡返跌至眼前之山容水態。「蒼波」蓋承上句「五湖」而言，指眼前所見之「太湖」。以今日寂寞獨醒之倦客面對此煙濤浩渺之蒼波，雖有無限盛衰安危之極悲深慨，然而湖水無言竟終然不可得一安慰與究詰之所。譯本《魯拜集》載波斯詩人奧馬伽音之句云：「海濤悲湧深藍色，不答凡夫問太玄。」則此古今之大慟與大惑，誰能解之者乎？「山青」則承上句「宮裡」而言，指眼前所見館娃舊址之靈巖；「華髮」則承上句「倦客」而言，而隱然為夢窗之自喻。中間著一「奈」字者，無奈之意也。言我自滿頭華髮；而山色則彼自青青，以有情之人對無情之山；以滿懷悲慨之倦客，對青山所閱歷之千古興亡，則人力渺小竟可奈何乎！夢窗此詞，言外確有深慨，是以陳洵氏乃有「女真」、「北狩」、「五國城」與夫「遊艮嶽」、「幸樊樓」之諸說。

夫以吳之亡慨北宋之亡，則吳亡於句踐而北宋亡之於女真，故曰：「女真之猾，甚於句踐。」吳王夫差不肯受辱於句踐，而自刎於甬東；而北宋徽欽二宗，則為人降虜而被脅北上，故曰：「北狩之辱，奇於甬東。」「卑猶位」三字為地名，乃夫差所葬之地，其地猶為吳地也；「五國城」三字亦為地名，乃北宋徽宗卒葬之地，其地則女真之地也，故曰：「五國城之崩，酷於卑猶位。」「遺民」二字，陳氏蓋暗指夢窗而言。夫夢窗既生於南宋偏安之世，又值國勢岌危之時，縱然為獨醒之士，而對此五湖煙浪，館娃舊址，竟然絲毫莫可如何，惟有獨包遺民之痛以憑弔之而已。「鴟夷」二字，則范蠡之別號也；《史記·越世家》：「范蠡浮海出齊，變姓名，自號鴟夷子皮。」夫范蠡亦為獨醒之士，乃竟能功成身退，逍遙以終其身，故曰「遺民之憑弔，異於鴟夷之逍遙」也。「艮嶽」者，據《宋史》載：宋徽宗登極，皇嗣不廣；有方士言京城東北陬，地協堪輿；遂於政和七年，大興土役，培其岡阜，以在禁城之艮方，故曰「艮嶽」；時遊幸之，又稱萬歲山。「樊樓」者，則京師東華門外景明坊之一酒樓也。徽宗以耽於佚豫之樂，終至亡國為虜；而南宋君臣，乃不知憂危念亂以前車為鑑，而仍以宴安鴆毒為樂，故曰：「北宋已矣；南渡宴安，又將岌岌」也。

陳氏所說，具見史冊，所惜者陳氏所說一一為明白之確指，反令讀者與當時作者恐未必便如此想之疑；實則夢窗當日於傷今弔古之餘固當確有無窮歷史興亡之感，觸緒紛來；此叢集之百感，原不可為之一一確指。陳氏所說可予讀者以一線探索之途徑，而夢窗深切沉痛感慨蒼茫之處，則不可為任何確指之史實所拘限者也。

以下接言「水涵空、闌干高處、送亂鴉斜日落漁汀。連呼酒，上琴臺去，秋與雲平」。則又極力自千古興亡之悲慨中掙扎騰躍而出；以景代情，而融情入景。其愴然寥落之感，豈止令人無以為懷，更復令人無以為說。昔《人間詞話》評太白〈憶秦娥〉詞，以為：「『西風殘照，漢家陵闕』，寥寥八字，遂關千古登臨之口。」夢窗此詞數句，亦當令千古登臨者有擱筆之嘆。

曰「水涵空」，自此三字想像，已可得其水天相映一片空茫之狀。此蓋為靈巖山上之實景，且山上有一高閣，即以眼前之景物命名曰「涵空」。據《大明一統志》卷八〈蘇州府志〉宮室條載云：「涵空閣在靈巖寺（按寺即在山上），吳時建。」又引明高啟詩曰：「滾滾波濤漠漠天，曲欄高棟此山顛，置身直在浮雲上，縱目長過去鳥前。」夢窗用「涵空」二字，既暗寓閣名，寫景又極真切。是則置身此地，目之所及，其景色之寥闊空茫，蓋原無底止終極之所，而其下更繼之以「闌干高處」，則危欄高聳，身之所倚乃亦正在此無所底止之一片空茫之中。然則天地之內，宇宙之大，除此包裹身心一片空茫之外，更復何有乎？則瞻望之餘，但見零亂之殘鴉與夫西沉之斜日，並皆逐漸消失沉沒於遠方煙波隱現之漁汀之外而已。著一「送」字，則瞻望之久，悵惘之深，無可依傍與無可挽留之深悲極痛盡在言外。然則人生至此，豈但更無所有，亦復更無可言，故緊繼之以「連呼酒」三字。曰「呼酒」原已有迫不及待之意。更曰「連呼酒」，則中心之深悲極痛與夫空漠無依之感，真令人有片刻難以忍受之痛楚在。然則此酒當於何處飲之？夢窗乃又陡然翻起曰：「上琴臺去。」昔李義山〈夕陽樓〉詩有句云：「花明柳暗繞天愁，上盡重城更上樓」；辛稼軒〈滿江紅〉詞亦有句云：「天遠難窮休久望，樓高欲下還重倚」；人於無可奈何之悲苦中，則往往欲向更高遠之地作最後之掙扎與追求，而亦終成為更深之陷溺與沉沒。故夢窗此詞乃亦於極悲苦無奈之「連呼酒」三字之下，繼之以云：「上琴臺去。」

然則琴臺之上更復何有更復何見乎？則一結四字：「秋與雲平」而已。是則茫然充塞於天地之間，蔽裡於人世之外者，乃惟有此一片秋氣而已。昔宋玉〈九辯〉云：「悲哉！秋之為氣也」；乃今此悲哉之氣，竟至上與雲平，彌天蓋地，更無一毫間隙，可供人呼吸遁逃之餘地。而夢窗之深悲極痛，乃亦真成往而不返矣。而此四字乃更復虛幻空茫，別有閒遠之致；於是而名娃也、金屋也、殘霸也、宮城也、吳王也、倦客也，乃盡籠罩於此深悲極慨之中，而又盡化出於四遠雲煙之外。於此而回顧開端「渺空煙四遠」數句，真如常山之蛇，首尾相應；而其間真、幻、古、今、虛、實之變，與夫託意之深切，用筆之神奇，乃真有不可盡言者矣。吳梅《詞學通論》云：「夢窗長處，正在超逸之中見沉鬱之思。」若夢窗此詞，真所謂超逸沉鬱兼而有之者也。

三、關於夢窗之為人的幾點值得論辯的話題

我在前面第一節曾經分析過，夢窗詞之所以不為一般讀者所了解與接受者，乃是由於夢窗之遣辭與敘事的方法都不合於中國舊有之傳統的緣故。其實夢窗詞之不能獲得重視與欣賞，還有一個更大的原因，那就是夢窗這一位作者之人格價值也同樣不合於中國舊有傳統的衡量標準。因為中國傳統上多把對文學的衡量置放於兩個重點之上：其一是作品之實用的價值，其二是作者之人格的價值，他們既希望文學的作品都能夠有益於「裨補時闕」，也希望文學的作者都能夠成為「載道立說」的聖賢君子。在這種衡量下，夢窗的作品既早被目為堆砌晦澀全無實用價值可言；而夢窗的人格則更是被沾染著難以湔拭的汙點，全不合於聖賢的標準。關於這些汙點的由來，主要的乃是由於在夢窗詞集中有著四首贈當時權相賈似道的小詞，而賈似道之欺君誤國具見《宋史》，一直被目為南宋亡國之罪魁，是個早被論定了的人物。因之夢窗的人品，也就為了這幾首送賈似道的詞，而被中國傳統的批評標準給同時論定了。胡雲翼在其《宋詞研究》一書中，就曾經說：「夢窗與白石作詞絕不同調，白石格調之高，可從他的性情孤傲恥列身於秦檜當權之下

的朝廷看得出來，夢窗之生平雖疎缺無聞，而從他那些壽賈似道諸詞看來，品格殆遠不及白石，詞品亦因之斯下矣。」不欣賞夢窗詞的人敢於對之肆加譏議詆毀，認為他的人品不高，這是一個很大的藉口，而另一方面賞愛夢窗詞的人，在中國傳統的衡量標準之重壓下，乃又不得不煞費苦心地先為夢窗的人格作一番辯護的工作。劉毓崧的〈夢窗詞敘〉就曾經大力為夢窗辯解說：「與賈似道往還酬答之作，皆在似道未握重權之前，至似道聲勢薰灼之時，則並無一闋投贈。」又說「不獨灼見似道專權之跡日彰，是以早自疏遠，亦以疇昔受知於吳履齋，是時履齋已為似道誣譖罷相，將有嶺表之行，夢窗義不肯負履齋，故特顯絕似道耳」。按履齋乃吳潛之號，為夢窗之友人，與賈似道有嫌，後為似道誣譖罷相，所以劉毓崧乃舉吳潛之事以為夢窗辯解。但是這種反面的辯解與正面的譴責實在乃是同出於一源，都是受了中國傳統之把文學價值與道德價值混為一談的影響。好像如果讚美了一個在人品上有汙點的作者就會使批評者的人格也蒙受上汙點一樣。因此在中國文學批評史上雖然頗有一些為作者之人格作反面辯解的文章（如李白之依附永王璘的事件，李義山之與令狐綯之間恩怨的事件），而卻很少有人能像西方文學批評一樣，敢於正面承認作者人格上的汙點，而從心理的矛盾或病態以及人性之軟弱的方面著手分析，而肯定其文學價值的批評。如果夢窗果然如劉毓崧所辯護的那樣人格完美，則在中國之傳統下，賞愛夢窗詞的人當然會皆大歡喜，而詆毀夢窗詞的人也將會因之失去了一個有力的藉口。然而可惜的是根據編訂〈吳夢窗繫年〉的作者夏承燾的考證，劉氏的論據並不完全可信，因之夢窗的人品與詞品也就仍然成了一個可資論辯的話題。

為了解答這一話題並明白夢窗與賈似道及吳潛的關係，我們首先要將夢窗的生平作一簡單之介紹，而夢窗平生未得一第，《宋史》無傳，他的生平我們所知甚少，如今僅能據夢窗詞及少許有關之資料，撮舉其大要如下：吳文英字君特，號夢窗（見《花庵詞選》），又號覺翁（見周密《蘋洲漁笛譜》附夢窗〈踏莎行〉題詞），四明人（見本集及《鄞縣志》傳）。本姓翁氏，與翁元龍翁逢龍為親伯仲（見《浩然齋雅談》及劉毓盤〈處靜詞跋〉）。翁逢龍字際可，號石龜，為夢窗之兄（見朱校明鈔本《夢窗集・探春慢》詞題及朱氏《小箋》），為宋寧宗嘉定十年吳潛榜進士（見《浙江通志・選舉志五》），理宗嘉熙中曾任平江通判（見《宋詩紀事》），時同榜之吳潛由慶元府改知平江（見《吳縣志・職官表》），據此是夢窗之兄翁逢龍與吳潛有交誼之一證；又翁元龍字時可，號處靜，為夢窗之弟（見《浩然齋雅談》，劉毓盤〈處靜詞跋〉，朱彊村《夢窗集小箋》引《樂府指迷》及夏承燾〈吳夢窗繫年〉引《絕妙好詞》），亦能詞（見劉毓盤之《唐五代宋遼金元名家詞集六十種輯》及趙萬里之《校輯宋金元名家詞》），與吳潛常有唱酬之作（吳潛《履齋詩餘》收有〈蝶戀花〉和處靜木香一闋，〈賀新郎〉和翁處靜桃源洞韻一闋，再和一闋，三和一闋，且有「惟處靜，解吾志」之言），是夢窗之弟翁元龍亦與吳潛有交誼之一證；又賈似道堂吏有名翁應龍者（見《宋史・賈似道傳》，《癸辛雜識》別集下置士籍條及同書前集施行韓震條），曾與賈似道之館客廖瑩中同撰《福華編》，紀頌賈似道治鄂之功（見《宋史・賈似道傳》及《西湖遊覽志餘》），自翁應龍之姓字觀之，當與翁逢龍、翁元龍同為夢窗之伯仲行（見夏承燾〈繫年〉引劉毓盤之語）。若然，則是夢窗之兄弟亦有與賈似道有交誼者之一證。夢窗二十餘歲左右曾遊德清，為縣令趙善春賦小垂虹（見本集及夏氏〈繫年〉），三十餘歲時曾在蘇州任倉臺幕僚（見本集及夏氏〈繫年〉），平生所居之地以蘇杭二地為最久（見本集及夏氏〈繫年〉），在蘇州曾納一妾，後遭遣去（見本集及夏氏〈繫年〉）。在杭州亦納一妾，後則亡歿（見本集及夏氏〈繫年〉），其遊蹤所及之地不出江浙二省（見本集及夏氏〈繫年〉），晚年曾為客於度宗之本生父嗣榮王與芮之邸（見夏氏〈繫年〉）。平生交遊極眾，自其詞集觀之，有酬贈者達六七十人之多，除文人詞客外，多為蘇杭兩地僚屬。與當時顯貴如吳潛、賈似道以及嗣榮王等雖有酬贈之詞，而罕干求之語（見夏氏〈繫年〉），晚年困躓以死（見全祖望〈奉寄萬九沙編修論寧志補遺雜目〉及夏氏〈繫年〉）。

至於與夢窗人格評價關係最密切的兩個人物吳潛與賈似道，則《宋史》有他們詳細的傳記，茲不列舉，僅略述其為人及彼此間之恩怨如下：吳潛字履齋，出身世家，幼年受過很好的教育，嘉定十年以榜首登第，歷任地方及中央之重要官吏，關心國事，曾屢上奏議，對外主張以和為守，反對輕啟戰端，對內則主張節用愛民，貶斥群小。雖然有時不免稍有專擅，如賈似道所說的「先發後奏」的情事，但大體均不失公忠為國之旨；至於賈似道則從少年時就落魄為遊博之事，不事操行，只是因了他姐姐被選入宮中有寵於理宗，因此夤緣際會做到了宰相的地位，晚年號秋壑，度宗賜第於西湖葛嶺，權傾天下，其出身及為人與吳潛完全不同。而他在任政期內所做的事：對外則納幣請和而詭言戰功，對內則偽飾太平，耽於逸樂，貪淫無度，誤國欺君，當然與吳潛的作風更是迥然相異。不同的作風而同在朝廷任事，本來就容易發生嫌隙，而況他們二人之間更有著一段極明顯的恩怨的關係。原來當開慶元年元兵渡江攻鄂之時，吳潛方任左丞相兼樞密使，曾上書論致禍之原，歷指丁大全沈炎等群小噂沓，國事日非，乞令大全致仕，炎等與祠，不報，會理宗欲立其同母弟嗣榮王與芮之子忠王孟啟為太子，潛密奏云：「臣無彌遠之材，忠王無陛下之福。」這話頗使理宗恚怒，因為理宗之立也是因為當年寧宗無子，史彌遠弄權，乃於寧宗崩後傳遺詔立之繼位。這事可能頗為理宗所忌諱，而吳潛乃直言若此，當然為理宗所不滿。恰巧當時賈似道方督師鄂州，即軍中拜右丞相。元兵攻鄂日急，似道密遣使向元人請和，許以稱臣納幣，而上表詭以肅清聞。理宗以其有再造之功，乃以少傅右丞相召入朝。初似道在漢陽時，丞相吳潛移之黃州，黃雖下流實軍事要衝，似道以為潛欲殺己，頓足恨之，且聞潛事急時每事先發後奏，乃使命令侍御史沈炎劾吳潛，遂將吳潛貶置循州。景定三年使武人劉宗申毒斃之（以上諸史實見《宋史‧理宗紀》與吳賈二人列傳，及《南宋書‧吳潛傳》）。是吳潛之遭貶與被毒乃全出於賈似道之所為。《夢窗詞集》中有贈賈似道之詞，這已經足夠使人不諒解了，更何況夢窗與吳潛也有著友誼的關係，如果夢窗與吳潛交誼很好，而當吳潛被賈似道使人毒斃之後，夢窗仍有贈賈似道的詞，那當然就更加使人不能諒解了。

現在我們就試來看一看夢窗贈吳潛與賈似道兩人的作品之內容及其寫作之年代。《夢窗集》中收有贈吳潛詞四首：一為〈金縷曲〉陪履齋先生滄浪看梅一首，約作於嘉熙二年春吳潛知平江府之時（見《吳縣志‧職官表》。夏氏〈繫年〉作嘉熙二年春，誤）；一為〈浣溪沙〉仲冬望後出迓履翁舟中即興一首，約作於淳祐九年冬吳潛任浙東安撫使知紹興府之時（見《宋史》本紀、《紹興府志》及夏氏〈繫年〉）；一為〈江神子〉送桂花吳憲時已有檢詳之命未赴闕一首，約作於淳祐九年十二月之後（見夏氏〈繫年〉引楊鐵夫〈夢窗事蹟考〉，而楊氏原書中未見此條，不知夏氏所據何本〉；一為〈絳都春〉蓬萊閣鐙屏時履翁帥越一首，約作於淳祐十年正月之時（見《宋史》本紀、《紹興府志》及朱氏《小箋》）。至於就詞作之內容看來：則〈浣溪沙〉一首乃是小令，內容較簡單，只寫江上行舟所見之景色而已；〈江神子〉一首則為題目所限，不得不既以詠物之筆鋪寫桂花，再以稱頌之辭賀其將赴闕受檢詳之命；這二首詞都不值得仔細討論，可注意的乃是另外二首詞，而尤以〈金縷曲〉一首為最，此詞後半闋有句云：「重唱梅邊新度曲，催發寒梢凍蕊，此心與東君同意，後不如今今非昔，兩無言相對滄浪水，懷此恨，寄殘醉。」陳洵《海綃說詞》評此詞云：「要『心與東君同意』，能將履齋忠悃道出，是時邊事日亟，將無韓岳，國脈微弱，又非昔時，履齋意主和守，而屢疏不省，卒致敗亡，則所謂『後不如今今非昔，兩無言相對滄浪水，懷此恨，寄殘醉』也，言外寄慨，學者須理會此旨。」按此詞所云滄浪亭在江蘇吳縣城南，高宗時為韓世忠所有，建炎四年時，韓世忠與金兀朮戰於黃天蕩，遭火攻而敗，此詞前半闋即詠此事。鄭因百先生《詞選》說之甚詳。夢窗居吳最久，吳縣在南宋時屬平江府，時吳潛知平江府，而夢窗之兄翁逢龍則當時正在平江府做通判，這應當正是夢窗兄弟與吳潛往來最密切的時候，更何況他們所登臨遊覽的地方又是南宋名將韓世忠韓王園的舊址，此所以夢窗此詞乃能寫得如此之感慨激越，既淋漓盡致地寫出了吳潛對國家的一份忠悃，也毫不隱諱地寫出了自己對國事日非的一份悲慨。至於另一首〈絳都春〉詞則雖然因為當時吳潛已受命參知政事，為了身分的不同，不便於再像前一首詞那樣做露骨的敘述，可是這一首詞的下半闋換頭之：「應記千秋化鶴，舊華表認得，山川猶是」數句，也隱然仍有著一份山川依舊人事全非的悲慼，而其結尾數句之「又上苑春回一葦，便教接宴鶯花，萬紅鏡裡」，則表面上雖然寫的是春回上苑，鶯花映於如鏡之水中的紅紫繁華，而言外所透露的卻是一份鏡花水月繁華不永的哀傷。這種感慨哀傷不但有合於吳潛之一份忠悃的用心，也有合於夢窗詞於鋪陳璀璨的描敘中別寓感慨蒼涼之託意的一貫作風，因此我們可以推知夢窗給吳潛的詞，是既有著一份真正的友誼也表現了一份真正的自我。

可是夢窗給賈似道的詞則與之完全不同了，夢窗給賈似道的詞也有四首，一為〈宴清都〉壽秋壑一首，一為〈木蘭花慢〉壽秋壑一首，一為〈水龍吟〉過秋壑湖上舊居寄贈一首，一為〈金琖子〉賦秋壑西湖小築一首。在這四首詞中，我們幾乎看不到一點盛衰興亡的悲慨和國事日非的影子，只是表現著一派閒雅高華的情調，從表面上歌頌著賈似道的名位聲望以及他所偽飾著的苟安的昇平，而未曾流露出一點真正屬於自我的內心的情感。可是另一方面則夢窗卻也並沒有一點諂佞干求的言語，這種現象可以使我們看到夢窗與賈似道之間隱然有著一份疏遠之感，他與賈似道的來往，似乎只是在某種情勢下的一種不能免的酬應，這和他與吳潛之間果然有著一種友誼的感情當然並不相同。只是他給賈似道的四首詞究竟是寫在吳潛謫死之前還是吳潛謫死之後呢？從詞的內容來看，〈宴清都〉及〈木蘭花慢〉二首壽秋壑的作品，其中所用的地名古蹟皆在荊湖之地，據《宋史．理宗紀》及賈似道本傳，賈似道先後曾有兩次任職荊湖之事，第一次是從淳祐六年九月官荊湖制置使，又於淳祐九年三月進荊湖安撫制置大使迄十年三月改為兩淮制置大使始去荊湖；第二次則自開慶元年正月任荊湖南北宣撫大使迄次年四月還朝始去荊湖，而賈似道生辰在八月，如果此二首壽詞是作於開慶元年八月，則當時正當元人分攻荊湖各地，羽檄交馳之際，而夢窗此二詞中皆係承平之語，無一字及於用兵，所以劉毓崧〈夢窗詞敘〉乃以為此二詞係作於淳祐六年九月迄十年三月賈似道第一次在荊湖任職之時，其言當屬可信，夏氏〈繫年〉亦從其說。至於另二首詞之寫作年代則說法就頗有不同了，〈水龍吟〉過秋壑湖上舊居寄贈一首，朱氏《小箋》引《齊東野語》以為舊居乃指景定三年以後在葛嶺賜第所建之後樂園及其附近之水竹院落，然而劉氏敘文則引詞中之「黃鶴樓頭月午」句為證，以為「亦作於似道制置荊湖之日」，夏氏〈繫年〉亦云「朱氏以後樂園當之，誤矣」，又引詞中「賦情還在，南屏別墅」句為證，云：「知墅在西湖南山之南屏，則與在北山葛嶺之後樂園顯然無涉。」是此詞蓋詠似道南屏之舊居，時似道方制置荊湖，則此詞當亦為作於淳祐六年九月至十年三月之間者也；而另一首〈金琖子〉賦秋壑西湖小築之作，劉氏敘文以為亦作於淳祐六年九月至十年三月之間，引詞中「小隊登臨」句，以為「亦制置之明徵」，而夏氏〈繫年〉則引詞中「來往載清吟……笑攜雨色晴光，入春明朝市」句，以為「當是似道入朝以後之作」，又引詞中「臨酒論深意，流光轉，鶯花任亂委」及「待西風起」諸句，以為此詞必作於夏間，而駁劉氏之說云：「劉氏據『小隊登臨』句謂指似道制置荊湖時，以其用杜詩『元戎小隊出郊坰』，然執宰遊山，何嘗必不可用？以此說文太泥，以作證太弱。」而私意以為夏氏以為此詞乃作於似道入朝之後之說雖屬可信，而其駁劉氏之說及劉氏之原說則皆有失誤，按「小隊登臨」句，見杜甫詩〈嚴中丞枉駕見過〉一首，詩中又有「川合東西瞻使節」之句，蓋嚴武時方任東西兩川節度使，所謂「元戎」者也，而南宋制置使之權任與唐之節度使差相當，夢窗用典不苟，此處必指制置使而言，絕不如夏氏〈繫年〉所說，用「元戎」之典以指「宰執」，且自誇以為「不泥」也。而劉氏敘文則據此以斷為當時賈似道正為元戎制置荊湖，則又不然。觀此詞前半所寫之風光氣象，確當為賈似道入朝以後之情事，惟是結尾三句之「專城處，他山小隊登臨，待西風起」，則蕩開筆墨從另一時間與空間寫起，遙想他日賈似道或當再膺元戎之任，以歌頌其入相出將之功業。若依夏說以「小隊登臨」不必泥於元戎而可泛指宰執，則「專城」二字明明指地方之官長，又何能亦指宰執耶？而劉說便以為實指賈似道當時正為元戎制置荊湖而言，則又何以釋「他山」及「待」字等表示另一時空之未然之口吻？按《宋史・理宗紀》及〈賈似道傳〉似道入朝當在景定元年四月，此詞蓋正作於其入朝不久之時，方自元戎入為宰執，故夢窗乃於詞之結尾故意用一「元戎」之典以為呼應，且正合於賈似道出入將相之身分，故此詞當作於景定元年之夏季殆無可疑。作詞之年月既明，再回頭重新考查一下賈似道與吳潛二人恩怨之關係，則夢窗贈賈似道的前三首詞皆作於淳祐六年九月迄十年三月之間，當時吳潛與賈似道尚無明顯之嫌隙，蓋賈似道之移鎮黃州以為吳潛欲殺己而銜怨恨之，乃開慶元年十一月之事（見《宋季三朝政要》三），賈似道之使侍御史沈炎劾吳潛，則為次年景定元年四月之事，而沈炎劾吳潛之表文，即有「請速召賈似道正位鼎軸」之言（見《宋史・理宗紀》），而賈似道之入朝及吳潛之罷相即皆在本年四月，其後七月間吳潛乃謫赴建昌軍。此詞既作於景定元年夏，則是正當吳潛罷相被謫之前後，雖然吳潛之被毒斃乃是在此後二年景定三年五月之事，夏氏〈繫年〉以為夢窗時已前卒蓋不及見。但總之吳潛之罷相乃由於賈似道之譖毀，夢窗既留有一首賈似道入朝吳潛去官以後之作，則前引劉氏敘文所云：「顯絕似道」及「義不肯負履齋」之說，便已經不能成立了。除此而外，夢窗還有不為人所諒解的又一件事，那就是《夢窗詞集》中還收有壽嗣榮王與芮夫婦的四首詞，一為〈水龍吟〉壽嗣榮王一首；一為〈燭影搖紅〉壽嗣榮王一首；一為〈宴清都〉壽榮王夫人一首；一為〈齊天樂〉壽榮王夫人一首；劉氏敘文云：「夢窗嘗為榮王府中上客……榮王為理宗之母弟，度宗之本生父，夢窗詞中有壽榮王及榮王夫人之作，雖未注明年月，然必在景定元年六月以後。蓋理宗命度宗為皇子係寶祐元年正月之事，立度宗為皇太子係景定元年六月之事，……夢窗所用詞藻皆係皇太子故實，不但未命度宗為皇子之時萬不敢用，即已命為皇子之後未立為太子之前亦萬不宜用，然則此四闋之作斷不在景定元年五月以前」，而又云：「據壽詞所言時令節候，榮王生辰當在八月初旬，榮王夫人生辰當亦在於秋月」，然則是此四詞之作斷不在景定元年七月之前，且壽詞有四首之多，則又必不作於一年之內，而吳潛之謫，則正在景定元年七、八月，且吳潛之被貶謫的主要原因，就正是因為對立嗣榮王與芮之子忠王孟啟（即度宗）為太子的緣故，而夢窗乃於吳潛被貶之後有壽嗣榮王夫婦之詞達四首之多，所以夏氏〈繫年〉乃云：「蓋度宗之立反對者潛，建議者似道，由此潛去而似道進，當夢窗年年獻壽與芮之時，正吳潛一再遠貶之日，若謂夢窗以不忍背潛而絕似道，將何以解於出潛幕而入榮邸耶？」

從上面所引的一些詞作及有關的史料來看，則夢窗顯然並不是一個重視節義的貞士，乃是不可諱言的事實，可是另一方面，從夢窗的作品來看，其所表現的對高遠之境界的嚮往追求；對世事之無常的感慨憑弔；對舊情往事的懷念低徊，則又顯然可見夢窗用情之深，寄意之遠，也絕不是一個鄙下的唯知干祿逢迎的俗子，像這種兩相矛盾的性格之表現，在詩人中乃是一個頗可注意的事例。

一般說來，崇高美好的作品，必當產生於崇高美好的心靈，這該是一件不容否認的事。然而如果以外表的形跡來衡量，則具有崇高美好之心靈的光焰的人物，卻不一定都具有崇高美好的完整的人格，因為心靈之動向是一件事，而當內在之心靈與外在之環境相接觸時，其反應之姿態與持守之能力則是又一件事。何況心靈之本質的純駁不同，有些人也許可稱得上是醇乎醇者的聖賢，而大部分人卻都不免於是醇疵參錯的凡人，也許他們的心焰雖是向著「醇」的一面，而其真正的本質上卻又有著「疵」的病累，然而也就在這兩種相反的張力的掙扎矛盾中，其心的向力反而有時會因而閃現出更為耀目的光彩，這在古今中外的作者中都不乏例證。在中國的詩人中，如果以心靈之精醇澄澈表裡如一而言，自當推陶淵明第一位作者，其次則懷沙自沉而九死不悔的屈原，流離貧病而一心想要致君堯舜的杜甫，就其心靈與外在環境接觸時所反應的態度以及持守的能力而言，也都不失為能夠擇善而固執的賢聖，他們的作品之所以能夠輝耀千古，自然都由於他們自有一顆崇高美好的足以輝耀千古的心靈。然而在文學史中卻也有著另外一些作者，他們在持守的能力上，因了人性軟弱的微疵而不幸地留下了挫跌敗辱的紀錄，然而也就在其心之向力與疵的病累的張力間，我們卻依然看到了其崇高美好之一面的心焰的閃爍。這一類作者頗多，現在我只想舉出兩個作者來談一談，其一是正始時代的詩人阮籍，其二是元嘉時代的詩人謝靈運。阮籍在與他並稱的同時的文士竹林七賢中，乃是在心靈上最為矛盾複雜的一位作者，他一方面既不肯如山濤王戎一輩之在司馬氏的利誘下走向變節求榮的途徑，一方面又不願如嵇康一輩之在司馬氏的威迫下以言行峻切落到殺身賈禍的下場，他內心中雖然並不滿意司馬氏之所為，而外表上卻一直與司馬氏維持著相當的交往，而且當他的好友嵇康被殺之後，司馬昭欲加九錫以為篡代之先聲的時候，阮籍竟然在情勢所迫之下，寫下了那一篇〈為鄭沖勸晉王牋〉的勸進的文字，雖然有人為他辯護說這篇文中仍隱約寓有規諷之意，然而要之如果以外表的行為而論，則這一篇作品無論如何乃是阮籍品格上的一點白璧的瑕疵。至於元嘉時代的謝靈運則出身於東晉的世家，襲封有康樂公的世爵，而當晉宋易代之際，始則屈身仕宋，不能保節於前，繼則任縱妄為，終致殺身於後，從其外表的行為來看，當然更不是一個沒有玷辱的人物，可是我們試從他們二人的作品中去發掘一下他們二人的心靈狀態，我們就會發現在他們的作品中，都有著何等高貴美好之心焰的閃爍，阮籍的八十二首〈詠懷詩〉，憂危念亂，寄託遙深，固然是早有定評，陳沆《詩比興箋》即曾稱之為「仁人志士」「發憤之作」；謝靈運的詩除去其為世所稱的「富豔難蹤」之外表的藝術價值外，明朝張溥的〈謝康樂集題辭〉，也曾對之有過「吐言天拔，政繇素心獨絕」的讚美。然而這二位被人從作品中看到「仁人志士」與夫「素心獨絕」的心靈之光焰的人物，卻都曾在外表的行為上留下了玷辱的痕跡，這種例證足以說明一些雖然在心靈上具有高貴美好之本質的人物，然而卻有時會因人性上某種軟弱的疵累而使得他們在行為上留下了挫跌玷辱的紀錄。我之所以舉出阮籍與謝靈運二家為例證的緣故，正因為他們的挫跌玷辱顯示出了人性上最軟弱的最具代表性的兩種根性：其一是屬於一般人所共有的求生存安全的本能，其二是屬於一些才智之士所特有的不甘於寂寞而冀求表現的欲望。阮籍之不免於玷辱，其原因大半乃由於前者，而謝靈運之不免於玷辱，則其原因大半乃由於後者。李善注阮籍〈詠懷詩〉嘗云：「嗣宗身仕亂朝，常恐罹謗遇禍，因茲發詠，故每有憂生之嗟。」雖然清朝的何焯曾經以為〈詠懷詩〉之內容有甚於憂生者，然而總之李善的評注確實曾經道中了阮籍人性上的一種求生之本能的憂畏，則是並不錯的。至於謝靈運，則從他早年的「車服鮮麗多改舊制」

的引人注目的作風，到後來世變之後，在朝廷之內，固然是「構扇異同，非毀執政」，即使稱疾去職之際也依然過著「尋山陟嶺」「從者數百」的生活，其不甘寂寞的心情，也是可以想見的（關於阮謝二家之為人，此處不暇詳論，他日容有機緣，當另為文說之）。

夢窗之為人當然與阮謝二人都迥然並不相同，只是他之所以在人格終於蒙受了汙點，則卻正是由於他同時兼有著阮謝二人性格上的兩種弱點的緣故，從夢窗的生平來看，他所以與一些權貴們有著交往，大半也是由於求生與不甘寂寞的兩個原因。先從求生的一點來說，夢窗以布衣終，平生未得一第，可見他並不是一個樂於科舉仕進的人物。據楊鐵夫《夢窗詞選箋釋》所附〈夢窗事蹟考〉云：「《浙江通志》載鄞人之舉進士者嘉定七年一榜有十七人，十年一榜有二十人，至寶慶三年丁亥一榜有三十七人，其時北人不能過江南下，南人又因兵事倥傯不便來杭，應舉者大都蘇浙間人，鄞人多文學，宜其拔茅連茹矣。嘉定時夢窗尚幼，未及考試，寶慶間則正二十餘歲，以其才華，何至不獲雋，殆不樂科舉也。」楊氏之說，當屬可信，是夢窗既不樂於科舉仕進，而家人衣食之資則又是每個人生存所必需的條件，淵明說得好：「人生歸有道，衣食固其端」，既不能效淵明之躬耕勞苦，歸隱田園，那麼總要找出一條求生的道路來才可以，夢窗之所以不惜以幕僚的身分出入權貴之門，我想這是一個很重要的原因。再從其不甘寂寞的一點來說，夢窗平生交遊極眾，據彊村本《夢窗詞補》，共收詞三百四十首，而其中與友人酬贈的作品，則數目竟達一百五十餘首之多，而且據夏氏〈繫年〉載夢窗二十餘歲時遊德清，就曾經為德清縣令趙善春賦過一首〈賀新郎〉詠小垂虹的詞，可見夢窗之好以詞章為交遊酬贈之作由來頗早，大抵才人往往好弄筆墨，不能自隱，這種想要表現而不甘於寂寞的欲望，正不獨夢窗為然。而夢窗之以詞章出入權貴之門，則更有一個另外的原因，那就是當時的時代風氣所使然，劉毓盤《詞史》說過一段很精警的話云：「兩宋詞人，每以奸人為進退」，於是例舉「周邦彥之以〈望江南〉詞為蔡京所罪；晁端禮之以〈漢宮春〉詞為蔡京所用；……秦檜見朱敦儒之〈樵歌〉命教其子熺，而官以列卿；見曹冠之〈燕喜詞〉，命教其孫塤，而登之上第；……胡銓則以詞編管南海；張元幹則以詞坐罪除名」。更云：「賈似道當國尤好詞人，廖瑩中能詞，則以司出納矣；羅椅能詞，則以薦登其門矣；翁孟寅能詞，則贈以數十萬矣；郭應酉能詞，則由仁和宰擢官告院矣；張淑芳能詞，理宗欲納妃，則匿以為妾矣；八月八日為其生辰，每歲四方以詞為壽者以數千計，復設翹材館，等其甲乙，首選者必有所酬。吳文英亦與之遊，集中有壽賈相〈宴清都〉、〈木蘭花慢〉二詞，又過賈相湖上舊居〈水龍吟〉詞，賦賈相西湖小築〈金琖子〉詞。他家與之為緣而散見集中者，則不一一數。」據此可見當兩宋之際，在權貴之附庸風雅好與詞人為往來的風氣下，尤其像賈似道這樣，每年壽詞動逾數千的人物，夢窗集中偶然留有給他的幾首小詞，實在是不足深怪的事，而且如果以夢窗和其他與賈似道往來的詞人相較，則夢窗既未曾如廖瑩中翁孟寅輩之以詞干祿希寵，而且夢窗之壽詞也仍自有其高華閒雅之品格在，而不像周密《齊東野語》所載的當時獲首選之作如陳惟善之〈合寶鼎〉，陸景思之〈甘州〉，郭應酉之〈聲聲慢〉諸作之一味逢迎囈語，夏氏〈繫年〉曾評夢窗云：「交遊皆一時顯貴，……而竟潦倒終身，……今讀其投獻貴人諸詞，亦但有酬酢而罕干求」，又云：「夢窗以詞章曳裾侯門，本當時江湖游士風氣固不必誚為無行，亦不能以獨行責之」，所評頗為公允。

總之夢窗該只是一個有才情的銳感的詞人，在他的心中，聖賢節義的觀念與科舉仕進的觀念同樣地並不強烈，如果從其詞中所閃爍的心焰來看，我們可將之歸納為幾點特色：一是對高遠之境界的嚮往，夢窗詞好從高遠之處落筆，如前所說〈齊天樂〉詞之「三千年事殘鴉外」，〈八聲甘州〉之「渺空煙四遠」固無論矣，他如〈賀新郎〉之「喬木生雲氣」，〈惜秋華〉之「思渺西風」，〈淒涼犯〉之「空江浪闊」，〈瑞鶴仙〉之「亂雲生古嶠」，都可為證。這還是僅就其開端舉例而已，至於以高遠之筆作結者，則如〈八聲甘州〉之「秋與雲平」，〈霜葉飛〉之「翠微高處」，〈水龍吟〉之「棹滄波遠」，〈暗香疏影〉

之「澹墨晚天雲闊」，〈秋思〉之「路隔重雲雁北」，〈醜奴兒慢〉之「相扶輕醉，越王臺上，更最高層」，都是從高遠之處作收尾的。昔周濟《介存齋論詞雜著》評史達祖之詞云：「梅溪詞中喜用『偷』字足以定其品格」，而《史記・屈原列傳》則讚美屈原說：「其志潔，故其稱物芳」，從作者所愛用的筆法和辭彙來推斷一個作者的品格及心靈之境界，大體上是不錯的。夢窗詞中，一般說來他所感人的還不僅只是寫出了一幅高遠的景物而已，而是其中所隱隱透露著的對一份不可知的超遠之境界的嚮往，而這種嚮往的本身，乃是特別屬於一些有理想有境界的作家所共有的特色。至於他們所真正嚮往的究竟是什麼，則又往往不可具言，但總之這種嚮往絕不會發自一個庸俗鄙下的靈魂則是可以斷言的，這是從夢窗詞中所看到的其閃爍之心焰的第一點特色；再則夢窗詞中充滿了對此塵世之無常的盛衰悲慨，如前所說〈齊天樂〉之「逝水移川，高陵變谷」，〈八聲甘州〉之「問蒼波無語，華髮奈山青」，當然都是極明顯的弔古興悲的例證。此外如〈水龍吟〉之「幾番時事重論，座中共惜斜陽下」，〈齊天樂〉之「問幾陰晴，霸吳平地漫今古」，〈西平樂慢〉之「歌斷宴闌，榮華露草」，〈瑞龍吟〉之「東海青桑生處，勁風吹淺，瀛洲清沚」及「露草啼清淚」，「今古秋聲裡」，〈高陽臺〉之「青春一夢荒邱，年年古苑，西風到雁，怨啼綠水萍秋」，這些尚不過只是一般泛泛的感慨而已，至如〈古香慢〉滄浪看桂一首所悲慨的「殘雲賸水」，〈三姝媚〉都城舊居一首所悲慨的「紫曲門荒」，則更是有著極深切的一份家國之慟，從這些詞句，我們都可以看到夢窗從一己之時代擴大而至於對整個人世之盛衰戰亂的感慨哀傷。他在〈木蘭花慢〉重遊虎丘一首中曾寫有「驚翰、帶雲去杳，任紅塵一片落人間」之句，帶雲而去的「驚翰」正像夢窗另一面飛揚高舉的嚮往，然而那真是蒼茫杳渺敻不可得的境界，而落在人間的則只是一片「紅塵」而已，而這一片「紅塵」便正是吾人所生活在其中的悲苦的汙濁人世，對人生有如此悲感的認識，這是從夢窗詞中所看到的其心焰所閃爍著的第二點特色，這種特色揉合隱現著對塵世之無常的「悲」的感慨與「智」的覺悟，也決不是屬於一個庸俗鄙下的心靈所可能具有的。除此兩點特色外，夢窗詞中所具體敘述著的情事，其寫的最多的乃是他在感情方面所曾經體認到的一份殘缺和永逝的創痛。我在前面簡單介紹夢窗之生平時，曾經提到過他在蘇州曾有一妾，後遭遣去，他在杭州也有一妾，後則亡歿，一個生離，一個死別，關於這兩次生離死別的前後詳情我們雖已無從確考，然而從夢窗詞中，我們卻時時可以窺見其心靈那一份傷損殘缺的陰影，如其長調〈鶯啼序〉一首所寫的：「別後訪六橋無信，事往花萎，瘞玉埋香，幾番風雨，……傷心千里江南，怨曲重招，斷魂在否？」這真是對死亡所造成之離別的何等無奈的哀吟；又如其〈六么令〉七夕一首所寫的「人世迴廊縹緲，誰見金釵擘，今夕何夕，杯殘月墮，但耿銀河漫天碧」，則其所表現的又是何等盟誓無憑的長離永隔的哀傷。死別的固然是瘞玉埋香，離魂莫返；生離的則也有如銀河亙阻，再見無期。這種生死離別的哀感，在夢窗詞中不時地流露著。綜計起來，其詞中表現有此種哀感之情的作品約有五十首左右之多，則夢窗用情之深摯也可以想見了。以一位有如彼高貴之心焰有如此深摯之感情的詞人，乃竟然因了人性上的某種軟弱的根性，既為了求生存而出入於權貴之門做了曳裾的門客，又為了一點不甘寂寞之心而寫了過多的酬應之作，更因了兩宋權奸與詞人之特殊的關係，在一時環境與風氣的影響下，寫下了四首贈賈似道的小詞。昔杜甫〈秋雨嘆〉一詩，詠一株「著葉滿枝翠羽蓋，開花無數黃金錢」的資質美麗的決明，而悲慨於它將在風雨之中隨百草以同時摧傷爛死，結尾曾經為之發出「臨風三嗅馨香泣」的嘆息。夢窗詞馨香不泯，然而竟不幸因一時人性之軟弱而留下了予後人以肆加詆毀之口實，則亦當為之三嗅而泣耳。

說靜安詞〈浣溪沙〉一首

山寺微茫背夕曛，鳥飛不到半山昏，上方孤磬定行雲。
試上高峰窺皓月，偶開天眼覷紅塵，可憐身是眼中人。

古今詞人之作，其美什名篇吟味之足以沁人心脾，諷讀之足以豁人耳目者固極多。我之所愛者亦極多。而於此極多之可愛之作品中，我獨於靜安先生詞似有較深之偏愛。其故殆亦難言，惟覺其深入我心遣之不去耳。靜安先生詞數量極少，計《觀堂集林》卷二十四錄〈長短句〉二十三闋，《觀堂外集》卷四錄〈苕華詞〉（又名〈人間詞〉），前有山陰樊志厚序文二篇）九十二闋，綜計之不過百十五首耳，而其取徑復既深且狹。以視清真稼軒，則周辛二公隱然詞國中之廊廟重臣，而靜安先生則但為一巖穴間幽居之子耳。因亦自知其所愛之偏，故雖有青年學子來從我讀詞，亦但教之讀五代兩宋諸大家之作，而不敢遽舉靜安先生也。此次教育部開辦文藝講座，我竟蒙邀約，忝為貂續，慚惶之餘，更不敢遽以所偏者言之於人，且縱欲言之，亦將為時間所不許（計本人講詞之時間不過五週，共十二小時，自唐五代講起，今方講過二小時，以此進度推之，恐不過講到南宋中期也）。而我對靜安先生詞偏愛之一念，則時動於中，既不得機緣出之於口，則常欲筆之於書。然而塵務擾人，此願雖發之已久，而迄未得償。蓋我之為文自諗缺乏素養，不得於心者，固不能筆之於手，而心之定力又復不堅，常不免因境而遷，隨物而轉，不能如織毛線然之時斷時續，隨綴隨緝也，故偶有所擾，輒索然而罷，而一日之間，擾人之事又極多。每常有所念，亦不過任此念之自生自滅而已。事與願不相副，手與心不相侔。

如我者，誠自知其智薄力弱，固早斷此述作之一念矣。而日昨接教育部函來索文稿，倉卒間無以應命，因將對靜安詞偏愛之一念，於此略一發之。

蓋嘗以為靜安詞之特色有三：一、靜安先生詞有古詩之風格：詞之為體原較詩為淺俗柔婉，而靜安先生詞則極為矜貴高古，其氣體乃邁越唐宋而直逼漢魏，而用意之深，則又為古人之所無，故其詞去大眾較遠。古人有云：「士為知己者死，女為悅己者容。」世之女子，有為取悅於大眾而容飾者；有為取悅於一二悅己者而容飾者；然而有佳人焉，幽居空谷，既無悅己者之欣賞，又不甘為取悅於大眾易其服飾而步入市廛，而顧芰荷其衣芙蓉其裳，遺世而獨立，嚴妝而自賞者，靜安先生詞之氣體殆類是焉。二、靜安先生詞含西洋之哲理：常人之寫詩詞，類不外乎抒情、寫景、記事之作，間有說理者，所說亦不過世俗是非得失道德倫常之理耳，偶有以禪理入詩詞者，然亦多為文人一時習染之所得，其真能於禪理有所會者則為數極鮮也。靜安先生頗涉獵於西洋哲學，雖無完整有系統之研究，然其天性中自有一片靈光，其思深，其感銳，故其所得均極真切深微，而其詞作中即時時現此哲理之靈光也。三、靜安先生詞能將抽象之哲理予以具體之意象化：哲理固可以入詩詞，惟不可以說理之態度出之耳。據西洋美學家之說，則美感之經驗，當為形相之直覺。故美感者乃訴諸人之感覺者而非訴諸人之知識者也。吾人固嘗於生活之諸形相中，獲得若干知識之概念，然而如欲將此概念以藝術方式表而出之，則必須將此諸概念仍然予以形相化，而復以此形相觸發他人之概念，而不可直訴諸人之知識也。此表達之工具謂之媒介，在圖畫則為形色；在音樂則為聲音；而在文學則為文字。以詞言之，則有此高深之哲理概念者，對表達之工具多無此精美之素養，對表達之工具有此精美之素養者，又常乏此高深之哲理概念。此靜安先生自序所以云：「雖比之五代北宋之大詞人，余愧有所不如，然此等大詞人亦未始無不及余之處」者也。凡此三點，茲篇未暇詳言，今但取靜安先生〈浣溪沙〉小詞一首試一說之。

浣溪沙

山寺微茫背夕曛，鳥飛不到半山昏，上方孤磬定行雲。
試上高峰窺皓月，偶開天眼覷紅塵，可憐身是眼中人。

靜安先生嘗言詩之境界有二：「有詩人之境界；有常人之境界。詩人之境界，惟詩人能感之而能寫之，故讀其詩者，亦高舉遠慕有遺世之意。而亦有得有不得，且得之者亦各有深淺焉；若夫悲歡離合羈旅行役之感，常人皆能感之，而惟詩人能寫之。」（見所著〈清真先生遺事・尚論三〉）以世諦言之，自以第二種作品為感人易而行世廣也。然而靜安先生之所作，則以屬於前一種者為多。夫人固不能強不知以為知，亦不能強知以為不知，既得此詩人之境界焉，而欲降格以強同乎常人，則匪惟有所不屑，將亦有所不能。而此境界既非常人之所能盡得，則以我之庸拙而顧欲說之，得無為持管而窺天，將蠡以測海乎？讀其詞者，幸自得之，毋為我之淺說所誤焉。

起句「山寺微茫背夕曛」，如認為確有此山，確有此寺，而欲指某山某寺以實之，則誤矣。竊以為此詞前片三句，但標舉一崇高幽美而渺茫之境界耳。近代西洋文藝有所謂象徵主義者，靜安先生之作殆近之焉。我國舊詩舊詞中，擬喻之作雖多，而象徵之作則極少。所謂擬喻者，大別之約有三類。其一曰以物擬人：如吳文英詞：「落絮無聲春墮淚，行雲有影月含羞。」杜牧詩：「蠟燭有心還惜別，替人垂淚到天明。」是以物擬人者也。其二曰以物擬物：如東坡詞：「明月如霜，好風如水。」端己詞：「琵琶金翠羽，絃上黃鶯語。」是以物擬物者也。其三曰以人託物：屈子〈離騷〉：「何昔日之芳草兮，今直為此蕭艾也。」駱賓王〈詠蟬〉詩：「露重飛難進，風多響易沉。」是以人託物者也。要之此三種皆於虛擬之中仍不免寫實之意也。至若其以假造之景象，表抽象之觀念，以顯示人生、宗教，或道德、哲學某種深邃之義理者，則近於西洋之象徵主義矣。此於我國古人之作中，頗難覓得例證，《珠玉詞》之「滿目山河空念遠，落花風雨更傷春，不如憐取眼前人」；《六一詞》之「直須看盡洛城花，始共東風容易別」，殆近之矣。以其頗有人生哲理存乎其間也。然而此在晏歐諸公，殆不過偶爾自然之流露，而非有心用意之作也。正如靜安先生《人間詞話》所云：「遽以此意解釋諸詞，恐晏歐諸公所不許也。」而靜安先生之詞則思深意苦，故其所作多為有心用意之作。樊志厚〈人間詞甲稿序〉云：「若夫觀物之微，託興之深，則又君詞之特色。」此序人言是靜安先生自作而託名樊志厚者，即使不然，而其序言亦必深為靜安先生所印可者也。夫如是，故吾敢以象徵之意說此詞也。

「山寺微茫」一起四字，便引人抬眼望向半天高處，顯示一極崇高渺茫之境，復益之以「背夕曛」，乃更增加無限要渺幽微之感。黃仲則有詩云：「斜陽勸客登樓去」，於四野蒼茫之中，而舉目遙見高峰層樓之上獨留此一片斜陽，發出無限之誘惑，令人興攀躋之念。故曰「勸客登樓去」，此一「勸」字固極妙也。靜安詞之「夕曛」，較仲則所云「斜陽」者其時間當更為晏晚；而其光色亦當更為暗淡；然其為誘惑，則或更有過之。何則？常人貴遠而賤近，每於其所愈不能知，愈不可得者，則其渴慕之心亦愈切。故靜安先生不曰「對」夕曛，而曰「背夕曛」，乃益更增人之遐思幽想也。吾人於此塵雜煩亂之生活中，恍惚焉一瞥哲理之靈光，而此靈光又復渺遠幽微如不可即，則其對吾人之誘惑為何如耶？靜安先生蓋嘗深受西洋叔本華悲觀哲學之影響，以為「生活之本質何？欲而已矣。欲之為性無厭，……一欲既終，他欲隨之，故究竟之慰藉終不可得也。……故人生者如鐘表之擺，實往復於痛苦與厭倦之間者也」（見所著〈紅樓夢評論〉而實採自叔本華之說）。靜安先生既覺人生之苦痛如斯，是其研究哲學蓋欲於其中覓一解脫之道者也。然而靜安先生自序又云：「予疲於哲學有日矣，哲學上之說，大抵可愛者不可信，可信者不可愛。知其可信而不能愛；覺其可愛而不能信，此近二三年中最大之煩悶也。」然則是此哲理之靈光雖惚若可以瞥見，而終不可以求得者也。故曰：「鳥飛不到半山昏。」人力薄弱，竟可奈何？然而人對彼一境界之嚮往，彼一境界對人之吸引，仍在在足以動搖人心。有磬聲焉，其音孤寂，而揭響遏雲。入乎耳，動乎心，雖欲不嚮往，而其吸引之力有不可拒者焉，故曰：「上方孤磬定行雲」也（以上說前片竟）。於是而思試一攀躋之焉，因而乃有「試上高峰窺皓月」之言。曰「試上」，則未曾真箇到達也可知，曰：「窺」，則未曾真箇察見也可想。然則此一「試上」之間，有多少努力，多少痛苦？此又靜安先生在〈紅樓夢評論〉一文所云：「有能去此二者（按指苦痛與厭倦），吾人謂之曰快樂。然當其求快樂也，吾人於固有之苦痛外，又不得不加以努力，而努力亦苦痛之一也。且快樂之後，其感苦痛也彌深。故苦痛而無回復之快樂者有之矣，未有快樂而不先之或繼之以苦痛者也（按此實亦叔本華之說）。」是其「試上高峰」原思求解脫，求快樂，而其「試上」之努力固已為一種痛苦矣。且其痛苦尚不止此，蓋吾輩凡人，固無時刻不為此塵網所牢籠，深溺於生活之大欲中，而不克自拔。亦正如靜安先生在〈紅樓夢評論〉中所云：「於解脫之途中，彼之生活之欲，猶時時起而與之相抗。」夫如是，固終不免於「偶開天眼覷紅塵」也。吾知其「偶開」必由此不能自已不克自主之一念耳。陳鴻〈長恨歌傳〉云：「由此一念，又不得居此，復墮下界，且結後緣。」而人生竟不能制此一念去動，則前所云「試上高峰」者，乃彌增人之艱辛痛苦之感矣。竊以為前一句之「窺」，有欲求見而未全得見之憾；後一句之「覷」，有欲求無見而不能不見之悲，而結之曰「可憐身是眼中人」，彼「眼中人」者何？固此塵世大欲中擾擾攘攘憂患勞苦之眾生也。夫彼眾生雖憂患勞苦，而彼輩春夢方酣，固不暇自哀。此譬若人死後之屍骸，其腐朽靡爛乃全不自知。而今乃有一屍骸焉，獨具清醒未死之官能，自視其腐朽，自感其靡爛，則其悲哀痛苦，所以自哀而哀人者，其深切當如何耶？於是此「可憐身是眼中人」一句，乃真有令人不忍卒讀者矣。

予生也晚，計靜安先生自沉昆明湖之日，我生尚不滿三歲，固未得一親聆其教誨也。而每讀其遺作，未嘗不深慨天才之與痛苦相終始。若靜安先生者，遽以死亡為息肩之所，自殺為解脫之方，而使我國近代學術界蒙受一絕大之損失，此予撰斯文既竟，所以不得不為之極悲而深惜者也。

禪與老莊

吳怡

「本來無一物，何處惹塵埃？」由慧能開創出來的中國禪宗，實已脫離印度禪的系統，成為中國人特有的佛學。本書以客觀的方法，指出中國禪和印度禪的不同，並且正本清源，闡明禪與老莊的關係，強調禪是中國思想的結晶，還給禪學一個本來面目。

白萩詩選

白萩

本書乃白萩《蛾之死》、《風的薔薇》、《天空象徵》三本詩作的精選集，收錄了八十三首創世名詩：以圖像自我彰顯的〈流浪者〉、探究存在主義的〈風的薔薇〉、不斷追逐的〈雁〉、一條蛆蟲般的〈形象〉、舉槍將天空射殺的〈天空〉、直探生死議題的〈叫喊〉……，每一首皆是跨越時代、膾炙人口的經典之作。

肚大能容——中國飲食文化散記

逯耀東

逯耀東教授可說是中國飲食文化的開拓者，將開門七件事——油、鹽、柴、米、醬、醋、茶等瑣事提升到文化的層次。透過歷史的考察、文學的筆觸，與社會文化變遷相銜接，烹調出一篇篇飄香的美文。

生命的學問

牟宗三

牟宗三先生學貫中西，融會佛儒，是享譽當代的哲學大家。他融合德國哲學家康德與中國思想，開闢出獨霸一方的哲學體系。在中國近代思想史上，有其卓然不凡的地位。本書收集了他哲學專題的探討、人生問題的思索、生活心情的紀實，以及前塵往事的追憶等文章，充分展現一代大哲的真情至性。

琦君說童年

琦　君

每個人都有童年，不管是苦是樂，回憶起來都是甜美的。善於說故事的琦君，與您一起分享她魂牽夢縈的故鄉與童年。書中有她家鄉的人物、生活和風光，也有好聽的神話和歷史故事。篇篇真摯感人，字裡行間充滿了愛心與情義，在欣賞琦君的散文之餘，更別有一番溫馨感受。

兩地

林海音

本書為林海音最早期的作品，也是最重要的作品之一。在北平成長，戰後才返回故鄉臺灣。客居北平時，遙想故鄉的人事；回到臺灣後，又懷念北平的一切。對這兩地的情感，釀出一顆想念的心。

紅樓夢與中國舊家庭

薩孟武

小說是社會意識的表現，家庭是社會現象的縮影。作者薩孟武先生，以社會文化研究的角度，不落俗套、深入淺出，徵引多方史料，帶領讀者清晰認識賈府這個大家庭的興衰，以及其所反映出的中國社會現象。

水滸傳與中國社會

薩孟武

《水滸傳》中替天行道的梁山泊一〇八條好漢，仗義疏財、劫富濟貧的種種作為，讓讀者莫不拊掌稱快，大呼過癮。但你知道嗎？這些水滸好漢，卻大多是出身低微、在社會底層討生活的「流氓份子」。且看薩孟武先生從政治、經濟、文化等多個不同的角度，精采的分析、詮釋《水滸》故事，及由此中所投射、反映出來的古代中國社會。

西遊記與中國古代政治

薩孟武

本書為《水滸傳與中國社會》之姐妹篇，薩先生利用《西遊記》之材料說明政治的原理及中國古代之政治現象。據薩先生之意，政治不過「力」而已，要防止「力」之濫用，必須用「法」。如唐僧之用緊箍兒控制孫行者一樣，但唐僧能夠控制孫行者，孫行者無法控制唐僧之亂念咒語，於是許多問題就由此發生。薩先生依此見解，指出權力制衡的主張，凡研究政治者，本書實為良好參考書。

小歷史——歷史的邊陲

林富士

小歷史的範疇包羅萬象，社會的邊緣人物如童乩、女巫、殺手，被視為奇幻迷信的厲鬼、冥婚、鬼婚，關乎頭髮、人肉、便溺、夢境的另類研究主題，都是值得關注的焦點。當你進入小歷史的世界，探訪這些前人足跡罕至的角落，你將會發現，歷史原來如此貼近你我。